他们相信
中国人比哥伦布先到

淡巴菰 / 著

中国出版集团有限公司
研究出版社

图书在版编目(CIP)数据

他们相信，中国人比哥伦布先到 / 淡巴菰著.
北京：研究出版社，2025.6.（2025.9重印）-- ISBN 978-7-5199-1766-1

Ⅰ.I253

中国国家版本馆CIP数据核字第2024X4C244号

出 品 人：陈建军
出版统筹：丁 波
责任编辑：范存刚

他们相信，中国人比哥伦布先到
TAMEN XIANGXIN, ZHONGGUOREN BI GELUNBU XIANDAO

淡巴菰 著

研究出版社 出版发行

（100071 北京市丰台区右外西路2号中国国际出版交流中心3号楼8层）
北京隆昌伟业印刷有限公司印刷　新华书店经销
2025年6月第1版　2025年9月第2次印刷
开本：880毫米×1230毫米　1/32　印张：13
字数：259千字
ISBN 978-7-5199-1766-1　定价：68.00元
电话（010）59901918（发行部）　59901958（总编室）

版权所有·侵权必究
凡购买本社图书，如有印制质量问题，我社负责调换。

中国人对新大陆的探索之书

道格拉斯·普莱斯顿

(畅销小说家,《纽约客》专栏作家,美国作家协会前主席)

中国人在哥伦布之前到达美洲海岸的说法不应该有什么争议,我们甚至不应该感觉有什么不寻常。

两万多年前,一群勇敢的人类沿着被称为白令陆桥的走廊,从亚洲的东端步行或划船到达美洲的西端。他们进入了一片令人惊叹的土地,一个广阔而美丽的新世界,那里栖居着奇异的动植物,有着独特的气候、地理、土地,资源的多样性更是令人难以置信。新大陆的发现无疑是人类历史上最伟大的时刻之一,也是一项无与伦比的成就,但遗憾的是,它一直没有被记录下来,也不为人所知。我们不知道人们什么时候第一次踏上新大陆,也不知道其中有谁,他们来自哪里,以及他们最终是如何在北美和南美传播扩散的。

大约五千年前,一个类似的非凡人类群体乘船从台湾或可能是亚洲大陆出发。在随后的几千年里,他们在浩瀚的太平洋上蔓延扩散，在从马里亚纳群岛到夏威夷和奥特罗阿（新西兰）的数千个岛屿上繁衍生息。这些人就是波利尼西亚人，他们跨越数万英里海洋的旅程无疑是人类的另一项伟大成就。几乎可以肯定，波利尼西亚人也到达了新大陆的海岸，从那里他们获得了库马拉，也就是甘薯。

已故的史密森学会（Smithsonian Institution）人类学系前主任丹尼斯·斯坦福（Dennis Stanford）提出了一个有争议的理论，即大约1.7万年前，早期的欧洲人即索鲁特人（Solutrean people）乘船横渡大西洋，也在新大陆定居下来。他指出，索鲁特人的矛尖与同一时期新大陆克洛维斯人的矛尖惊人的相似，并以此作为证据。我们还从兰塞奥兹牧草地的考古遗址得知，一千年前，正如《北欧传奇》中所说，挪威人在列夫·埃里克森的带领下定居在北美。他在纽芬兰岛的北端建立了一个定居点，并以此为基地，进一步向南探索美国的海岸线。

所有这些都说明了两个重要的问题。首先，我们是一个让人难以置信的四处游走的物种。从我们的起源地非洲开始，人类通过陆地和海洋传播到除了南极洲以外的每一个大陆。早在哥伦布从西班牙起航之前，新大陆就已经被人类占领了。对探索和发现的热爱根植于我们的基因中，它的作用和蒲公英上的绒毛一样——传播种子。漫游欲提供了一个非凡的进化益处：它是人类发现新资源、新土地、新食物来源、新居住地和新技术的方式。

第二个事实是，早期人类文化的非凡成就几乎总是超出我们的假设和期望。智人是一个异常聪明的物种，能够完成我们现代人认为不可能完成的惊人旅程。例如，波利尼西亚人能够在没有指南针和金属的情况下，穿越数千英里的公海，到达新大陆的海岸，他们的船只用植物的叶子和鸟羽编织，仅仅依靠观察星星、海浪、风、鸟、漂浮的海藻和闻空气中的气味来辨别航向。或者，5万多年前，来自亚洲的水手能够乘船到达澳大利亚——这是一段地平线上的旅程——并在那片大陆上定居下来。

所有这一切都是说，中国人在哥伦布之前到达美洲海岸的说法不应该有什么争议，甚至不应该感到不寻常。中国人是优秀的航海家，拥有精良的船只和扎实的海事技术知识。他们了解风、海、洋流和星星。不乏有趣的证据表明，他们确实在哥伦布之前到达了我们的海岸。离我在新墨西哥州的家不远的地方，有中国学者研究过的古石刻，考古人员已经断定是用古体汉字书写的。中国早期探险家慧深在五世纪发现了一个叫扶桑的地方，他的独特经历表明他到达了新世界。他对扶桑的描述与墨西哥惊人地相似。还有许多其他的发现都暗示着中国人在哥伦布之前登陆了新大陆。这是一个引人入胜的问题，文化地理学家斯蒂夫·杰特（Stephen Jett）、考古学家爱丽斯·柯霍（Alice Kehoe）等严肃的学者早就提出并考证了这个课题。

我很高兴为这本重要的书写序言，这本书不仅探讨了早期中国与新大陆的关联问题，而且讲述了从事这一主题研究的人们的背景与心路，以及他们为什么认为这个主题如此重要。我向所有对探索、发现人类自身历史和我们在地球上的传播路径感兴趣的人强烈推荐淡巴菰的《他们相信，中国人比哥伦布先到》。这是一本关于哥伦布之前中国人对新大陆的探索之书，是一本有考证价值的书，我希望它能激发起更多关于中国与美洲早期联结的研究。

目 录

1　　导言

001　　史蒂夫·杰特：我们地球人其实都是亲戚

031　　爱丽斯：那些漂到美洲的小船上肯定有中国人

059　　约翰·罗斯坎普：石头上刻着古汉字

087　　钱肇昌：老地图证明，中国人早到过美洲

135　　黄思远：我相信徐福东渡到过美洲

167　　夏洛·利兹：美洲的山川早被写进了《山海经》

221　　保罗·夏亚松：这片北美废墟是明代中国人的家园

253　　李兆良：明代人绝对到过美洲

283　　孟席斯：1421年，中国人发现世界

311　　史蒂夫·艾金思：越来越多的人相信，中国人早到过了

345　　默里·李：我有50%中国血统，100%相信慧深到过美洲

375　　不会消逝的声音——他们曾经疾呼，中国人早就到达美洲

导 言

究竟是谁，最先把文明的足迹印在美洲大地上？

这个问题的前提是不论那些上万年前就在美洲大地上繁衍生息的原住民，所谓的印第安人。文明世界里，但凡刚开蒙的孩童，无论肤色、族裔，脑子里都被灌输了同一个名字：克里斯托弗·哥伦布（Christopher Columbus）。

可是，对于这个已经写进人类历史的答案，许多人或基于考证，或出于思考，早就开始了质疑，其中不乏历史学家、考古学家、人类学家、地质地理学家，也有耗尽一生精力痴迷考证的"业余考古达人"（Pseudo-archaelogist，英语里带贬义的称谓，伪考古学者）。他们相信，1492年横渡大西洋、以为到达了印度的哥伦布绝对不是"发现"美洲大陆的第一人。这些质疑者根据自己的考证、推理写下了一部部著作，他们坚定地相信，不仅拥有古老先进文明和科技的中国人，还有波利尼西亚人、腓尼基人、希腊人、东南亚和南太平洋岛上的先民，早在数千年前都曾多次跨海到过美洲。西方广为人知的研究者从二百多年前的法国汉学家约瑟夫·德·吉涅（Joseph de Guignes）到后来以《不光彩的哥伦布》而被人们记住的爱德华·维宁（Edward P. Vining），以及受他们影响，细读《山海经》，相信其中的海外东经部分描述的正是美国落基山脉及河流的亨丽特·默茨（Henriette Mertz），这位"二战"期间的美国密码破译员写出了《淡淡的墨痕》（*The Pale Ink*，中译本名为《几近褪色的记忆》）一书，中国考古学家贾兰坡为之作序。中国历史上也不乏对中国人早就到过美洲的深入研究者，比如王国维的高徒、毕业于清华大学的卫聚贤，比如相信殷人渡航美洲的历史学家房仲甫。

美国作家协会前主席、恐怖小说家道格拉斯·普莱斯顿（Douglas Preston）也是这一理论的信仰者，"越来越多的人相信，在哥伦布之前，探险家和水手已经到达了我们的美洲海岸，这其中就包括中国人。有大量的间接经验和证据表明，中国探险家早在1000至2000年前就到达了美洲。例如，在我居住的新墨西哥州，我家附近的山岩上就有非常古老的类似甲骨文的岩刻，学者们将其解释为源于汉语的一种古老文字形式……"三年前，我正是接受了道格拉斯发出的采访邀请，去走近就这一主题进行了大量研究与考证的痴迷者们——最吸引我的，除了他们追寻真相的态度，除了他们令人耳目一新的理论，还有他们的人生故事和来路。我非常好奇，究竟是什么样的人，在付出昂贵的生命成本对这个不讨好的话题孜孜以求。

美国学术界其实早在半个世纪前就对人类海洋活动进行了严肃的关注。《那些跨海者——哥伦布时代前的洲际接触问题》(*Man Across the Sea——Problems of Pre-Columbian Contacts*, 得克萨斯大学出版社1971年出版）可谓一直以来最权威的相关早期著作，其中收录了二十四位学者的论文，就人类文明的进化方式的两极观点进行了探讨："扩散论（Diffusionism）"还是"独立发展论（Independent Inventionist）"。前者认为人类文明起源时间不同、先天智商和地理环境不同，发明和制造工具的能力和生产力水平自有优劣，人类文明是由一部分人发端、发展出来后传播扩散到其他族裔中去，渐渐使人类得以共享和复制那些文明。后者则相信既然生而为人，应该都在历史长河中各自摸索出了相同或相近的技能，人类文明不是靠传播而是靠独立实践发展进步。

"虽然死去的人不会说话，可越来越多的证据表明，几千甚至上万年前，人类早就有过频繁的跨海活动，无论是大西洋还是太平洋。毫不夸张地说，我们地球上的人类都是亲戚……极富智慧的中国人早在哥伦布前就多次到达过美洲。"史蒂夫·杰特（Stephen Jett）就是文明扩散论的信仰和研究者之一。同一信仰的研究者也都像亲戚，把彼此介绍给我。他们坚定的声音诱惑着我，让我决定也做个新时代的跨海者去倾听、去找寻。在互联网强大引擎功能的支持下，我很快发现了更多志同道合者，他们或早或晚，都已经开始了对这个挑战性命题的追问。最令我惊讶的是，这些执着的美国人全是银发一族——最小的七十三岁，最大的九十四岁。"没得到过一分钱经费赞助，倒是对听到的讥讽嘲笑司空见惯，还有人说我们'亲华''卖国'……哈哈哈！我们只是希望寻找证据，为那些被忽略被遗忘被遮掩的真相发出点微弱的声音！"直到我遇到最后一个受访者——航海探险家黄思远。这位最年轻的追问者，也都年过五十了。

在中国鲜少发现新冠感染者的2021年夏天，我越过太平洋来到了新冠重灾区的美国，开始了既新奇又虚幻的采访之旅。这些探寻者青灯孤影、殚精竭虑地求索让我感动，他们面对斥责甚至威胁的勇气让我佩服，最为振聋发聩的，还是一种质疑历史定见的豪迈。他们的人生已薄暮，随时都可能离开这个世界去和他们寻访的逝者相随。是早年那些同样勇敢的跨海先民们地下有知吗？冥冥之中，他们沉默的护佑让我的探寻多次柳暗花明，细若蛛丝的线索在行将断掉的时刻总被意外之手给粘连上。

毛姆说过：作家更关心的是了解人性，而不是判断人性。此书的写作宗旨是：不对研究者的观点或论断进行褒贬，而是客观记述他们的来路和我所看到的人生片段——他们究竟缘何走上这条打破常识的研究之路，又是什么让他们对自己的结论坚信不疑？

当我读罢这些陌生人的作品，好奇走近，和他们交谈、喝咖啡、通邮件，我发现最吸引我的不仅是他们令人瞠目的观点，而是他们探究真相的那种痴迷和勇敢。他们之间有些人相识相知，观点相互佐证，有些人对他人的观点不以为然但平和视之。好在我的写作是独立成章，每一位都像一块风格独特、质地相异的石头，逐一展现出迥异的生命色彩。

史蒂夫·杰特：
我们地球人其实都是亲戚

> We have been one world for thousands of years.
> —— Stephen C. Jett

We have been one world for thousands of years.

—— Stephen C. Jett

我们人类早在几千年前就属同一个世界。

——史蒂夫·杰特

(约翰·霍普金斯大学地理学博士,美国加州大学戴维斯分校荣休教授)

1

说实话，我有点怕采访史蒂夫·杰特（Stephen Jett）。从照片上看，这位目光犀利、表情严肃的老头儿显得有点不好相处，是那种你稍不留心提了一个无知的问题就能让他沉下脸来的学究相。可那天早晨，当他在芝加哥那间酒店大堂与我擦肩而过时，我不仅立即认出了他，还欣喜、放松地上前招呼他——他亦露出了温厚的微笑，说从未看到过我的照片，只好踱来踱去等着被我认出。

他本人比照片上瘦小，除了头顶有些秃，银丝般的络腮胡须和头发干净、浓密，修剪得非常整齐，和他大鼻子上架着的金边眼镜一起，透着一丝不苟的学者才有的严谨。他望向我的目光仍是犀利的，却透着宽容，似乎在说：孩子，即使你提十个傻瓜问题，我也会原谅你。像所有真正博学的人一样，他目光从容沉静，讲话克制，声调不高。他着卡其色布裤子，配着同样是卡其色与黑、红相间的细格子衬衣。坐在沙发上，他一只手搭在另一只手上，像在出席学术会议般认真。我想即使是涉世不深的人，一眼也能看出他是位大学教授，因为他就长着一张最像教授的脸。

因为我的同行搭档也叫史蒂夫，为了不混淆，也因为我更喜欢他的姓Jett（让我联想到jet，喷气式飞机），我便称呼他为杰特。为了不显生疏，后面也没加教授或博士头衔。他并未提出异议，默默地任由我在接下来的一天都这么叫他。

年过七旬的史蒂夫看到杰特，更是一脸兴奋，像粉丝终于见到了他崇敬的偶像。史蒂夫第一次知道杰特的名字就是从那本名为《那些跨海者——哥伦布时代前的洲际接触问题》的书中，那时的史蒂夫才二十岁，正在大学迷恋地质学。"他的理论把我眼里的世界彻底颠覆了——哇，这个世界原来不是孤立存在的，而是互相往来的! 后来我又读过别人关于人类跨海的理论，他的作品最让我信服，不仅列举出了充足的证据，容纳了几乎所有可行性的分析、比较，叙述方式还如此简洁、客观、有条理，可以说是这个领域令人信服的圣经式的一部著作。"他不止一次向我夸赞杰特。我对此深有同感，即使只读了他那出版于1971年的关于扩散论和独立发展论的对比论述——作为外行读起来丝毫没有牵强附会之感。这位半个世纪前毕业于普林斯顿大学的优等生、约翰·霍普金斯大学的博士，似乎每一个思维细胞都打着学术的印记，其著作深入浅出，本是严谨深入的学术文章读起来却连我这个外国人都不感觉晦涩。

开始我们都遵守酒店纪律，在室内戴着口罩聊。可毕竟妨碍交流，再加上背景音乐的打扰，我们不时需要重复才能让对方听清楚。杰特带头摘下口罩，用商量的目光望着我们，周到地声明他是打了疫苗的。我和史蒂夫也放松了下来，跟着摘下口罩。说好聊一个小时，不知不觉俩小时过去了。杰特有两次说声抱歉起身去洗手间，虽然他脚步灵活，思维敏捷，毕竟是84岁的老人了。

"追根溯源，我们地球人都是亲戚，我们一直以来都在共享生命和文明。"作为世界文明扩散发展论的权威研究者，他开门见山，这个让人心暖的观点一下子把我这异乡人的心理距离也拉近了，仿佛他和我就是失散了几千几万年的亲人。虽然这是我第一次从相对熟悉的洛杉矶飞到完全陌生的芝加哥进行采访。

杰特主动提到儿时的生活和家庭对他的影响，脸上的表情一下子变得轻松、愉悦。他三代以前的祖先主要来自不列颠群岛和德国。在肯塔基州农村长大的父亲理查德·杰特靠读书改变了命运，有着普林斯顿大学学士、康奈尔大学法学博士学位的他有点"狂野"，先后娶了三任太太，小杰特是他唯一的孩子。虽然在一家银行当律师，老杰特却对世界充满了好奇心，甚至还带儿子去墨西哥跳进玛雅时代就存在的深潭去寻宝。因为那深潭不仅是墨西哥人夏天游泳乘凉的所在，还是古代祭祀的场所，人们会把值钱的东西丢进去祭神以期得到保佑。

"我每次都紧张地望着父亲，看他是否会从靴子里倒出一条潜伏进去的蛇。"在俄亥俄州夏克高地（Shaker Heights）草木茂盛的克利夫兰郊区长大的杰特是幸运的，其父母都受过良好教育，都对好书、建筑和旅游充满热爱，尤其是外祖父对历史和良好语法的崇敬，都让他耳濡目染，不知不觉中为他走上探索世界历史真相这条路铺好了文化基石。

20世纪30年代末，十来岁的杰特恰逢探险家托尔·海尔达尔（Thor Heyerdahl）这个传奇人物被人们津津乐道的时候。挪威人托尔在1947年乘坐木筏Kon-Tiki号从秘鲁出发，航行8000公里，三个半月后，抵达波利尼西亚，横渡太平洋。"我记得他的书刚出来，我父母每天给我念一段，听得我心驰神往。"杰特认为正是那时，他幼小的心里被播下了一枚跨越海洋的种子——难道哥伦布之前的人类真的可以划着木筏横渡大洋吗？他更没想到的是，1966年已经在加州大学戴维斯分校教授地质学的他，受邀前往阿根廷马德普拉塔参加一个美洲研究问题国际会议，组织者正是托尔·海尔达尔。"我才28岁，在这个领域完全是新人一个，就那么意外地遇到了那个影响我人生道路的人和许多相关的著名学者，感觉像做梦一样不真实。"也正是从那时起，他频繁地往返于南北美洲之间，足迹踏遍美洲所有的国家。

托尔的跨海探险经历让他一举成名,记录其跨洋经历的电影还获得了1951年最佳纪录片奖。后来他又驾芦苇造的小船多次航行穿越太平洋,但他1952年的著作《太平洋上的美洲印第安人》使学术界和他势不两立,因为他坚称太平洋岛屿上那些最初定居者,不是学界普遍认为的来自亚洲,而是来自南美洲"神一般的白人"。

在从洛杉矶飞往芝加哥采访杰特的路上,我找到了他的个人网站,读着他那娓娓道来的个人小传,我不禁微笑起来:每个人回忆自己的幼年,都像坐着时光机变回了孩童般单纯可爱。

"作为一个男孩和年轻人,我对观鸟产生了浓厚的兴趣,特别是在我外祖父母那大自然怀抱中的家里,在那个殖民地风格的房舍附近,我收集岩石标本和鳞翅目昆虫。我靠铲雪,割草,偶尔在当地的儿童广播节目中扮演角色和朗读故事挣钱。当其他人买汽水和流行唱片时,我把我的零花钱和收入投入到集邮中,在这个过程中我学到了很多关于地理、历史和图形艺术的知识。"

我问杰特他是否还在收集东西,他既自豪又有一丝难为情地望了我一眼,幽幽地说,"我太太总说的一句话是:More hug, no rug(多一些拥抱,少一些毯子)。你就知道我从世界各地收集了多少古老的地毯和挂毯。另一个主要收藏品类是老家具老艺术品,用来装饰我在法国的几处古屋。那真是地道的古屋，最年轻的是建于1886年的，都在依山傍水的普罗旺斯乡间。我最早买的那一栋老房子花了三千美元，那是1969年。"杰特让我再次意外，身为学者，他居然还投资房地产，而且是在遥远的法国有着四套半房产，因为第五套还在修缮。"这其实已经是个四代人投入的家庭工程了——除了我和太太，我母亲曾负责打理，我女儿和她的两个孩子虽然都在美国，可也牵挂着那些祖宗一样的老屋。我请了摩洛哥人帮我看护，人不用过去。尤其现在网络发达，我的房屋都是短租，一个月、一周甚至几天都可以。其实我并没有赚到钱，所有的收入几乎都用来维护房屋了，毕竟是几个世纪的老屋了。我对老建筑像对先人们一样尊重。"1960年，他曾作为国际交换生前往法国学习生活一年，这让本就具有语言天赋的他具备了流利的法语听说读写能力。他还浅懂西班牙语、德语、拉丁语和美国最大的印第安部落语纳瓦霍语。"修缮和欣赏这些几代前的人类建造的老建筑，包括处理它们总不间断出现的大小毛病已经成为一项持续了几十年的家庭项目。我由衷热爱乡间的生活，那里到处都是蜿蜒的峡谷、崎岖的山丘，古雅的城堡式村庄、拥有罗马遗风的城镇和它们的美食美酒以及艺术，尤其是音乐，让我不由得感叹人类文明的不朽。"

他说之所以对老东西总是充满感情，是因为那是时光的隧道，是人类的历史。就像说到研究哥伦布之前是否有人先到美洲的意义何在,"听说有人花费几十年甚至一生的时间都在研究哥伦布之前是否有人类到达过美洲,好些人的反问是:谁在乎?"史蒂夫插话道。

"我在乎!历史的真相并不仅属于过去,它对我们如何看待自己的现在和未来是有重要意义的。"杰特的回答斩钉截铁,目光和口气都带着几分执拗,却并不让人感觉傲慢或唐突。

"我也在乎!我还发现了一个很有趣又奇怪的现象——所有研究这个领域的人几乎都是七十岁以上的senior(老年人),没有年轻学者介入,为什么?"探险家史蒂夫总有无穷的好奇心。

杰特幽幽地说这其实一点也不奇怪,因为这不是一个可以带来成就感和个人荣耀的研究领域——这本身就是一个有争议的话题,深入研究耗时费力,却不能解决吃喝等生存问题,有哪个年轻人会把时间和精力放在这上面呢?"等不再为饭碗发愁了,往往也不年轻了,脑子已经固化了,不再接受新东西,尤其是具有挑战性的探究更是几乎不可能了。"

他说就连他自己,如果不是因为有博士头衔在大学拥有教职,在不能解决温饱的前提下满世界乱跑或闷头在书斋苦读,只为搞清早年地球人互相往来的可能性也有些不现实。

1967年,在哥伦比亚大学的一次会议上,杰特遇到了一些著名的扩散论者。第二年，他应邀出席美国考古学学会关于越洋接触问题的会议。在那里，他遇到了这场争论中的大多数参与者，正是在那时他归纳了"基础争议：扩散论VS独立发展论"，被收录在1971年出版的《那些跨海者——哥伦布时代前的洲际接触问题》的第一章。虽然他说其目的并不是要就谁对谁错下定论，但他又开宗明义地坦陈："我倾向于扩散论。"他说，虽然哥伦布发现新大陆之说并未正式被推翻，但学界几乎都接受了那个事实：列夫·埃里克森（Leif Ericson）带领下的"维京人"（viking）在公元1000年左右就已经到达加拿大的纽芬兰。却鲜有人意识到，早在那之前的更早时期新旧世界的人们已经通过海上往来、知识交流和植物互换联系在了一起。

书中，他条分缕析、严谨客观地首先展现给读者的是——跨（太平）洋手段（或途径）：水路。有许多分析和物证已经表明，许多人认可的从西伯利亚到北美白令海峡冰冻陆地通道其实不可行，不仅农业的传播必须是在较温和的自然环境下发生，甚至一些寄生虫的传播也只有海路才可以完成。人们一度认为，除了原生动物吉拉迪亚虫和线虫、蛲虫之外，人类肠道寄生虫（其中大多数是热带和亚热带寄生虫）从未从亚洲进入1492年前的新大陆，因为有亚北极的冷屏。然而，1974年科学家在玻利维亚发现了钩虫，并惊人地追溯到大约公元前6117年。到1990年，巴西古病理学家在考古发掘的人类遗骸中鉴定出旧大陆寄生蠕虫。这些病原体不仅包括钩虫,还包括鞭虫、毛虫和巨圆虫。如果这些蠕虫无法在穿越白令海峡的途中存活下来,那么它们只能通过海上航行引入。

另外,人类的航行技术也早已不容置疑地有能力跨海。"近些年我们对航海者海上交通能力的理解上取得了革命性的进展。我们对史前船只和航行方法的调查表明古人穿越(海洋)是完全可行的。古希腊、古罗马商船通常从红海航行到南印度洋再返回,单程距离比从西非到巴西之间的距离还要长,埃及和罗马之间的谷物航线也是如此。同样,印度尼西亚人从东印度群岛横渡印度洋,到达东非和马达加斯加,甚至可能到达西非。没有理由说他们不可能向东航行相应的距离到达美洲。众所周知,至少在公元前1500年,密克罗尼西亚人和波利尼西亚人的祖先就已经在遥远的大洋洲地区定居。有证据表明,三万多年前人类就到达了大洋洲附近的一些孤立小岛。"

近半个世纪以来,古代木筏、独木舟、双帆船和其他一些传统船只的实验复制品已经多次跨洋航行。史蒂夫讲到十多年前英国探险家菲利普·贝尔(Philip Bale)驾驶一艘两千多年前叙利亚人的木船复制品,于2008年至2010年环游了非洲。2019年9月,比尔再次启航,从突尼斯出发,历时五个月航行六千英里到达美国佛罗里达州,他只为了证明早在哥伦布前两千多年的腓尼基人(Phoenician)早有能力跨海远航。

杰特从衬衣贴胸口袋里取出一支圆珠笔和巴掌大的记事本，认真记下这个新证。"人们越来越接受这个事实——古人的跨海航行的能力已经存在了数千年。船只不必太大或太复杂，随着洋流和风向就可以实现跨越。"

史蒂夫接到他刚结识的朋友、芝加哥人约翰的电话，说他已经备好点心请大家去家里边吃边聊。约翰是一位痴迷研究美国古老岩画的退休教师，他深信有些刻在荒山野岭岩石上的符号就是中国商代的文字，也就是说，他也是一位中国人早在几千年前就到过美洲的坚信者。正是和杰特的这一共识，他们成了互相探讨与佐证的老朋友。

杰特夫人想独自在这个距离芝加哥只有半小时火车车程的小城走走看看，于是84岁的杰特教授驾车，史蒂夫用手机导航，我们仨在这个叫Naperville的小城中穿行。10月的天气，枫叶刚开始这一树那一丛地染红半空，顶着绿色黄色叶片的叫不上名字来的树们和湛蓝的天一起，装点着美丽的秋色。任何一个外来者，都会不由地微笑驻足。十分钟左右，我们就到了约翰家那殖民地风格的红砖小楼前。

2

"你在弗吉尼亚的家和这儿差不多吗?"我们一边往约翰家走我一边好奇地问。

"没有这么气派。"杰特简洁地轻声说。他说他一向喜欢蜗居在看似不起眼却舒适宜居的房子里。出生在爱荷华州的他有近三十年生活在加州,退休后随他现在的太太莉莎回到了她弗吉尼亚州的家乡。杰特毫不遮掩地告诉我他有过两次婚史,早在1971年,33岁的他娶了小学教师玛丽为妻,去东非观光与野生动物相伴的蜜月虽然浪漫,却未留住天长地久,女儿三岁的时候两人离婚。

此后的杰特一直单身,直到1995年,他才再娶地质学家莉莎为现任的太太,虽然二人早在1979年就相识。

在约翰那老派、干净的家里围桌而坐,我们像回到了经典老电影中的美国生活场景。吃着他早烤好的桃子派,我们继续聊,虽然我发现杰特老人的脸上已开始有了倦意。

我们接着刚才聊过的跨洋手段,说到跨洋动机——为何古人要冒险渡海去见识(或寻找)一个不熟悉的世界?杰特认为首先是"推动因素",比如自然灾害、种族冲突等,就像中国人所说"人挪活树挪死"。另一个就是"吸引因素",包括对财富的追求、组建一个更好的新政权或团体,甚至简单到冒险带来的荣耀,都吸引人们走出家门。梦想总是要有的,万一实现了呢?

"当时人们眼中有投资或利润价值的东西主要是贵金属、宝石、象牙和贝壳,有精神安抚作用的植物如可卡因、古柯叶,香料、手编织物等都具有诱惑力,因为一次成功的航行就能带来足够的财富,使人过上富裕、安逸的生活,并获得社会的赞誉。"杰特说他也听说过中国慧深和尚东渡到达美洲的传奇,"那也是另一个刺激人们去远方的因素——宗教。某个教派的信仰者为了传播教义,完全可能会不顾一切险阻去遥远的地方。即使除了一些文字记录,没有充足证据证明他所描述的一切都是真的,但我深信不疑的一点就是,中国人早就到达过美洲和其他大陆,因为他们有太充足的技术和实力渡海。"

说到不同大陆板块人类的接触机会,他说:"如果有证据表明发生了跨洋接触,那么文化交流的机会就存在了。每一种文化的相似性都必须被视为这种文化交流的潜在可能性。虽然找到直接盖棺定论的证据的机会很小,但人类是可以推理的动物,我们稍有常识就会理解并相信,对一种较为复杂的技术或工具进行复制要远比从头发明制造容易得多。如果某些工具和生存手段模仿的机会被证明,那么引进或模仿就是解释显性文化共性的最现实的假设。"

杰特说最近这些年也有了越来越令人信服的证据被发现。"目前最令人兴奋,也是最主要的接触证据是生物证据。生物学具有文化所不能提供的证据潜力,因为尽管生物学有时会受到文化的影响,但它在很大程度上独立于文化。"

首先,驯化的动物和需要人工栽培的植物不能被"发明",而是通过人类的选择,从野生动植物那里发展出来的遗传实体。有些动物原产于一个半球或另一个半球,但不同时存在于两个半球,除非有人类的交流介入。而在几乎所有情况下,没有人类的照料,农作物都无法转移生存,更不用说能够跨越海洋,在遥远的海岸上立足了。由于这些原因,人类学家们开始把动植物当成研究人类远距离交往的实物指标。

近些年,许多植物如美洲苋菜、糖苹果和三种豆类以及墨西哥多刺罂粟和曼陀罗等都在印度的多个大型遗址被发掘出来。中国很早就出土了原本产于美洲的花生标本;东帝汶出土了辣椒和玉米标本;在埃及木乃伊内发现了烟草、尼古丁和可卡因;在塞浦路斯一艘沉船上发现了龙舌兰;波利尼西亚群岛上出现了甘薯标本。

许多反对文化扩散理论的学者的最常见的质疑是:既然交往是双向的,为何在美洲没有发现太多旧世界探险者传过来的东西。"在美国考古学中,旧大陆的植物种类较少,但也有一些,其中包括葫芦和椰子,这两种物种的自然传播可能性很小。大洋两岸异国植物交流分布的不对称性表明，东半球的游客遇到了他们喜欢的作物，然后带着种子回家，但并没有带来多少东西来回报当地的美洲人。"

其实这按常理分析也并不难理解，探险者是以得到而非交换为原动力的，他们除了长途跋涉中生存必需的物资，一般不会有意带上本土的物资。十五世纪上叶郑和的七次下西洋另当别论。

聊到此，善解人意的史蒂夫说他需要出去买些吃食，毕竟已经中午，"我看杰特的脸色已经不好了。聊得再high咱们也得补充能量。想吃什么？"按年纪杰特最长，虽然史蒂夫和约翰也都是七十多岁的人了。大家一致把发言权给了这位老人，要知道他头一天晚上刚和太太行驶五百英里从北部的威斯康星抵达这里。

"印度菜怎么样？我一直认为中国菜、法国菜、印度菜这三大菜系最好，既好吃又营养。"他仍是语气平缓地说话，却像一位不怒自威的将军下了令，我们立即在手机上搜索附近的印度餐馆，还真有几家。杰特不看菜单就点了一份咖喱鸡，说那是他唯一想吃的。除了几样咖喱肉菜，我们又加了一份印度抛饼、米饭。过了十来分钟，约翰驾车，与史蒂夫二人前去自取。

"你们帮我照看一下我太太琳达。别让她离开轮椅就行。"这时，我们才看到了坐在客厅轮椅上的约翰夫人。她是那么安静，像一个成人版的孩子，看我们望向她，脸上立即展现出一个礼貌的微笑，听我们跟她打招呼，她挥一挥手，笑得更甜美了。

"三年前我来时，看到她还可以交谈，一下竟这样了。"杰特智慧的眼神忽然黯淡了一些。而书桌上约翰的笔记本电脑里正播放出钢琴曲就是琳达"好的时候"弹奏的。

"琳达，你知道这曲子是谁弹的吗？"我高声问她。

她有些僵硬地弯过手肘，修长的手指指向自己，笑得更开心了，像得到了表扬的小孩。

"曲子叫什么名字？"我继续问。

她为难地侧过头沉思着，长发从肩头披散下来。过了半天，眼神空洞地望着我，什么也没说。

我安慰她说没关系，她难为情地摇摇头。

"MS（multiple sclerosis，多发性硬化症）真可怕。"杰特说罢，眼里满是同情和悲哀，是因为联想到已近暮年的自己吗？他显然又不愿意多想这令人伤感的话题。喝了口已经凉了的茶，跟我聊起了我们今天的主菜——鸡肉。

他说几十年来，大多数主流考古学家及其相关学科的团队都避免考虑哥伦布之前跨洋接触的可能性，认为这是不可能的幻想，也是"对美洲原住民创造力的诋毁"。然而，最近这一现象至少开始有一点点变化，原因之一就是鸡。"奥塔哥大学（University of Otago）遗传学家伊丽莎白和合作者最近在美洲对假定的前哥伦布—波利尼西亚影响进行了研究。一种在智利驯养的东南亚鸡引起了人们的关注——尽管美洲已经有一些考古鸡遗骸报告,但智利南部El Arenal-I遗址的鸡遗骸证明,智利鸡与萨摩亚鸡和汤加鸡的匹配最为紧密,这更增强了这种鸡是从波利尼西亚引进的可能性。也就是说,波利尼西亚人早就到达过美洲。"

"杰特,你是什么血型?我记得在书里你曾描述过不同血型易患不同的病。"我问。

果然,和大多数欧美人一样他是O型,而B型血似乎更广泛地分布在亚洲。

"刚才听史蒂夫说你都五十岁了,真不像!你看着也就三十岁。我去过两次中国,也去过亚洲其他一些国家,知道亚洲人比较耐老。这也是基因的关系。"他说对人类白细胞抗原(HLA)的空间分布的调查显示,美洲的土著人,来自大洋彼岸的基因比较杂乱,显然不是来自单一的欧洲殖民者。这一生物学迹象表明,来自其他洲的人类与美洲原住民不仅是偶然的越洋接触,而且多次往返,并且是来自不同的旧大陆地区,随后是密集的相互作用。

"我判断你来自中国的北方。因为南方人的嘴唇比较厚,鼻梁也相对比较低平。"对他的这一说法,我还真有些佩服——他对不同地域的人类的观察是如此细致。我们聊到人类的语言特征,他说长期以来,语言学家一直重复着这样的说法:除了北美北部的语言,没有任何新大陆的习语与旧大陆语言有亲属关系。这种看法现在也受到严重挑战。加拿大业余语言学家Bede Fahey将玛雅语归类为汉藏

（Sino-Tibetan）语，类似于古汉语。杰特说尽管这一观点有点戏剧性，却给他留下了深刻的印象。如果能引起专业人士的关注、研究，说不定会有新的结论性进展。

这让我想起在拉斯维加斯采访华裔考证学者钱肇昌时，他说到印第安人和中国人的一个显著的语言相似性——在感到惊讶的时候，他们都会不由自主地说：哎呀！

3

杰特认为自己从小就表现出对探险的爱好，还可能因为自己血脉里（父系这边）有丹尼尔·布恩（Daniel Boone）两个姐妹的基因。

丹尼尔·布恩（1734—1820年）是美国家喻户晓的拓荒者和民间英雄。是这位"最好的猎人"在1775年开辟了穿过坎伯兰峡谷进入肯塔基州的荒野之路，在阿巴拉契亚山脉以西建立了第一个说英语的定居点。到18世纪末，超过20万人通过布恩标记的路线进入肯塔基州。当时肯塔基州位于十三个殖民地的西部边界之外。不久，这个定居点被与英国结盟的印第安人攻击，布恩被捕但伺机逃跑了。独立战争结束后，布恩在肯塔基州一个河口小镇定居，他开了一家小酒馆，做过测量员、马贩子和土地投机者。1784年，在布恩50岁生日那天，历史学家约翰·菲尔森出版了《肯塔基州的发现、定居和现状》。这本畅销书中的一章"布恩历险记"使布恩成为名人。因为他的冒险经历真实而富有传奇色彩，他成为美国民间传说中典型的边疆英雄。布恩死后成为许多英雄故事和小说的主角。美国的许多地方都以Boone命名。为纪念布恩诞辰200周年，美国还铸造了一枚半美元硬币，1968年发行了一枚纪念邮票。

1742年，布恩的父母被迫公开道歉，因为他们的女儿怀上了非贵格会教徒的孩子。五年后，布恩的长兄也娶了一个非教徒女子，于是全家只能搬离那个社区。杰特的父亲说："我很自豪自己骨血里有布恩的冒险基因。"

杰特知道，影响他一生最确切的因素是他在约翰·霍普金斯大学师从的教授乔治·弗朗西斯·卡特（George F. Carter）——关于美洲早期人类活动最引起学界争议的学者。"毫不夸张地说，我对这个领域的兴趣是卡特教授一手培养起来的。"

卡特（1912—2004年）是美国地理学教授，以支持跨文化传播和美洲早期人类定居的理论而闻名，在其撰写的《圣地亚哥的更新世人类》一书中，卡特提出在南加州发现的石器技术来自亚洲，是亚洲人乘船到达新大陆并将先进的技术和文化传播给已经生活在那里的美洲土著人。他还引用汉内斯·林德曼（Hannes Lindemann）独自驾驶独木舟横渡大西洋的事迹作为证据，证明人类在过去确实可以进行同样的旅程。卡特还引证波利尼西亚人和维京人的海上航行能力作为论据。卡特认为，同一个项目的独立发明是罕见的。他声称某件东西尤其是稍为复杂的工具被独立发明的概率是百分之五十。同一件东西在某地被发明了，它在其他地方被独立发明的概率是百分之二十五。这意味着全世界人类独立发明相同工具的概率非常低。其备受瞩目与争议的著作《比你想象的更早：关于美洲人的个人观点》坚信人类早在大约10万年前就到达北美了。之所以敢于言之凿凿，是因为一项可以通过提取骨骼中的蛋白质来确定骨骼年代的新技术——氨基酸外消旋法（amino-acid racemization dating）被斯克里普斯（Scripps College）海洋学研究所的地球化学家杰弗里·巴达（Geoffrey Bada）发明。1974年卡特从圣地亚哥人类博物馆挑选了一些1929年M.J.罗杰斯在加利福尼亚海岸发掘的头骨进行测试，结果追溯到2万至7万年前，远远早于博物馆早先判定的5000至7000年。

卡特认为这是美洲早期人类的确凿证据。但是批评者很快驳斥了卡特用巴达理论做的测试结果。首先，使用氨基酸外消旋法测定骨头的年代时，前提是知道骨头埋在地下时的大致温度。此外，这些骨骼的地层学测试表明它们的年代大约是10000年前，而不是70000年前。1984年巴达利用更先进的加速器质谱法再次进行测定，给出了同样的骨骼不到10000年的结论。

正是在约翰·霍普金斯大学读书期间，卡特教授的观点让杰特耳目一新，虽然此后几十年在同一领域的研究让他并不完全苟同卡特的所有论点。"乔治·卡特因其激进思想而备受嘲笑，他也犯了一些错误。然而，他又走在了时代的前列，几十年过去了，许多当时学者认为可笑的事情都被证明是正确的。"

正如卡特对那些主流考古学者的回击："一些学者思想封闭，过于沉迷于公认的考古学理论，以至于无法接受新的证据和观点。"杰特说他一直在用这位有些特立独行的教授的反常规思维激励自己，他非常认同牛顿说过的一句至理名言: No great discovery was ever made without a bold guess（没有一件伟大的发现不是源于大胆的猜想）。

二十世纪六十年代，为准备博士论文，杰特在美国西南著名的四角地（Four corners，是美国唯一一个四州交界的地点，为亚利桑那州、新墨西哥州、犹他州和科罗拉多州交会处）进行了一年的文化实地考察，奠定了他对原住民最大的部落纳瓦霍文化和历史的研究基础。"我从小就喜欢收藏，购买和研究纳瓦霍地毯正是在那次的考察时开始的。我后来在戴维斯画廊举办了两次原住民地毯和篮子的展览，参与策划了一个反映我后来兴趣的展览——中亚和西南亚部落纺织品。"

"另一个让我从自然地理学转到文化地理学的原因就是我数学成绩一般。"杰特笑着说，在俄亥俄州立大学讲授地理课一年后,他前往加州大学戴维斯分校从教,一直到1996年该校地理系取消。对布艺和编织一向有着深入研究的他进入布艺和编织系,直到2000年退休。

他说他有些沮丧:没能从自己的学生中培养出几个对文化扩散理论感兴趣的研究者。

退休第二年,他和太太离开加州搬到了莉莎位于弗吉尼亚的故乡。"我非常积极地反对在一个历史悠久的种植园上开发购物中心和体育综合体,但没有成功。"

法语流利的杰特退休后有更多时间待在欧洲,尤其是法国,在2004年出版了《现代世界国家之法国》一书,2006年,他应邀在圣德孚日国际地理节(St Diédes Vosges)担任讲师和专题小组成员。

坐在餐厅,我们边聊边扭头看一看客厅里坐在轮椅上的琳达。她仍像个听话的大孩子一样,安静乖巧,似乎让人们察觉不到她的存在是她唯一的存在目的。

史蒂夫和约翰回来了。桌子上很快摆满了廉价的泡沫饭盒。印度咖喱鸡味道不错,且相当的辣,就着抛饼和米饭,大家都吃出一身汗。即便吃饭,坐在那儿的杰特仍是平静而略带肃穆的表情。他是那种在人群中最不事声张的人,可即便对他毫不了解的陌生人看到他,都会不由自主陡生敬意,他就有那种让人心存敬意的气场。

早年刚加入卡特教授的研究"阵营",他也并非没受到同事的嘲弄。每次开会聚在一起,言语间的明枪暗箭没少射向他，可他天性随和不喜争斗，对人对事都真挚坦诚，只顾埋头读书、思考，眼中没有敌人，最后就真的没有了敌人——敌人是需要有对手才能存在的。

"保守派至今都咬定人类既然有相同的大脑，一切发明创造既然可能在A地发生就毫无悬念地可以在B地发生，这听起来好像也没错吧？"听到我的疑问，他宽容地望了我一眼，说许多听起来没错的事情并不是真相。关于人类的发明创造，简单的，比如说用石块打磨成一个尖锐的刀形用作武器，那可能是自发的本能的创造，可复杂如中国明代郑和下西洋时的船舵，在同时代的美洲部落被独立创造发明的几率就不太高。我们当然尊重美洲原住民的智慧，可承认旧世界尤其是中国古代文明的领先并非就要被贴上种族主义的标签。我忽然想到2020年那个叫弗洛伊德的黑人被警察在执法过程中窒息而死后，美国掀起了"黑人的命也是命"运动，许多好莱坞电影公司怕被扣上歧视黑人的罪名，矫枉过正地把一些白人角色换成黑人，致使大批白人演员下岗。迪士尼乐园甚至把小美人鱼的形象也由白人小姑娘换成了黑人，甚至经典电影《飘》也被电视频道下架，因为里面有黑人奴隶。看来"政治正确"无处不在。

4

"现在几乎有移民的地方都有来自世界各地的饭菜，这也是文化扩散论的证据。人只要流动，就会把自己基因里的文化带到其他地方去，不管是衣食住行的习惯还是技术，那也是人类生存的本能之一。"吃着饭，大家仍三句话不离本行。

"如果有更多的普通读者或写作者像你一样对这个历史命题感兴趣就好了。"出版了七部图书两本论文集的杰特坦诚地说，自己不是也永远不可能是畅销书作者，他最好的书卖了七八万册，还不是关于被史蒂夫称为文化扩散论"圣经"的《那些跨海者——哥伦布时代前的洲际接触问题》，而是他年轻时经年累月与纳瓦霍部落同吃同住的考察纪实《荒野纳瓦霍》，该书获评为1967年50部年度图书之一，1969年又获评为最有价值的二十部图书之一。

说到纳瓦霍人，杰特自进入普林斯顿大学读本科就开始介入的研究对象，他的兴致很高。他说之所以对这个特殊的部落花了十年时间去研究，还是兴趣使然。穿越科罗拉多高原，深入纳瓦霍保留地丘斯卡山脉，他对纳瓦霍人越来越感兴趣，尽管自然景观、地貌特征仍然是他这位地理学家的主要兴趣。作为约翰·霍普金斯大学的博士生,他写了一篇关于"纳瓦霍王国的风景资源和旅游开发"的论文,他的兴趣开始更多涉猎纳瓦霍历史和物质文明,包括地名、建筑、农业、纺织等。

我好奇地请他讲一讲纳瓦霍人与其相邻的普韦布洛人最大的区别。他说大约500年前,以狩猎和采摘为主的纳瓦霍人从加拿大迁移到科罗拉多高原,从已经生活在该地区以农耕为主的普韦布洛人那里学到了农业种植。后来西班牙征服者将绵羊、山羊、牛和马引入普韦布洛人,纳瓦霍人则从普韦布洛人那里又学会了饲养牲畜。"他们最大的区别是纳瓦霍人与他们的牧群会进行长距离的季节性迁徙,住在临时用木头支撑、泥巴糊顶的Hogan圆形房子里,而普韦布洛人则不迁徙,一直住在典型的普韦布洛(Pueblo,石头和土坯屋)里。纳瓦霍人的部落仪式受普韦布洛人的影响很大,但他们重于治疗,而后者则侧重于祈雨。"

《荒野纳瓦霍》的副标题是:as long as the river shall run(只要河水流淌)。杰特说这句话出现在许多原住民部落之间签订的合约中,意思是"永远"。《荒野纳瓦霍》之所以受欢迎,是因为它不是一部学术著作,而是适合放在咖啡桌上的休闲读本。

约翰说他很佩服杰特,几十年从事这么一个有争议的话题研究,愣是凭着他低调的做人、严谨的做事没引起观点对立方的反对,更没像他老师卡特一样因为过于激进被持不同意见者群起而攻之,甚至连他自年轻时就追随的恩师最后也与他分道扬镳。

杰特说之所以没有受到批评,是因为他写作时就把自己放在客观中立的立场,不走极端。"献给那些仍活着并为古代人类早已互相接触这一理念而勇敢奋斗的学者,是他们在极为不利的学术环境下,冒着巨大的职业风险,将跨洋相互影响的研究变成一项严肃而可敬的事业。这些人和那些逝去的前辈都是巨人,我是站在他们的肩膀上。"这是他的《古代海洋跨越》一书的敬献词。

杰特的两本新书很快会出来,他相信会让更多人心平气和地接受现实接近真相。

"你相信中国人早就到过美洲,他们大概在什么时候来过?"我终于有机会提出了这个憋了许久的问题,因为我们一直在说的是亚洲到达美洲的可行性。

"公元前3500年左右,我相信中国人一定来过,沿北太平洋的暖流漂到阿拉斯加一带,然后再南下到达中美、南美洲。主要的动机是对毛皮和鱼类的需求,而且阿拉斯加一带也出玉,那是当时最有价值的商品。现代人都知道,日本海啸过去一年后,加拿大西海岸就发现了日本来的船只残骸,不需要太高的技术,同样的路径就可以跨越太平洋。美洲西海岸一直在发现与亚洲相关联的文物和文化遗迹,许多都出自公元前3000至5000年前。"

有人说在美国，极少有能让十个人达成一致的事，例外又难得的共同点让我既吃惊又骄傲——几乎没有人不爱吃中餐。当晚，在谷歌地图上，我搜索到一家看起来不错的粤菜馆，跟约翰核实，他说确实很好，我请大家去吃中餐以庆祝这愉快的采访。

虽然坐在中餐馆，大家还是习惯各点各的，最后变通为共享每一道菜。点了烤鸭被告知卖完了，杰特换成了叉烧肉。约翰似乎驾轻就熟，不看菜单就说要酸甜猪肉（咕咾肉）。史蒂夫把他的点菜权交给我代理，我替他点了蒜蓉鱼片。杰特那小他十九岁的太太莉莎戴着黑框眼镜，和先生一样斯文优雅，简朴而低调，黑色短发间夹杂着一绺绺自然的白发。她点了一份鸡肉丝炒面。我点了干炒牛河，问那一口地道广东味普通话的年轻服务员是否够了，他看了一眼说："都是主菜，够了。"

大家边吃边聊。我留意到杰特和太太都不喝茶，而只喝清水。看着大堂里一桌桌熟络相聚的食客，我再看看身边几张面孔，忽然感觉有几分梦幻——两天前，他们与我还是完全陌生的人，走在街头擦肩而过都不会多看几眼的，可现在，我们已在一起像老朋友一般相敬相亲。

杰特仍是我们这个小圈子的中心人物。他说他马上要出版的两本书仍是关于人类文化扩散学的。其中一本侧重于这个有争议的话题的发展脉络，主要讨论了一些非学术和政治原因导致的对文化传播学的人为抵触。另一本侧重于跨洋交流的具体文化证据，包括语言、美洲石刻、信仰体系和日历以及技术。虽然前者更具有启发性，但中国读者可能会对第二本书更感兴趣。明明在说学术话题，可他望向别人时那睿智又单纯的目光，总让我以为我们是结识多年的旧友故知在轻松聊天。

杰特客气地问我是否可以把住址告诉他，他回到家要给我寄一些他认为我会用得到的资料。

约翰给我带来了一个小小的密封塑料口袋，里面是十几颗桃核，那是他祖父1896年栽种的桃树的后代。"我知道在中国桃子寓意长寿，希望它们在你的院子生根、发芽、结果。"

从灯火通明的饭馆走出来，外面已是暗夜笼罩的世界。我看到杰特的一只鞋的带子开了，长长地拖在地上。我提醒他，大家闻声都停住了。他低头看看，想弯腰蹲下去系，却面有难色。我蹲下去，帮他系上。他道了谢，继续往停车场走。大家都没多说话。事后史蒂夫告诉我："你不知道那一幕让人多感动。中国人待人有礼，尤其尊重老年人，这种美德是美国人应该学习的。"

回住处时，照例是杰特驾车，我和莉莎坐在后排。趁史蒂夫正和杰特聊着明天的行程，莉莎侧过身凑近我轻声说："让我也贡献一份晚餐的钱好不好？让你自己承担我感觉非常过意不去。"

我开始不敢相信她在提议分担餐费，她文雅地用了

"贡献"一词。待她再说了一遍之后,我笑着说:"不用,莉莎,杰特不是说了吗,我们地球人早就是亲戚呀!"她也开心地笑了,说明天早餐由她来付账。

临别依依,杰特说他没想到这次的相识相聚如此美好,"说了比平时多很多倍的话,一下子感觉自己精力特别旺盛了。"他殷殷地说期待再相见——毕竟他女儿住在离洛杉矶不远的圣地亚哥,他去看女儿的时候我们可要再见。人生偶遇,彼此相见恨晚,这又是多么美好的遗憾!

"我打算请杰特到美国探险家俱乐部做一次演讲,让更多的人了解他的理论。到时候你愿意去趟纽约参加吗?"史蒂夫是那有着上百年历史的美国探险家俱乐部的资深会员和南加分会主席,比尔·盖茨、伊兰·马斯克都是会员。我毫不犹豫地说了yes。

采访杰特半年后,我要去欧洲游走,想到杰特在法国普罗旺斯的石头房子,便给他发邮件要地址。"如果你不嫌弃它太老旧,我当然愿意你去住,虽然是春天了,但仍有点寒意,这三百多岁的老房子没有暖气,取暖只能用电热气……"他毫不犹豫地给我写了住宿证明,担心发邮件不够正式,又打印出来手写签名,工整地贴好邮票寄过来。带着他名字title的古雅信笺,漂亮的法语与措辞,都让我似乎又看到了那体面、有尊严的老学者。

杰特,没错,我们地球人都是亲戚。

爱丽斯：

那些漂到美洲的小船上肯定有中国人

I am very pleased that Li Bing has used my years of research, and that of my colleagues, to present to the people of China, the evidence of Asian seafarers reaching the Americas well before Europeans did. The great Chinese junks were the world's best ocean-going merchant ships — their owners feared not to sail them far.

~ Alice B. Kehoe

I am very pleased that Li Bing has used my years of research, and that of my colleagues, to present to the people of China, the evidence of Asian seafarers reaching the Americas well before Europeans did. The great Chinese junks were the world's best ocean-going merchant ant ships—their owners feared not sail them far.

—— Alice B. Kehoe

我很欣慰李冰参照了我和我同行们的考证向中国人证明,亚洲人早在欧洲人之前到了美洲。了不起的中国帆船是世界上最好的航海工具,它们的主人是不惧远航的!
——爱丽斯·柯霍(哈佛大学人类学博士,美国马奎特大学荣休教授)

1

爱丽斯·柯霍（Alice Kehoe）终于等到了自传的出版，那是2022年的春天，她已经88岁了。书名 *Girl Archaeologist: Sisterhood in a Sexist Profession* 直译为——女性考古学家：一个性别歧视职业中的姐妹情。"正是因为女性受到性别歧视，我们，女性考古学家们才应该靠姐妹情谊团结起来。"

出生于二十世纪三十年代的小女孩，似乎注定要借助额外的幸运恩宠才能够触到梦想的翅膀。爱丽斯就偏受上天宠爱，得到了这一幸运。虽然一开始，并没有任何人看好她。

1934年9月，三十岁的罗曼·贝克站在街角，被一辆出租车撞倒——司机在驾驶时睡着了。罗曼被紧急送往医院，他的左半身从臀部到脚都打了石膏——骨盆和腿都断了。三周后，罗曼生日的前一天，他的妻子生下了一个女婴。

那个女婴就是爱丽斯。

虽然家庭贫困,但是她对世界的好奇仍像路边的小草一样自然萌发了。"我最初的记忆是和妈妈一起走在白色的人行道上,旁边是绿草,阳光灿烂。我们下了一个斜坡,进入一个黑暗的石头隧道,穿过它,再次回到阳光下。黑暗!凉爽的潮湿!然后是明亮的太阳!这穿越短暂黑暗的激动人心的经历,就是我蹒跚学步时的考古生活。"

她渐渐长大,悲哀地发现,"如果我是一个男孩,我的道路会很清晰:大学,研究生院,一份永久工作,研究与创造就会是我留给世界的遗产。但我是个女孩!"

16岁那年暑假,她给美国自然历史博物馆写信,自荐当暑期打字员。信寄出前,她给父亲看了一下。身为犹太人,一辈子受尽歧视的父亲尽管有着纽约大学法学学位却没当过几天律师,毫不客气地给女儿泼冷水:"难怪人们都说女孩子愚蠢。你这纯粹是浪费邮票!"虽然是他坚持让女儿花一年时间学会打字,理由很简单粗暴:世事难测,一旦女儿未来成了寡妇,至少可以靠打字这一技能养活自己和孩子。好在她的母亲,一个一直隶属于男权的女人,希望给女儿一个机会,她对丈夫说:"我想我们能够承受起三分钱邮票的损失。"求职信寄出去了,小女孩爱丽斯的幸运之神听到召唤降临了。那个夏天,机遇为她开启了一扇门,从此,她的一生注定了要与人类远古的祖先们无休无止的神交,从纸上到田间,她让自己活在了过去。

她坚信不移的一点是,人类在新石器时代就已经具备了穿越海洋与其他陆地板块交流的能力。哥伦布之前，许多民族包括中国人、波利尼西亚人都曾经多次往返美洲、欧洲、大洋洲。

那天是2021年10月23日，密歇根湖西岸的小城迎来了晴朗的一天。早上，我们与杰特教授夫妇共进早餐，就在我们酒店旁边的小餐馆。早餐很可口，谈话更有趣。自然一切都离不开哥伦布前人类的跨海活动。杰特除了接受了我们的采访，还主动推荐了"一位有趣的老人"——爱丽斯·柯霍，马奎特大学荣休教授，她的论文《北大西洋上那些小船》(*Small Boats upon the North Atlantic*)也是《那些跨海者——哥伦布时代前的洲际接触问题》中二十四篇论文之一。"去和爱丽斯聊吧，你不用担心没话题。她一见面就会滔滔不绝。不过她很直率，要记得少说或别说废话。"杰特教授的太太莉莎笑着告诉我。莉莎年轻时在哈佛大学拿到博士学位，刚开始享受退休生活，和先生一周前自驾探亲访友，刚去看了爱丽斯老人。

我们分别退房上路。我和史蒂夫前往芝加哥北边100英里处的小城密尔沃基（Milwaukee）采访87岁的人类考古学家爱丽斯。杰特夫妇继续南下前往弗吉尼亚的家，完成他们半个月的自驾游。

于是，我们有了在爱丽斯老人家里的闲聊和采访。

我们从洛杉矶飞到芝加哥后没有租车，而是直接雇了史蒂夫的朋友介绍的司机，他只负责接送我们从芝加哥到密尔沃基（Milwaukee）之间的往返。这位黑人壮汉自称Dragon（龙），是位地道的芝加哥人，祖上来自塞尔维亚。他是那种连记性不好的人都过目不忘的家伙，极高大圆胖，穿着白衬衣蓝黑色背心，头发剃得短至头皮，弥勒佛一般微笑着的脸却透着黑道中人的杀气，似乎在说："我挺随和，不过别惹我。"

我们和爱丽斯约好中午赶到，下午四点前离开并直接去机场回洛杉矶。"这多么有意思，你这中国人前来芝加哥采访，开着车带着你东奔西走的人叫Dragon（龙）！"别看史蒂夫七十出头了，却精力充沛，全然不像我——被洛杉矶和芝加哥之间的两小时时差折磨得晚上睡不着，白天困倦不堪。

在我打盹的时候，他一直和龙先生聊天。Milwaukee这名字是什么意思？水聚集的地方。Chicago（芝加哥）也是印第安语，意为沼泽之地，可能五大湖区一向不缺水吧。虽然只有几十英里之隔，不同于芝加哥所属的伊利诺伊州，密尔沃基属于威斯康星州。

我睁开眼，明丽的阳光下，车窗外闪现出无垠的蔚蓝，那比天空更有深意的蓝似乎只有哲学家才可解读，我知道那就是密歇根湖。五六只加拿大鹅正列队飞过湖面前往墨西哥过冬。是要为大地御寒吗？白云也棉絮一般东一团西一堆地聚好了，单是看着都让人感觉温暖。公路边的枫叶正在变红，那红色像酿了一夏的酒，不用饮，只需凑近了闻一下就会醉倒。

不足两小时,我们已经驶入了红砖绿树的漂亮小区。史蒂夫建议我们沿街溜达一会儿,毕竟太早到也不礼貌,我提议带她出去吃午饭,她说尽量少和病毒接触,还是别去餐馆了,她准备些三明治,在家边吃边聊。还未谋面,主人的好客之情已经让我放松了许多。

不同于洛杉矶那干旱的气候,芝加哥的冬天虽然很冷,但雨水丰沛,所以家家户户的草坪都绿得滋润,虽然上面已经落上了一层黄红相间的叶片。洛杉矶处在地震带上,为了安全所有房屋都是木质结构。缓步行走在这红砖灰瓦的楼群间,望着路边各种高大秀美的乔木,我不由地惊叹并羡慕爱丽斯生活了半个世纪的小城如此宜居可爱。"这算是富人区吗?"我问出生在芝加哥的史蒂夫。他说算也不算。离这里不远就是建筑和街道外观完全不同的"穷人区",当年在这里买房子住下来的人也并不是富人。事后我问爱丽斯,还真没错,她1968年买下这套房子时才花了四万多美元。好奇心比我还重的史蒂夫立即查了这套650平方米的房子如今的市值——七十五万美元。

爱丽斯还真不是富人,从来不是。至少和她的邻居们相比,她那位于体面社区的房屋显得缺少保养和维护,理由不用问也可猜得到,要么缺钱,要么没精力,要么二者都不充足。

两件豁了口的破陶罐随手丢放在草坪上,似乎露出一点暗示——这房屋主人是位考古学家。前院有块小草坪，没有种任何树木花卉。房门很小很旧，和二层楼的房屋比起来显得过于狭小简陋。门牌号在门右手的砖墙上，有一个数字松动了，用一块塑料胶带胡乱地贴着算固定。

我们摁了门铃，个子小小的她微笑着从门后闪出来，温暖得像最慈爱却有知识的祖母。她站在那儿，好看的眼睛友善地望向我们，似乎六十年前那个初登讲台的女教师望着台下的学生。和年轻时的照片一样，她仍梳着一根独辫，仍很粗大，只不过由深棕色变成了银白，甚至那枚别在头上的发卡都没变。深蓝色的无领绒衣扎进牛仔裤里，一条宽宽的帆布腰带束在腰间，脚上是一双红色休闲鞋，好像她马上就要出发去田间山坡挖掘文物。和许多一心做学问的人一样，她仿佛在少女时期就固定了衣着风格，一成不变地穿越了多半个世纪，不让生存所需的琐碎浪费她一点心思和时间。

"我们当年之所以选择了这套房子，首先是因为后院有栅栏。我最小的儿子才一岁半，这样他不会跑丢。"这是她开门见山跟我们说的第一句话。

屋里的陈设似乎自她搬进来就没有变动过。老家具上面陈列着不值钱的瓷器和小摆件。到处东一条西一块地铺着地毯，因为不和谐而显得杂乱。植物倒是不少，东一盆西一棵，都活得不错，却也随意摆放没有章法。唯一彰显主人知识分子身份的是那些书架上挤得毫无空隙的书和卷宗资料。

看我急于去后院看看，她好脾气地说不急，兀自引领着客人走到门厅尽头那座一人多高的老座钟跟前："我想让你们先看看这个，这可是名副其实的grandfather clock（祖父的座钟，形容古老的钟），真的来自我的祖父。"她仰起头踮着脚把钟面上那小门拉开，让我们看那钟的品牌。

"我出生时并不被当作白人，而是希伯来人。所以，我们在美国和黑人、亚裔人一样受尽社会歧视。我父亲在法学院毕业后找不到律师的工作——除非去犹太公司，那时哪有几家犹太公司？我母亲申请了一份学校教职，被告知该镇没有雇用犹太教师的先例。"19世纪末，联邦政府不顾美国犹太人的多次抗议，开始按照"种族"对移民进行分类，包括犹太人的"希伯来种族"。爱丽斯的祖上是波兰人，在十九世纪俄罗斯屠杀犹太人时，全家人准备逃跑，曾祖母病弱不堪，躺在床上打算听天由命。"士兵四处寻找，没找到任何值钱的东西，就问她是否藏在身下了。她说没有。一把刺刀就刺中她。她那么瘦，居然被那刺刀挑在空中……"爱丽斯的祖父母在1900年逃到了美国。

由于祖上几代都是weaver（织布匠人），自小就对布艺耳濡目染，爱丽斯对远古编织工艺的辨识有了先天的优势。

推开一扇小门，我们进到后院。不大的地方除了一块硬化的路面是车库出口，其余地面全部被植物覆盖。爱丽斯真是一位挚爱植物的老人，她像个植物学家一样叫得出所有植物的名字，加拿大枫、丁香、莫克橙、玉簪、天竺葵、虎刺梅……她是个有魅力的老妇，那魅力来自她对所关注的事物发自肺腑的热爱，既像清澈的泉水流淌不息，又像热烈的火苗充溢着无法阻挡的力量。当年和大名鼎鼎的生物化学和科技学史专家李约瑟（Joseph Needham）一行前往墨西哥勘察文物现场，那个席地而坐、心无旁骛地对先人留下的遗迹观察、辨识、记录的恬静女子，让李约瑟赞叹不已。1985年他和太太鲁桂珍所著《再次倾听，跨太平洋的回声与共鸣》(*Trans-Pacific Echoes And Resonances; Listening Once Again*) 一书在扉页上赫然印着：充满感激地献给爱丽斯·柯霍和大卫·恺利，为你们的慈善与对美洲印第安文化的引领。

立在院中正午的阳光下，爱丽斯眯着眼睛，继续微笑着侃侃而谈，好像忘了我是来采访而不是来聊天的。"看到院当中这棵莫克橙了吗？这可是有故事的。当时我的丈夫莫名其妙变得抑郁，后来才知道他其实已经得了很严重的糖尿病。车库旁边有一棵我最喜欢的莫克橙，开的花好闻极了，和橙子花一样。可是有一天我忽然发现那棵树病恹恹的，开始掉叶子。再过了没多久，居然死掉了！"请园丁来看个究竟，她被告知有人给树浇了漆料。漆料的毒性生生把她最爱的树给杀死了。她追问之下，丈夫才承认是他浇的。"他自己抑郁了，也看不得我快乐。"明明是自揭伤疤,讲述那些不堪的往事,爱丽斯脸上的笑意丝毫不减,像讲一个别人家的笑话。这是一个心胸开阔的女人,甚至丈夫听人怂恿去找了别的女人来治疗自己的"中年危机",她都宽容地接受:"他是病人,我不能跟他计较。"

阳光下,她的苍老一览无余,不掖不藏。额头的皱纹在薄而脆的皮肤上纵横蜿蜒,像岁月的河流在记述着她的私人历史。是那植物感觉到了女主人的爱吗?不久,从院墙一角居然有一株小苗钻了出来。"我不知道是偶然掉落的一粒种子,还是那死去植物的根伸到了远方,总之我有了一株新的莫克橙。为了给它更好的阳光,我请园丁小心翼翼地给移到了园子中央。"我请她立在那树旁合影,她笑着配合地立在树边,说她之前与这树合过许多次影了。

我一下子喜欢上了她,在我眼里,她就像路边那些挂着一身金色叶子的槐树,知道自己生命尽头不远了,便以高远的蓝天为背景,每一分每一秒都活得坦然舒展。

一只短毛小狸花猫从屋里跑进后院,边打量边蹭我的裤脚。那是苏塞,爱丽斯在她的著作《跨越史前之海》(*Traveling Prehistoric Seas*)中鸣谢过的:"最后但不可或缺的,放在最后致谢只是按个头它们最小——蕾塞在我的打字机上边打盹边确保我是安全的,苏塞趴在我的腿上打着呼噜。"她说蕾塞去世了,毕竟那书出版已是七年前的事了。

2

如果任由我们这样聊下去,估计我得住几天才能完成采访。好在我有史蒂夫这搭档,他看我和爱丽斯没完没了地聊植物,看看表,好脾气地催促说时间有限,还是进屋办正事吧,毕竟我们只有三个多小时。回到屋里,为了在哪儿坐着聊又费了些周折。我们先是跟她进客厅,还没坐下,她又说在阳光房也可以,听说史蒂夫想看她的藏书,又把我们带上了二楼的阁楼。左一间右一间都是紧闭的白色房门,迷宫般让人有些不安。那阁楼不大,像传说中会闹鬼的房间,除了几扇小小的带白色蕾丝窗帘的玻璃窗,就是几壁书架,两盏落地灯,两把中世纪的老式布椅,其中一个断了一条腿。她说自丈夫离开、母亲也去世后,那房间曾被她一度招租出去,先是一个印度女学生,后是一个穆斯林女子,都不收房租,只请她们为房间打扫卫生。"女人一向受社会不公平对待,我们应该互相善待。"她说她辛苦工作一辈子,可收入从来都比男性少三分之一,早在二十世纪二三十年代就有女教师抗议过,可至今也没听说谁给了个说法。

我看到有几本书的著者都是李约瑟,其中一本还特意提到献给她，便问她对这位毛泽东主席和周恩来总理都曾接见过的老朋友的看法。"我知道他在中国相当有名，是不多的外籍院士之一。在我眼中，他是如此博学，是一位真正的了不起的学者，非常具有个人魅力，又谦逊无比。当年我那才几岁的儿子有时都感到难为情，因为他坚持每个人都直呼其名约瑟夫（Joseph）而非Needham博士。有时一堆博士围着他讨论问题，他会走到一边儿去和我儿子聊他正在看的《仙女座菌株》（*andromeda strain*）。"爱丽斯对李约瑟无疑是崇敬无比的，不仅把她的《跨越史前之海》（*Traveling Prehistoric Seas*）一书献给两位"批判性思考大师"李约瑟和大卫·恺利（David Kelly），文中她用一个章节来写她眼中的李约瑟，用三组形容词来表达这位生物化学家的睿智超群：keenly observant（热切的观察者），razor-sharp（刀锋般锐利），analytical mind（辨析的思维）。1977年6月她曾申请到资助，组织一个专家团前往墨西哥考察——就是因为曾读到李约瑟描写过他在1947年在墨西哥短暂停留时的震惊：那些中美洲风格的建筑图案和样式、那龙形的图腾都太像中国的了！为了能让李约瑟再次近距离察看现场和文物，爱丽斯联系玛雅文字专家大卫·恺利，两人一起写信邀请李约瑟前往墨西哥。除了当地的考古专家，他们还邀请了其他几位美国学者，其中有四位对墨西哥与中国文化有渊源关系持反对态度。当然，她还邀请了Lu，后来嫁给李约瑟的中国留学生鲁桂珍。

与其他版本的李约瑟和鲁桂珍的爱情佳话不同,爱丽斯作为他们的朋友和学术追随者,跟我讲了她"眼见为实"的细节。"二战"期间,鲁桂珍和另两个中国学生到了英国李约瑟和太太多萝茜的生物化学实验室学习,有着医学家庭背景的鲁桂珍深受这对科学家夫妇的喜爱。对中国文化和历史一向痴迷的李约瑟更是被这几位年轻人的优秀品质所打动且深感不解——既然中国有如此出色的科学人才,既然中国有着那么悠久的历史和发达的科技,为什么科学和工业革命没有在近代的中国发生?这就是著名的李约瑟猜想。

那个为期两周的墨西哥考察团,事先说好的每人写一篇论文的承诺只有李约瑟、大卫和爱丽斯兑现了,其他的人尤其是反对派没有一个人写出一个字,无论爱丽斯多么礼貌地一遍遍催问。也正是那次的墨西哥之行,让李约瑟与爱丽斯建立起了学术与生活上的联系。他们都坚信中国的创造发明对西方和世界文明的形成与发展起到了重大的作用。

那次与鲁桂珍的接触,也给爱丽斯留下了极深的印象,所有人都和李约瑟一样称呼她为Gwei-Djen。"她让李约瑟发挥领队的中心作用,就文物的背景、跨洋接触的可能性提出问题。她也会有意地帮着澄清一些问题,阐明她自己的观点。和李约瑟一样,她对每个不同的观点都抱有真挚的兴趣。他们从不认为自己的研究可以拯救世界——

作为连接东西方文明的桥梁,他们只想向那些刻板的民族中心主义者讨回社会和科学公正。"说到李约瑟,爱丽斯眼里闪着温柔、快乐的光,她是那么发自肺腑地敬重他和鲁桂珍:"我从来没有从我教书的大学获得过一分钱的考察资助,因此与他们三个见面机会不多,但每一次都让我难忘,尤其是多萝茜患病以后,我眼看着在餐厅里李约瑟和鲁桂珍一人一口地喂她吃饭。说鲁桂珍是李约瑟的情妇完全是胡说八道,我也知道是谁散布的这些所谓花边新闻,如果让我看到他,我会给他个大嘴巴。鲁桂珍是在多萝茜去世之后才嫁给约瑟夫的!"她欣赏李约瑟的公正和幽默,说他自称是Christian Marx,信徒马克思,因为他倡导人人平等。

作为一个英国人,1978年,李约瑟当选美国科学院外籍院士。作为总设计师、主要撰稿人,1948年他开始编著《中国科学技术史》,对中国人的创造才能以及对世界文明的贡献表达了深刻敬意,他认为包括250件发明、35种创造传到了西方。1994年,他当选为中国科学院外籍院士。

"我自己是不怎么上这阁楼来的,岁数大了,万一有个闪失就麻烦了。"一边下楼,爱丽斯一边不住嘴地继续说着话。有三个儿子的她多年来都是独自生活,只不过出门尽量走路,好在图书馆、食品店都不远,往返半个小时她还不成问题。关键是每次有人邀请她出席学术研讨会,她必须得去做核酸检测:"离我家近的检测点都不能报销,我得去他们认可的那家，开车15分钟。来回近一个小时，只为了那一分钟的检测！"即使是值得抱怨的事，她脸色也是平和的，甚至带着戏谑的微笑。

3

终于回到客厅，我坐定后打开笔记本准备采访。老人却手里拎着两袋面包走向了餐桌，冲我高声打着招呼："过来吃午餐！"三人围桌而坐，面前除了面包，就是两纸盒饮料，一袋切片奶酪，一小盘土豆沙拉，还有一盒我和史蒂夫都不知道为何物的像生豆苗一样的东西。"这是Alfalfa（苜蓿）芽，很健康的，瞧，你放两片奶酪在面包上，再铺上一层鲜苜蓿芽，吃起来口感很好。"我们如法炮制，也每人做了一个三明治，尽管一切都是冷的，吃起来也不算太难吃，可也真算不上可口。老人的简朴、知足再次让我感叹佩服。

史蒂夫不等我发问就边吃边郑重地催促主人："咱们边吃边聊吧，我想知道你是怎么进入这个史前人类跨海活动考察项目的。"

刚举起三明治要咬一口的爱丽斯立即听话地放下，开始认真回答，像个配合老师提问的孩子。"我读高中的时候,很偶然地从图书馆借到一本《人类学》教材,作者是克洛博(Kroeber),我立即被他关于欧亚文明的相关性的观点吸引住了,从语言、植物、技术到神学,我尤其难忘他对马儿奔跑时四蹄可同时腾空这一现象的描述,他认为那并非视觉幻想。"不久她参加了中学科技奇才大赛,递交了一篇关于哥伦布前人类跨海活动可能性的论文,出乎她的预料,她竟然入围四十名获奖候选者,受邀前往华盛顿特区进行最后的答辩。每个入围学生都被配对给一位科学家,她被分配给了史密森学会的贝蒂·麦戈(Betty Meggers)博士,最令她难忘的是终于有机会见识她心目中神秘的史密森学会的真颜。

"我想之所以让麦戈博士与我配对,首先因为我们都是女性,她当时还没发表后来著名的关于人类跨太平洋接触的论文。她非常和善,燃起了我的未来之梦——作为女性,她能当上博士,她相信史前人类跨洋活动!我激动地看到,that is acceptable(这一切都是可行的)!"备受激励的小爱丽斯回到家,毫不犹豫地寄出了给美国自然历史博物馆的暑期打字员工作申请。那个小小的打字员岗位,却为小姑娘打开了一个新世界。"我现在都很奇怪,为什么那么大一个博物馆,当时居然没有最新科研项目论文的复本。我的职责就是打印出一式三份。天哪,那可是让我大开眼界的内容,全都是玛格力特·米德(Margaret Meade)这样著名的考古学家和人类学家。"那个夏天,她每天从父母位于纽约郊区的家到博物馆往返,她发现,自己感兴趣的那个领域渐渐清晰起来。打字工作结束后,还有三周才开学,这个安静的小姑娘被分配到馆里给策展人做学生助理,其中一位策展人的论著曾被她在科技奇才大赛的论文中引用过。"我年轻时太害羞了,总是做完被分配的工作后远远地看着那些我崇敬的专家们,不曾有勇气和他们去求教、去探讨我脑子里的那么多问号。"

1956年,爱丽斯以巴纳德学院优等生身份获得文学学士,八年后,获得哈佛大学人类学博士,先后在内布拉斯加大学、马奎特大学教授人类学直至退休。

"你知道吗,我是在64岁那年被逼退休的。我们这所建于1881年的学校只有四位全职女教授,1999年学校劝退了我和另一位才五十多岁的女教授,理由是学校不需要人类学和社会学专业了,课程还有,但改成副业,所以不需要全职教授了。"她终于有机会咬了一口盘子中的三明治,起身用微波炉给自己热了一杯牛奶,端回来却忘了喝,继续聊着刚才的话题,兴致之浓,让我欣慰,我一向最怕挤牙膏式的采访。

生在男女不平权的年代,又身为犹太人,爱丽斯一生似乎都在做维权斗争,只不过她对抗的是一只看不见的手。

"If you were rich, nobody knows you are Jews(如果你是富人,没人知道你是犹太人)。我可能并不是人们印象中典型的会赚钱的犹太人。一生从未为了挣钱而动过一根筋。"这套1968年花四万多美元买下的房子是她唯一的财产。她读哈佛时写出的博士论文,被教授质疑是她的丈夫捉刀代笔,"女人怎么可能写出那么深刻全面的文字?"

她如今仍记得16岁那年夏天当打字员每天的收入是十美元,当大学教授后第一年的年薪是九千美元。她从不感觉自己穷,虽然去考察没有经费寸步难行。吃着简单的三明治,照顾着后院的植物和屋内的猫咪,与书本相伴,一晃就是半个世纪的光阴。她这一辈子似乎只做了一件事——通过大量的例证和推理去说服人们:这个地球上的人并非互不往来的,不要说早在哥伦布之前,早在公元前8000年前,人类跨大西洋的活动就已经被证明是可行的了。

"现代人总以为古人很笨——他们没有能力造大船,如何能横渡大洋?现在已经有无数人一趟趟地用最简陋窄小的船只跨洋渡海,一再证明这完全是可能的。"在1971年出版的《那些跨海者》(*Man Across the Sea*)一书中有一个章节是爱丽斯的论文《北大西洋上那些小船》(*Small Boats upon North Atlantic*),她提到1952年一位叫阿兰·勃巴(Alain Bombard)的博士为了证明他的论文所写非虚,用一个只有4.5米长、1.8米宽的充气小橡皮艇,不带任何食物和饮用水,跨越大西洋,从北非的卡萨布兰卡到了中美洲的巴巴多斯,历时65天。他一路靠鱼网鱼钩和小标枪捕鱼维持生命,新鲜的吞拿鱼、海鲈鱼让他航行结束后身体相当健康。六年后,一名德国博士再次进行了两次横渡大西洋的试验，再次验证阿兰的理论可行，他比前者唯一多带的一件工具就是一个水果榨汁器，为的是从鱼里获得足够的可饮用液体。

爱丽斯认为多数大西洋横渡者都利用信风，从西班牙伊比利亚到西印度群岛，而东行线路往往是从美国或加拿大借助墨西哥湾暖流到达西班牙或英国。"跨大西洋航行相对于太平洋更容易，因为它距离短。公元前三千年前北大西洋就有了双向横渡的可行性，中国这个古老的文明早就具备高超航海技术。那些横渡北大西洋的小船上，肯定有中国人的身影。维京人当时为了捕鱼就曾多次到过美洲北部加拿大的海岛，最有力的证据是北美和北欧沿海地区出土了相同的木工工具和打鱼工具、圆石刀具。那些沿海捕鱼村之所以没有留下任何可考的遗迹，是因为过去五千多年来，海平面不断上升，当年许多逐海而居的遗址已经彻底被海水淹没。之后希腊人、爱尔兰人都在海上相当活跃，只是我们没有掌握他们最远到达过哪里的证据。后来的欧洲虽然航行能力大大提高，却没有进行有记录的远行探索，直到哥伦布时代，人们被富有的东方物资所召唤又开始远航。"

爱丽斯年轻时是一个十足的"书虫"，不喜打扮不好美食甚至并不像其他女孩向往爱情，终日与书本相伴，沉浸在自己对远古知识的想象中。但一说到这些耗了一生心血所做的研究和发现，她是如此开朗健谈，一切都像水流自然地喷涌而出。去芝加哥采访她之前，我碰巧和一位朋友聊起她，那人刚好是她五十年前教过的学生，听说我要采访爱丽斯，他先是惊讶这世界之小，继而有些不以为然地说她也许是位不错的研究者，却并非一位好老师："每堂课她都念那枯燥的讲义，听得我对人类学这门课彻底失去了兴趣。最后考试她给了我一个D，我一辈子唯一的一个D！"我跟爱丽斯求证，她开朗地大笑，说根本不记得这码事。

史蒂夫也来了兴致，说在没有现代机械设备的前提下，利用原始船只横渡大西洋早就不是新闻，甚至1993年9月，水手雨果·维伦（Hugo Vilene）独自一人花了105天的时间横渡大西洋，从纽芬兰到达英格兰法尔茅斯，他的船全长只有5英尺4英寸，是有史以来穿越大西洋的最小的帆船。

但是哥伦布之前的人们究竟如何到达美洲呢？大西洋的最窄处为从巴西到利比里亚之间，2848公里，最宽处为从美国到北非之间，约4830公里。而从印度尼西亚到哥伦比亚，太平洋最宽的地方比月球还宽很多，海洋直径为19794公里，是月球直径的5倍多。

爱丽斯喝了口牛奶，眨巴着白色的眼睫毛，用袖子揩去从一只眼流出来的泪水，我知道那不是因为情感，而是老年人的不能自控。她说早就有科学家通过发掘出的骨骼检测，知道在新石器时代（大约公元前6000年），肺结核就

- 051

已经是亚欧大陆的传染病之一。在南美洲发现的木乃伊肺结核病菌是在公元700年左右，很有可能是波利尼西亚人带过去的。而在北美洲发现的肺结核病菌是在公元1000年左右，与维京人发现北美洲的时间相符。

1992年德国化学家从九具公元前1000—公元400年的埃及木乃伊身上发现了可卡因、尼古丁、大麻。大麻源自亚洲，可卡因和尼古丁则原产于美洲，尤其是在南美，咀嚼古柯叶子就像亚洲人嚼茶叶一样普遍，富有的埃及人早就跨太平洋从美洲"进口"这一让人上瘾的植物。产于美洲的烟草叶子也被埃及人用来填充木乃伊。"这些都证明早在公元前亚洲和美洲就有了往来。这些烟草和古柯很可能被人从美洲运到印度和中国，通过内陆或海上到达埃及市场。至于美洲和亚洲的联接路径，我一说你就能懂：虽然太平洋非常宽阔，但南北两端都有许多岛屿延绵在中间，比如沿北太平洋，从日本、千岛群岛、阿留申群岛，中国人很容易乘船到达阿拉斯加。沿中南太平洋有新几内亚岛、加罗林群岛、马绍尔群岛、夏威夷群岛，既不用沿冰雪陆地跋涉（白令海峡大陆架之说），又可以利用洋流做助力，沿途从岛上获取必要的食物、淡水和休憩，那是最容易也最安全的路径。"

爱丽斯是幽默的，她揶揄所谓的Phuddy H. Duddy（首字母大写PHD，虚拟的名字，讽刺所谓有博士头衔的学者）博士，著名的美国考古学家，坐在一个酒吧开美国考古学会议，说着源自俄罗斯大草原的印欧语系的英语，喝着起源于东地中海地区的啤酒，交换着用来自中国造纸技术制造出来的名片，穿着印度人最早种植出的棉花制成的衣服，说到文明传播理论，他嘲讽地说，"那就像Elliot Smith（艾略特·史密斯，美国考古学家，相信太阳崇拜，认为埃及是文明之源）说奥尔梅克人修建了金字塔一样纯属胡说八道。"

说到埃及木乃伊身上发现了可卡因和尼古丁元素，史蒂夫问是否有可能是出土或搬运的时候从现代人身上"传递"上去的。爱丽斯很赞赏这种动脑筋的质疑，有几分得意地微笑着说："这个也被研究者想到了，事实是，那些可卡因和尼古丁是经过消化代谢过的，只能是在那死者生前咀嚼或饮用过后才可能以代谢物的形式存留。和中国皇帝寻求长生不老术一样，埃及法老也相信不死传说，美洲这些让人产生幻觉的植物让他们以为找到了不死良药。"

爱丽斯与李约瑟一样，都对亚洲文明影响中美洲文明深信不疑。尤其认为是中华文明毫无疑问地影响了奥尔梅克文化。"有一些学者通过玉器图案和形制，认为中国人早在商代就到达了中美洲。我认为，最大的可能是在公元1200年左右，来自中国的商人到美洲进行物资交流，最有力的物质证据有两样：带颈饰的石狮子，带有动物图案的车轮。这两件在中美洲出土的物品完全是中国式样的，而且相对同时代的东西，它们工艺比较复杂——一件物品越复杂，独立发明制作的可能性越小，往往是舶来品或仿制品。你要知道跨海物物交换，只能带两种东西：长途跋涉不容易坏的、别人没有的东西。"

虽然坚信人类在史前就已经互相往来，尤其是贸易让许多文明在互通有无、互相学习借鉴的基础上发展起来，但爱丽斯并不是一个极端的超扩散主义信仰者，甚至她称那些认为某些技术或思想起源于一个民族或文明的说法是一种"严重的种族主义意识形态"。她说那也是为什么她对船如此"感兴趣"，因为正是借助独木舟、木筏、小艇等形形色色的船，古代的人们可以进行远距离的接触、交流。此外，船的使用是一个可检验的理论，现代人从未间断过的跨洋试验就是最好的证明。

4

所有空巢老人都欢喜有人来访吗？爱丽斯的声音轻柔，目光温柔，自始至终挂在脸上的笑容既豁达又甜美，是那种栉风沐雨对一切都看透之后的淡然。她年轻时被父亲禁止去读大学；拿到博士学位仍在公众场合被称呼为柯霍小姐而非博士；去大学当老师不能拿终身教职，合同只能一年一年签，只是因为她是女的。一个从小到大都身处温室的女子保有一种恬美之态并不难,有多少人受尽歧视仍拥有如此素淡的馨香?

她神态放松,语速很快,仿佛我们聊的不是严肃的学术问题,而只是家长里短。中间,我起身去了一趟洗手间,只见那原本就很小的空间摆放着一个极大的塑料猫砂盆、一大袋清洁用的苏打粉,坏掉的便桶盖子歪在那儿。很难想象这就是当了一辈子大学教授、出版过十六本书的人类学家的生活环境——要知道许多大学生如今还读着她的书当教材!

她的自传《女性考古学家》,副标题本来是"在一个男人的世界里"。保守的出版社编委会认为这态度有些极端,建议改名字。我问她如果有来生是否还选择做这一行,她毫不犹豫地说会:"虽然我一生都在受性别的、种族的歧视,可是我总归来说还是幸运的。"她说最遗憾的是五十岁左右就不能去现场考察了,因为丈夫患病。她曾主动要求同事允许她当志愿者,偶尔随他们去考察,但被拒绝了,理由很堂皇:你是一个全职教授,怎么好意思让你当志愿者?

她一直强调的一个考古观念是critical thinking(批判性思考),自豪于一辈子都在让事实和数据说话,不轻信、不轻易不信。"人类在精神信仰方面,往往接受权威的教导。在科学问题上,权威和习俗都不应该被当作接受的前提。""everyone knows something is impossible" is not scientific("众所皆知某事不可能"并非科学之言)。

她一直记得一位教授告诉她的：Never say "never" or "always"（不要说"从不"或"总是"）。因为我们并不知道过去的全部真相，也不了解可能的例外。

说再见的时候很快就到了。史蒂夫已经隔窗望见了龙司机泊在路边的林肯SUV，从车玻璃到车身都漆黑，让他更像个隐在暗处的神秘人物。

我抓紧抛出最后一个问题，你和史蒂夫·杰特的研究的主要区别是什么？她说杰特的大部分学术工作都致力于收集和分析越洋航行，他的导师乔治·卡特教授和卡特教授的导师卡尔·索尔教授（地理领域非常重要的思想家）也是如此。"我主要是一名实地考古学家和民族志学家，我侧重从人类学角度，杰特侧重地理学角度。我的许多研究都借鉴了他收集和分析的数据，我们是多年的朋友，一直共同探讨这个跨洋领域。"

爱丽斯起身，如迎接我们时一样微笑着送我们出来，虽然我知道谈兴正浓的她意犹未尽。

走出屋门，我再次赞她前院的草坪整洁碧绿。她笑了，说那都是她亲手用割草机修剪的。也许我的惊讶让她更加自豪，她双手插在牛仔裤口袋里，脚步愈显轻盈。那一瞬我不由得相信，再过十年我回来，她一定还能挺直地在这儿迎接我。

她说她的生活就像她的花园，没有正规布置，本地植物和外来入侵植物相处共生，相互重叠，各开各花，为各种各样的蜜蜂和黄油蝇提供食物。正如她的印第安黑脚部落的朋友经常对她说的："事情会在它该发生的时候发生。"

"你们有没有发现她家的屋顶都不是真瓦，而是一种金属板涂上了灰漆。"龙司机显然足具街头智慧，就像跟我们来时津津乐道二十年前他拥有五十辆卡车："雇人跑长途运输，每一英里我付给司机40美分，看起来不错的生意吧？可我还是把公司卖了，因为这看起来风光的生意七零八碎的费用太高了。你知道如果一个轮胎爆了修车公司收多少钱吗？你知道为了得到运输的活儿我得给码头官员行贿多少比例吗？你知道买一辆卡车车头要多少钱？我从没睡过一个完整的觉，总有人半夜打电话把我从被窝里叫起来……"他断言我们去访问的老太太是个穷人，别看住的小区不错，而且还是个孤独的人，因为她甚至跟他这个陌生人找话说，问他是否知道怎么开上高速。

我和史蒂夫对视了一下，微笑无语——我们每个人判定富足与否的标准是不一样的。有一点我相信，爱丽斯远比龙先生想象的幸福，因为她知足感恩，就像她提到自己母亲时的感慨："我母亲晚年本应该很幸福。她经济上很有保障，两个女儿都欢迎她到家里来住。相反，她很痛苦。她一直致力于做她父亲的快乐的小莉娜，然后又做一个沉默的家庭主妇，让她的丈夫过得舒服。她寡居后，主要的技能就是用吸尘器打扫房子。她98岁去世后,我和妹妹苏找到了她的笔记本,里面有她写的诗。我们知道,她的诗曾被一位老师称赞过。我们发现,她一结婚,就不再写诗了。苏和我都哭了。"爱丽斯知道相较于母亲的一生,她拥有的远远超过了儿时的盼望。

她提到那个很重要的词——立场:"你所处的位置决定了你的所见所闻和所感。你是一个站在舒适的私人办公室里的白人?还是那个站在走廊里推着一车清洁工具的保洁员?"

是为了印证爱丽斯的发现吗?我们从芝加哥回到洛杉矶后不久,距离她家不远的Mendota湖里,考古学家发现了一条1200岁的独木舟和捕鱼所用的渔网坠。史蒂夫写信赶紧告知爱丽斯,她回复说一早坐在植物满室的阳光房吃早餐时也读到这则新闻了:"明天起至感恩节之前,你们千万不要给我写邮件了,我要出门,先是飞到加州出席一个婚礼,然后回来参加大草原论坛,再去马里兰州出席美国人类学会年会。我的邮箱在其他电脑上都打不开。特告。"

88岁的老太太商务、家事两不误,脚稳步健,是否因为有一辈子打交道的远古人的护佑?

一辈子做自己相信的事。别急,事情会在它该发生的时候发生。谁说不是呢?

约翰·罗斯坎普:

石头上刻着古汉字

Together we are recovering the lost shared history of the Chinese and Native American people.

—— John Ruskamp

我们正在共同寻回中国和美洲原住民失落共享的历史。
　　　——约翰·罗斯坎普（芝加哥洛约拉大学教育学博士，考古达人）

1

本来，前往芝加哥采访约翰是冲着他对岩画的研究——经过十五年的实地考察和数字计算，他坚定不移地相信，在美洲大陆成千上万块岩石上那些看似涂鸦的符号中，有117个中国古汉字！他认为它们是在大约2500年前，由漂洋过海而来的中国人刻在石头上的。"不管人们信不信，这些石头会说话！"他的理论既得到了美国权威甲骨文与汉学家的肯定，又遭到了许多人的质疑甚至讽刺。

作为痴迷于植物的业余园丁，当我看到他立在后院那株桃树下冲我微笑的照片时，我更坚定了要冒着感染新冠病毒的风险坐五个小时飞机前去一探究竟的决心。"这棵桃树的祖先已经有200岁了，1896年被我的祖父栽种在伊利诺伊这块土地上。我家后院现在有25株桃树，都是这棵树的子孙。结的桃子甜极了，超市根本买不到的。你一定要来尝一尝！"照片上的约翰精瘦挺拔，穿着褪色的棉布短袖衬衣。那衬衣像件旧军装，不仅肩上有两条肩带，前胸还有两只胸袋。因为色彩褪成了极淡的发白的绿，戴金边眼镜咧着嘴露出一口白牙笑着的他更像个工程师。听到我在电话这端的惊叹，他似乎更神气了，"诱惑"我说如果我去芝加哥，他可以送我一些桃核当种子，让我也荣幸地拥有一株heirloom（传家宝）桃树。

还没见面，我就已经知道这是一位有着极高智商的"神人"，就像他所在的地球科学俱乐部博士同行们对他的称谓——Renaissance Man，直译文艺复兴人，其实就是多才多艺者。我一边读他专门写给我的个人小传一边想：得是多么精力充沛的人才能如此涉猎广博？他从年轻时起就似乎要把自己打造成一个杂家：在三个领域获得过四个不重样的大学学位，从生物化学学士到教育学博士。他一生从事的职业更是跨度极大，从执教化学、生物、物理、心理学，到海军机密无线电报务员、海军数学教官，他当过化学分析师、中学副校长、象棋冠军。他自小不仅聪慧过人，还比任何孩子都好动，2岁时被父母用狗链子拴住，就因为他稍不被注意就跑得找不到人影，即使如此，"为了自由"，3岁那年他曾从三楼跳窗而下，竟然没摔伤。5岁时，他和姐姐爬上家附近的山丘去"寻找化石"。14岁时，他成为一名持有执照的业余无线电接线员。高中时，与世界各地莫尔斯电码爱好者远距离交流成了他最大的爱好。这让他作为新兵在芝加哥海军基地获得了莫尔斯电码熟练程度（全速完美）有史以来的最高分数。本科毕业后，他作为一名无线电员加入了海军。

他反对战争,像《血战钢锯岭》中那个为了不杀人而当医护人员的大兵,他选择了当海军。因为他的考试分数高得可疑,被要求进行第二次考试。即便头一晚因加班几乎没睡觉,他仍在规定时间一半的时间完成了答题——剩下的时间趁机补觉。结果他的成绩比第一次又令人惊奇地高出三分。

高智商的人似乎往往缺乏常规的归纳与秩序能力,他却破例地比常人都整洁有序,比一个档案专家还严谨精细,他甚至保存着1896年祖父购买桃树的发票,除了镶在镜框里的纸质原版,还有扫描编号的电子版。他电脑里有几十万张岩画照片,只要需要,他随时可以准确无误地找到。

科学工作者的严谨、军人的作风让他成了"靠谱"人格的典范,熟悉他的警察都会说,"If Ruskamp says it, you can take it to the bank(如果罗斯坎普这么说,你可以完全相信)!"

说到一生的成就,他最自豪的是被许多人认为"不靠谱"的那件——他相信刻在美洲大地那些石头上的符号出自中国人之手!而且还断定那是在2500年前。

我要感谢我的另一个采访对象夏洛,是她的推荐让我们找到了约翰。通过几次邮件交流,还没见面,我已经喜欢上了他的风格。七十五岁的他不仅丝毫没有老朽之态,思维敏捷、动作麻利,而且像时钟一样信守诺言。说要找出来寄给我的资料总会准时甚至提前飘然落进我的邮箱——他是如此完美地把他的世界展现给我。出生在芝加哥的史蒂夫与太太不久前回故乡探亲访友,顺便去了约翰家——于是相隔不久,我听到了他电话里的笑声,看到了照片上他立在桃树下军人般挺拔的身姿。

"你对食物有什么禁忌吗?我会烤好我最拿手的桃子蛋糕,泡一壶印第安Hopi部落的茶,等你们来。我知道在中国的神话中,桃子是寓意长生不老的水果。"听说我和史蒂夫要去采访他,他更像个好客的主人殷勤备至,把我们预订的酒店旁边哪里适合吃早饭、哪里可以喝咖啡都详细地列好发在邮箱里。

"他太太患有硬化症,生活完全不能自理,吃喝拉撒全靠他照顾。可你能想象吗,他的家是我见到过的全美国最一尘不染的家!"临下飞机,史蒂夫跟我聊起约翰,感慨地说他们虽然只见过一面,但他直觉约翰是个值得依赖的人,"而且为人非常慷慨,甚至提议要为我们付两间酒店的房钱,被我拒绝了。"

美国疫情期间由于芯片短缺汽车产量锐减,汽车出租行业也跟着发生连锁反应——没车可租,异地出行必需的租车价位也变得奇高。一向精明的史蒂夫做出了英明决定,不租车,而直接花钱雇一个熟人推荐的司机。"租车要付三天的费用,而我们只有三次需要开车,往返机场、去一趟爱丽斯家。三天的费用起码要500美元,我雇一个司机接送咱们,只花300美元,还省去租车还车的时间。"他接过我递给他的包含酒店与机票费用的支票,慷慨地说雇司机的钱不用我分担,由他来出。

那天是10月3日,全美国死于新冠的总人数不足三百人,相对于1月中旬近四千人的数字,似乎让人放松不少。机场大厅到处都是一脸爱谁谁的旅行者或行色匆匆的出差者,飞机上更是满当得没一个空位。

着白衬衣黑马夹的司机笑面如佛,却又带着不动声色的杀气,我的第一反应是:我幸亏不是独自搭他的车。史蒂夫和他聊着在洛杉矶上空看到的码头上那上百个等候卸载的货轮,说有人已经画了漫画,码头上排满了购物者长队,因为今年感恩节的黑色星期五快到了,人们不用去空荡荡的商场,直接来码头排队抢购。"缺卡车司机啊。八万辆卡车才能完成一辆货轮的卸载,洛杉矶目前至少有一百艘货轮!听说最近美国主动降了四百多类来自中国商品的关税,因为要过节了,让老百姓别太抱怨,毕竟物价已经太高了。"这开着价值十万美元豪华林肯SUV的司机让我想到了北京关心政治的出租车司机,他说他曾经做过卡车运输生意,没少与中国人打交道,"我喜欢中国人,勤劳,讲信誉。"

与总是艳阳高照的洛杉矶不同,芝加哥初秋的天是阴冷的。好在约翰那红砖绿树的小楼外观让人感觉暖暖的,或黄或红的叶片落在路边和草坪上。那草坪也是很滋润的碧绿，全然不像洛杉矶那干热少雨气候下的一副衰相。

约翰的笑脸更让我一路的疲乏消失了一半。他家的二层小楼不仅干净得我不忍心穿着鞋走进去，那地道的殖民地风格摆设让我赞叹得词汇贫乏。"这桌椅、地毯、艺术品，甚至餐具、摆件，都是典型的美国二十世纪初中产阶级的家庭写照，拍电影都可以不用添加任何道具！"史蒂夫做了简单、到位的评价，马上问约翰附近有没有热狗店，还强调要"地道的芝加哥热狗"。我看到餐桌上有一盘黄中透绿的葡萄，虽然已经显得不很新鲜，仍伸手揪下一个放嘴里，居然很甜。"这是可以吃的吧？我刚才就想尝尝，还怀疑是装饰呢。"史蒂夫见了也俯身揪下几粒放嘴里嚼着。约翰看我们像两头饿狼，笑着说不远处就有一家热狗店，让我们立即上他的车。顾不上看那秋意渐浓的街景，我们只盼着早点找到吃食。一刻钟后，我们又回到他家，手里捧着一袋史蒂夫点名要的热狗和牛肉三明治、炸薯条。账单是约翰抢着付的。

"看来你们是真饿极了。"看着远来的客人如此狼吞虎咽，约翰体贴地送上早煮好的茶和蛋糕。"快尝尝我这长生不老的桃子蛋糕！"说实话，我并不很喜欢那有着微苦杏仁儿味道的蛋糕，反倒是他后来又端上来的桃罐头，味道美得让我的味蕾似乎回到了儿时。他说他仅用一棵树的桃子就做出了一百多罐桃罐头，除了送亲戚朋友，他要慢慢地享用。"这桃子很甜,为什么还要加糖?"我问。"为了让桃子的甜味更好地释放出来。"他的回答毫不迟疑,似乎从厨师一下子回到了科学家。

我迫不及待地跟他到后院去看桃树。因为并非同时种下,树的高矮大小不一,从今年的新苗到二三十岁不等,这儿一株,那儿一棵,都舒展地立在那整洁的草坪上,深秋的寒意已让桃树那狭长的叶片萧落了。"你看那儿,也是我的桃树!"约翰指着邻家的两棵小树,自豪地笑着。

这家人真是太爱桃树了。后来他给我看他家里的黑白老照片,爸爸与叔叔的,奶奶和爷爷的,他和妹妹的……许多都是或站或坐在桃树下。甚至墙上有一个大大的镜框,里面是爷爷一百多年前买那株桃树"祖宗"的发票!

2

我们一起上楼去和约翰的太太琳达问好。虽然早有心理准备,可当我走进卧室看到那坐在轮椅上的妇人时仍吃了一惊,不是为她因病而失去行走能力,而是为她的干净——她穿着居家服像刚洗过澡一般洁净,脸上的笑容像个纯真的孩子。她友好地挥着手跟我问好,礼貌而真诚,虽然她根本不知道这客人来自何方与她何干。

不忍多看她，我们匆匆下楼。"琳达这硬化症越发严重了，半年前她的大脑还有功能，还能正常交流。可现在……她什么都不知道了。二十五年前，正是在一趟我们全家的度假途中，她和我一起发现了那最初的特殊岩画，也是在她的支持下，我确认了第一个汉字：舟。"说到妻子，约翰的脸上第一次没有了笑容，而是写满了疲累。他从不敢离开家超过半小时，即使去便利店买个面包也得把车开得尽量快，以免琳达从轮椅上滚下来身边没人。后来再出门他干脆在轮椅周围拉一条布带。再后来他干脆买下了不远处邻居家的房子，让女儿女婿住得近便，好让妻子多个照应。

听我说要看看他如何鉴别岩石上的字符与中国汉字，他立即来了精神，大步领我们去他的书房。

和夏洛一样，约翰也是在退休之后才歪打误撞进入岩画文字辨识这"天书工程"的。一个偶然的机会，他们夫妇带着儿女前往犹他州度假，在休息区停车时偶遇一位犹他州交通部门工作人员，闲聊时对方说下一个高速出口不远处有一片奇怪的岩画，没有人能够解读。在好奇心的驱使下，他们一家立即前往，没想到，从没听说过岩画为何物的他自此就踏上了一条不归路。他一向认为自己有两大天赋，其一是数字，其二是读图。遇到像中国汉字的岩画越多，他越需要解释为什么这些字会出现在距离中国如此遥远的地方，这条探索之路便一发不可收拾。他放弃了热衷并很擅长的热气球勘测地球项目，几乎每天都浸泡在阅读中,任何与岩画、古代中国人和美洲原住民历史相关的东西都让他痴迷。迄今为止,他已经参观了至少200个岩画点,从加拿大的安大略省到美国的俄亥俄州、加利福尼亚州、新墨西哥州、亚利桑那州,有许多地方甚至都还没有官方命名。据他估计,在北美的岩石上他至少观察到了数十万个字符。

早在2019年,他曾写过一篇论文,证明美洲一些岩画文字来源于中国,其主要依据是南加州莫哈威沙漠里某块岩石上发现了三个自上而下连读起来有明确意义的汉字:月,时,月。其中第一个月为中国象形文字中的扁月,象征月亮,第三个为三个圆圈环环相套,代表三十天为一个整月。他的解释为,那是一句完整的天文记录:每三个十天为一个月。而北美印第安人也有以三个十天为一月的计时方法。再根据这三个岩画字符与商代甲骨文形象的近似,依此断定时间为商周时期。"人类早期有五大语言文字系统,每一种都不可能在不同的地域独立产生两次。在公元前1046年左右商代消亡,一些中国人跨海到了美洲。之所以这些文字被刻在荒凉的石头上,最合理的解释就是中国人向印第安人传播这一重要的计时方式。"约翰这一理论自然受到不少人的攻击,认为只根据岩画字符外观的"古老"不应该成为区别它们与现代人涂鸦的重要依据。

我去芝加哥前本来下载了一堆甲骨文与当代汉字的对照表,打算供他参考。没想到他竟轻车熟路自有捷径,他这个数字天才相信严谨的统计学手段最有说服力：Jaccard's Index of Similarity——雅卡相似性指数，用于比较两组相似的数据，以确定哪些是相同的，哪些是不同的。两组数据的相似度范围从0到100%。百分比越高，这两个群体就越相似。比如有两组数字：A组包括0, 1, 2, 5, 6，B组包括0, 2, 3, 4, 5, 7, 9。因为共有的数字为三个（0, 2, 5），不重复的数字共有九个（0, 1, 2, 3, 4, 5, 6, 7, 9），那么这两组数字的相似指数就是J=3/9=0.33。

同时，另一个与雅卡相似指数配套的"有效值"让这相似度的可信性有了标准：两组采样数字越多，可信性越高。比如采集的总数字为3个，那么相似度为0.05的有效值为1，而采集的数字为30个，相似度为0.05的有效值为0.5。有效值数字越小，其有效值P（可能性）越高。

比如甲骨文和小篆的"木"字，对比美国岩画上的"木"形图案，其雅卡相似度为1，也就是说几乎百分百吻合。其P值小于0.001。

除了这个既严谨又机械的法宝，约翰还利用一个英文网站，把类似甲骨文字形的符号输进去，与之对应的现代汉字会立即跳出来，并有注音与释义。

他打开电脑，兴奋地给我看那些在别人眼里像天书或涂鸦的岩画照片。"这一载着许多人的船，是我在新墨西哥州的查科岩发现的。这个在水上的两条船，刻在犹他州的天然桥国家保护地的岩石上。这个离你不远，在加州的一个岩洞里，画的也是人在船上。最有意义的要数这个新墨西哥的三河岩画公园，你看这船多么现代，有船身、有帆、有舵，根据其厚度可推测是木制船。这船不是欧式的而是中国的船。历史学家早知道中国在公元两千年前就有了造木板船的技术。"在我眼里那画在青灰色岩石上的笨拙船形画，分明像哪个游人的信手涂抹，不需要任何美术功底的人都会画出那样的形状，而且其浅白的线条，浮在石上，更像用随手捡起的石块几笔画上去的。

"不是，不是！据公园管理处的人考证这是公元1000年左右的岩画。为什么先人要在这内陆沙漠地带刻上船的符号？有一种解释就是当年的中国人跨海来到这里，虽然生活在这距最近的海岸也有500英里的内陆，以这船形符号作为纪念。"看我似信非信，他又打开另一个页面，让我看一个个的汉字形状的岩刻。

像一棵树的这是"木"。两只鸟肩并肩立着是"朋"。四方块中间有个十字是"田"。木上顶着个头的是"花"。四足着地的是"犬"。曾在美洲走访了二百多处岩画的约翰对自己这些发现毫不怀疑："除了好奇心重、不受约束，我另一个娘胎里带来的天赋就是能看得懂别人看不懂的符号。"

接着他给我看一张图，上面不规则或歪坐或斜立着几个符号，类似田、目、洇。"我查了《康熙字典》，知道洇意为广阔水域。目字是用的意思。这几个字出现在一块石头上，可否解读为——许多有着水的农田。"约翰热切地望着我说。他曾和中国几所大学的古汉字专家请教过，还不止一次在自己的论文中引述他们的观点。不知道专家们后来因为心里没底不再敢贸然赞成或反对，还是感觉他这"业余研究者"所做的一切容易引起争议，毕竟他不像加州大学柏克利分校的大卫·恺利教授有着名校背景，曾跟他进行过探讨的几位都失联了。我虽然不懂古文字，但毕竟是码字为生的中国人，他希望我能帮助他。我说除非是特别的巧合，中国人很少用一组部首近似的字表达一个句子。我们都知道除了这"田，目，油"，石头上还有一个"油"字。这更让把这一组近似符号解读为"句子"变得牵强。

我曾经就约翰的研究请教过好几位哥伦布前跨洋交流研究者，有些人认为他"需要更多的证据来增强说服力"，但多数人都认为他对新墨西哥州的阿尔伯克基（Albuquerque）的那组岩画解读有一定可信度。因为，"那不是单纯的一个汉字，而是一个句子。"

3

《两处古代石刻标志着中国人在美国西南部的存在》是约翰自豪的杀手锏——"这两处非常复杂的石刻是中国人早在2500年前就曾活动在亚利桑那和新墨西哥州的决

定性证据，不仅表明中国人早就到过美洲，还与当地土著有很多主动往来，彼此分享文化和知识信息。"

这薄薄的只有二十页的小册子称不上书，即便说是论文也显短小。但它却透露出惊人的信息，让多疑如我这样的人都不禁想：这难道真是巧合吗？还是像反对者所言望字生意、过度解读？

先说约翰的第一个"铁证"。在位于新墨西哥州阿尔伯克基的国家岩画公园里，每天远足者、跑步者、遛狗者不断，见惯了随处可见的刻在石头上的文字，似乎没人特别留意在一处沙土路尽头的高处岩石上的那几个字符。尽管公园资源部负责人迈克·麦哲纳（Michael Medrano）一直感觉这石头上的字有些奇怪。作为在公园里工作了25年的资深管理人员，他说那行字显然与任何一个他看到过的印第安人岩刻都不同。

庚，卩，大，犬，献

这五个从左至右读出来的汉字，被约翰解读为：在庚年某日，恭敬地向王献犬以祭祀。

祭祀谁呢？旁边另有两个字符：

大，甲

约翰说虽然有数不清的人看到过这块岩石上的刻字，他却是第一个辨识出是汉字的人。"我读了大量前人的著作，包括Wieger Leon（戴遂良，法国耶稣会传教士，著有《道教经典》《汉语入门》等）的书，对那些甲骨文符号已经有了模糊的形象记忆。面对一个我认为可能是汉字的岩刻，我会对照那些前人著作，用雅卡相似指数计算。如果相似度达到95%以上，我会请甲骨文专家来分析鉴定。"

加州大学柏克利分校的大卫·恺利博士是美国声誉极高的汉学家，以研究甲骨文见长。约翰除了与他书信往来，还曾上门请教。正是2015年的那次访问，大卫从照片上认出了"大甲——商朝的第三个帝王"。

所以这个句子的完整意思就是：在庚年某日，恭敬地向王献犬以祭大甲。

约翰甚至查到了中国历史上甲骨文对祭祀的记录顺序，并以王宾卜辞为例：甲申卜王宾大甲福，乙酉卜王宾外丙彡夕。因此确认岩石上那一行字的顺序与古相符。

约翰的第二个杀手锏位于亚利桑那州一块石头上的三个十至十五厘米见方的石刻。不同于多数岩画字符的不规则信手刻划，这三组"汉字"像三枚印章，都被线条框于其中，框中又有竖线对字符加以区划。

约翰根据几位美国古汉字专家的著作，对照着确定了这三组字分别为：隐纠旬纠，齿回回围，家回纠。

他将这一解释发给了中国台北一位学者辨识，对方基本赞同他的识别，但给出了新的诠释：隐纠旬互，齿歌回朝，寅虎回纠。

大意是：一起离开，相守十载。说到歌城，回日城去。相约虎年，共回家园。

恺特利博士在《亚洲考古》一书中说过,"(那些中国人)更在意刻出来而非说什么……他们刻下来是为了留下记号而非记录……最重要的是他们表达他们到过,存在过,并非被读懂(写的什么)。"

我反复看了那几枚印章一样的相对工整的符号,比与之相隔二百五十英里的那些刻在新墨西哥的"献犬祭文"更让我没有头绪。前者好在"献、犬、大",还能看出模糊的样貌,这组拧来绕去的符号又绝不像信手涂鸦,可如此深奥如骈文的"诗句"(按那位台北学者的说法:按古音读是押韵的),可信度有多少呢?

我多次试图跟约翰交流我的困惑,他呵呵一笑表示完全理解:"考古的终极目的是找回那些被遗忘的知识。我毫不怀疑这些字符是中国字,即使字形和解读仍有歧义,这都毫不奇怪。"我记得在他那纯英文的著作《亚洲回声》中,郑重介绍了上面这两处复杂的中文物证:

> 由著名汉学家大卫·恺利博士与国家岩画纪念碑、自然资源首席主管迈克·梅德拉诺博士提供参考,这份记录报告解读两套大约在2500年前刻在新墨西哥州和亚利桑那州岩石上、高度复杂的中国古文字。这是长期追寻和鉴定碑文的实证,说明中国人不仅在前哥伦布时期到达了美洲,并且与本地土著进行了积极的文化知识交流。

"如何确定这些文字不是印第安人留下的呢?"这一向是我心中的一大疑问。

约翰说首先印第安考古学家早就排除了这些文字与原住民文字的相似性。尤其是复杂的文字如"献""庚",不可能正巧是被根本不知道这两个字的人随手写上去的。"人类自有历史以来有五处文字的发源地,分别在中国、印度、埃及、美索不达米亚、中美洲。这些文字不可能被发明创造两次。所以刻在这石上的汉字一定来自懂得其写法和意义的中国人。当然,由于是刻在石头上,不是用毛笔写在纸上,同时,写字者的文化水平肯定也不及朝廷里的文书,所以这些甲骨文与篆书混杂的文字有可能比其他描写形式的字更难辨识。"但他相信有些文字是中国古人与印第安人相通的,比如"纠"字,均为两个互相勾连的弯曲线条,在古汉字中意为"在一起",而即使现在北美的Hopi部落仍在用这个被读作nakwach的字,意为"手足情、友情"。"回"字的字形与字义也基本一致。

至于年代,他说被他考证为汉字的那些岩刻与原住民的手书年代不同。"我走访的地方包括美国俄亥俄州、宾夕法尼亚州、密苏里州、明尼苏达州、南达科他州、新墨西哥州、犹他州、亚利桑那州、内华达州、加利福尼亚州、阿拉斯加州和加拿大安大略省,亲眼所见至少数万个这样的岩刻,除了断字形字义,我还有意把它们与附近的现代涂鸦和19世纪中后期牛仔留下的痕迹进行比较——现场比较这些图像的相对年龄比看照片相对容易得多。就和人一样,经历过风雨阳光洗礼的岩刻是有独特面貌的,即使机器不能测定具体年代，人眼是可以有初步判断的。"他的话让我联想起不久前去内华达州看到的那些已经开始淡得快和岩石融为一体的岩刻。

我问他如果中国人早到过美洲，究竟是什么时代最为可能？是商末周兴时传说中的商人东渡还是南北朝时慧深和尚与四个西亚僧人到了扶桑（墨西哥）？约翰说虽然他并未做这方面的具体考证，但从读到的大量资料与考证来看，"都有可能。要知道中国人、波利尼西亚人、日本人都有古代留在美洲的证据，而且都可能是不同的人在不同时期多次往返"。

4

因为要开车送我们回宾馆，约翰特意给几百米之隔的女儿珍妮打电话，问她是否可以过来临时照看一下琳达。我听他的口气很客气，近乎央求。

临走时，约翰却坚持要带我和史蒂夫一同去他女儿家看看。我们在另一栋红砖小楼前等了一会儿，珍妮开了门。她三十岁左右的年纪，五官没太多特征，脸色有点冷淡，但又尽量在生人面前遮掩着。她可能也搞不清为什么父亲把两个陌生人带到家里来。

"请客人到里面看看吧?"约翰仍是客气地微笑着。那个家的风格和约翰家如出一辙,只不过东西少很多,显得空荡。

听说珍妮也是园艺能手,我问是否可以去后院看看。于是,一行人到了后院。天色已晚,但仍看得到那些沿院墙生长着的高低错落的树。除了几株十来岁的桃树,其他我叫不上名字来。看我热切地追问,珍妮似乎快活起来,一一解答,还主动引我们去看了她的菜园,园中有豆角、西红柿、黄瓜、薄荷,甚至还有芦笋。我们聊用什么肥料,在什么季节施用,聊今年的雨水对园子的影响。她的脸色好看、红润起来,我们也该离开了。

"是我建议她和丈夫搬到这儿来住的,毕竟琳达光靠我一个人不行。你知道我得不停地出去看新的石刻。没错,女儿应该照顾妈妈,可是……"一边开车,约翰一边和我们聊着,我听得出琳达的病给这个家带来的不只是不便。

为了让我和史蒂夫多看一眼这芝加哥南部小城,他特意绕来绕去地走不同的街区。"你看这一带全是十九世纪的老宅子、老树木,像不像走在老时光里?这是我喜欢我家的一大原因——我既不用担心那些老房子马桶管道老化的伤脑筋的事儿,又能与这赏心悦目的文化风景为邻。多好!"说到得意处,他哈哈地笑了,熟练地驾着车像个称职的导游。

除了当年服役当海军,他说他从没想过离开这里。"我是十代美国人的产物。具体到目前的家庭，我们家是七代伊利诺伊人，这里就是我们的根。我家族最有名的一个人叫Reverend Peter Bulkeley，他是马萨诸塞州历史古镇Concord（康科德）的创建者之一。你们都知道正是在那里和莱克星顿，于1775年4月响起了美国独立战争的枪声。我可以说是在一个有着悠久历史的家族中长大。我外祖母生于1859年，她亲口跟我说当亚伯拉罕·林肯的棺木列车经过时，她就在火车道边望着它。"半个世纪过去了，历史的列车带走了许多再也寻不见的日子，包括城市的面貌。约翰说他儿时的家就在芝加哥郊外，四周都是开阔的田野，"我没有家庭作业，抓鳕鱼、逮野鸡、滚一身泥土去田野探险。可能是从小放任自由的生活环境让我眼里的世界无比开阔。年轻时我曾两次攀上朗斯峰（Long's Peak）。当海军时在船上漂了22个月，我有机会航行到了东方。我的世界没有那么多限制，虽然在阿贡国家实验室和后来的教职都让我比谁都思维严谨。"

"听起来你像有个完美的家庭，让人羡慕！不像我，三代前祖先才从俄罗斯移民过来，作为犹太人，还受尽欺辱。"史蒂夫虽然也出生在芝加哥，人生境遇却显然不同。

"也不能说我就完全幸运，那样的人我估计世间是不存在的。我小时候看到来自世界不同地区的同学邻居都有自己的独特语言、历史和文化，我也羡慕不已，爱尔兰人、波兰人、意大利人……尤其是食物，人家的传统美食有日本料理、中国饺子、印度咖喱鸡、墨西哥taco（夹馅玉米饼），我的民族美食是什么？麦当劳！这就是在大熔炉中长大的悲哀。"约翰的幽默让我们都笑了。

大多数美国人其实和中国人一样，退休之后只愿自在安逸地颐养天年，可像约翰这样在北美飞来飞去专寻荒野看岩刻的人，可能全世界找不到几位。我曾好奇地望着他电脑里那些一个套一个的文件夹问他："你究竟有多少张石头的照片？"他说即使没有一百万张也有大几十万张了，没法统计也没想去统计，有时一个地方就超过两万张。"你知道虽然说起来我去过二百多个岩画区，可那都是说得上名字来的，许多根本没有被记载或命名的地方我也去过。有时熟人甚至陌生人也会寄他们看到的岩刻照片给我。"

"你知道在这个领域有其他的探索者吗？"我问。

他的回答很简单又无奈："none（没人）！要说没人也不全对，至少不乏指手画脚的抨击者。"内华达州考古学家安格斯·昆兰（Angus Quinlan）在《美国古物》（*American Antiquity*）杂志上发表了一篇关于"亚洲回声"的评论文章，抨击了约翰的分析，称其为"最糟糕的演绎思维"，认为美国象形文字的灵感来自外国人的假设是"对在社会文化常规中使用岩石艺术的美洲土著文化的不尊重"。这种用政治意图和意识形态来解释科学的举动，在外行如我看都觉得荒谬可笑。

"所以恺特利说这是一个全新的学术领域,我自己称之为古代中美古文字学。"我们聊到那些在历史上曾受尽嘲讽最终留下了声音的人们,从早期的吉涅斯、利兰德,到默茨、爱德华·维宁。"他们都死了。幸运的是我遇到了大卫·恺特利,可是他也死了。"别说约翰,我也暗自叹息。"好在还有杰特和爱丽斯这些学者!"史蒂夫在一旁鼓气,不过也无奈地说了下半句,"他们也都是八十多岁的人了。"

到了酒店大堂,我们办房间入住。约翰掏出银行卡抢着要付账,被我们拒绝了。而已经开车自驾到酒店休息的杰特夫妇的账单,最后被约翰请收银员划到了自己银行卡名下。"你们来芝加哥采访我,已经让我很荣幸了。"他的谦卑让我感动。

立在灯光暖照的酒店大堂,我们继续聊。

——你花了十六年考证,目的何在?

作为一名科学家,我的目标是向全世界报告我的发现。我感觉自己不只是在判断那些天书一般的文字,而是正在恢复中国人和美洲土著人失去的历史。我有一个姑父是地道的印第安人,他是在家庭中对我影响最深的一个人。是他教会我打鼓,总给我设定高标杆。一旦我犯什么错,即使是小时候,他也会用指头弯起来敲我的脑袋,提醒我:think(思考)!于是我从小就不接受规矩、习惯,而是思考这世界究竟是什么样的。也正是对这个姑父的感情,让我感觉自己心甘情愿去挖掘美洲原住民与中国人的历史和文化关联。

——未来你需要什么样的帮助?

在可信的汉学家的参与下进行更多实地考察与评估;如果有可能有点资金介入就太好了,毕竟这些年都是我一个人的战斗;建立永久存储研究数据库,包括照片、地点、导航位置,以便向更大的学术界提供共享信息。有这么多的石头……时间却这么少!

我喜欢印第安人的一句老话:石头只会跟它们想说话的人说话。有人理解为石头会跟有力量的人说话。我更喜欢前者,因为我走上这条与岩刻文字打交道的路完全是人生中的意外插曲——我没刻意去找,是这些有着中国古文字的石头在我面前一一展现出来的!

退休后,约翰特别痴迷的一件非常有趣的事情是芝加哥阿德勒天文馆的高空气球发射。他和一群天文学家一起发射氦气球,气球飞到了100000英尺的高度,也就是太空的边缘。少年时起就拥有无线运营合法执照的他负责将高空数据传输回地球,包括海拔、视频和温度以及回收操作的GPS。

采访约翰后第二年的春天,史蒂夫和我特意前往新墨西哥州去探访约翰最看重的物证之一——国家岩刻保护地上那行最重要的"古汉字"。同行的还有美国探险家俱乐部的另外三位探险家：美国作家协会前主席道格拉斯·普莱斯顿、海洋保护女画家丹妮澳、航海专家兼摄影师丹尼。我们一行在那一望无垠的荒漠上徒步，直到望见那片黑褐色的石头阵营——那十几万年前火山喷发后的遗迹，像兵戈铁马刚刚远去了的古战场。在湛蓝的天宇下，望着我们脚下拖着的那短小虚弱的人影，每个人都自动闭嘴——在经过时间洗涤的石块面前，我们人类确实渺小、脆弱如草芥。

我们走走停停，在石块间寻寻觅觅，像复活节寻彩蛋的孩子。"天呐，看看这里！全是鸟儿和人脸的涂鸦！"这边刚传来惊奇的声音，那边又有人发现了成片文字——田、日、木……约翰在电话里指点我们往左往右或往前走往回走，在这片广阔天地里，他就像是一幅精准的岩刻地图。但我仍然不时给他泼冷水："这些符号太过简单。手中握着一块石片，我出于本能，在下意识的驱使下也会画出这类符号。不一定是和中国文字有关！"

他并不气馁，也不争辩，仍是好脾气地笑着说多找找看看。

拐过弯，我把认真拍照的同伴丢在身后，继续慢慢走。在一块被一堆枯草遮住一角的岩石边，我愣住了，睁大了眼睛不敢相信——青灰色的石头正对天空那面，深深刻着一个字，"福"！不用细辨就知道，那分明是一个"福"字！

这回轮到我大呼小叫了。准确说，那显然是容易被错过的三个清晰、粗重的赭石色字符——一个在左侧，弯钩状几笔相连，辨不清是何字何义，中间字类似"由"字，只不过上面多一横。这个"福"字却端庄富态，尤其"田"那部分很饱满。我拍下发给国内朋友与家人，让他们辨认，几乎无一例外，都说虽然与简体字有差异，但很明显那是"福"字！

人们都兴奋地赶过来，围着让我解释。道格拉斯还对着我录视频，并要求我用中英双语，好让更多的人理解。"这个字那么复杂，巧合的概率真的太低了！而且，中国历来有写福字祈求好运和保佑的习俗……"我真的有些震惊了——为这意外的发现。我不由得佩服起约翰，难道，我们的先人真的不仅到过这里，还留下了文字印记？

远在芝加哥的约翰更是激动不已，感谢我又为他发现了一个"力证"——走遍美国岩刻遗址，他竟漏掉了这一个。

我们又兴奋地奔往另一个岩刻遗址，明明已经在约翰指明的地点了，十几只眼睛在石头上一一打量搜寻着，却什么也看不见。美国人爱说 leave no stone unturned，没有一块石头没被翻过来，意思是查个底儿掉。半小时过去了，我们什么也没看见。

"你们不能站在路边打转，别管那护栏，翻过去，踩着石头往高处走！"约翰的指令变得更大声了。

史蒂夫拄着登山杖，举着手机和约翰通过视频通话再次核实地点。跨过栏杆？大家先是面面相觑——都是不轻易逾越文明底线的"良民"，是否该越界去找那石头呢？有那么一刻我们左右为难，都有点犯嘀咕。是相信"你拍得不够好是因为离得不够近"这一摄影名言吗？丹尼举着单反相机缓慢却坚定地跨过那不足一米高的木栏，表情肃穆得有点悲壮，好像他是要去蹚地雷。于是，道格拉斯、丹妮澳和我也都无声尾随。

"在这儿！"

那字符或大如升斗或小如掌心，横着镌刻在那黑色巨石的一侧，清晰得如昨天才刻上去，却明明又饱含沧桑，似乎亘古以来就与日月并存。"比约翰的照片更有原始的冲击力！"道格拉斯深吸一口气，望着那字轻叹道。任凭我如何用怀疑的眼光看待这"不可能"，我仍不得不再一次心跳加速，瞪大眼睛——毫无征兆地出现在这美洲荒野的岩刻，不是中国古汉字是什么？它们比"福"字更庄重有气势，颜色也不是赭石色，而接近灰白。

看到我惊奇的表情，大家更来了精神，拍特写，拍全景，合影留念！

史蒂夫是唯一没有越界上前的人，他拄着登山杖，跟路过的陌生人解释我们越界的"合理性"——"我们在做一个考古项目，考证这些字符的出处。你们觉得它们像中国字吗？"说着把手机伸过去给人家看我刚发给他的岩刻特写。听到肯定的回答，他更来了精神，继续做民调："你们相信哥伦布是最早到达美洲的人吗?"那几位都是知识分子模样的中年人,其中一位戴眼镜的男子笑着说:"他似乎并非真正第一个到达这儿的人呢!现在不是已经有许多新的考证出来了吗?包括《美国国家地理》杂志,都做过中国人到美洲的主题探究呢……"这让史蒂夫如逢知己,开始滔滔不绝地跟人家讲述我们采访过的每一位研究者的理论依据。

我们的震惊并没让约翰喜出望外,手机屏幕上他仍是自信、友善地笑着,露出一嘴的白牙。

后来他陆续又寄给我一些桃仁,带壳不带壳的都有。无论我是栽进花盆还是直接摁进地里,至今也没见到一棵桃树幼苗钻出来。"你按照我写给你的方法做了吗?放进冰箱的冷藏室,包在湿纸巾里两周……催芽……种进小纸盒……"

抱歉,约翰,我真没有按这严谨的科学方法操作。

吃不到约翰祖传的蜜桃,确实是一件憾事。可是,结识了约翰这么执着地将历史上的中国与美洲拉近了的朋友,比吃到那香甜的桃子更让我欣慰。

钱肇昌：

老地图证明，中国人早到过美洲

我相信中国人比哥伦布先到美洲。

——钱肇昌（前NASA工程师，作家）

1

这一趟拉斯维加斯之行，似乎从一开始就注定是一场Adventure（冒险），不仅因为与我同行的史蒂夫是有着百年历史的洛杉矶探险家俱乐部的资深会员。

2020年10月初的早晨，这片美国西北内陆的沙漠已经有凉意了。我们尚未走到荒原深处，就飘起了细雨，风也像无数条细鞭子猛烈地抽打着它触及的一切。石块仍恪守着万年前的承诺，坚定地静默着，不动亦不摇。那原本细瘦的野生灌木，枝条似乎是金属造就的，似有弹性地在风中剧烈地左摇右摆。

身上的厚夹克居然不足以抵挡这初秋骤然而来的寒意，史蒂夫回到车上找到一条毯子让我裹在身上。我牙关紧咬急速地走着，像个被追杀而疲于奔命的猎物，希望运动能产生些热量。寒冷仍像冰刀直抵心肺，原来那风是从脖子直接灌进胸口的。

在这只能用荒凉来形容的原野上，不用细闻，都能嗅到空气中令人生疑的气味——竟是焦糖一般的甜，似乎我身后就有一个咖啡店，诱人的奶油蛋糕正新鲜出炉。

我们此行的初衷是要去寻那考古学家至今不能断代的petroglyph（岩画）——原始人类在荒野岩石上涂鸦一般的符号。我们事先在地图上查到，从停车场到那岩画地带，往返是3.6英里（5.76公里）。住在拉斯维加斯已经七载、一直想前去一探这神秘符号的钱肇昌是我们此行的采访对象。他在前一天反复跟我们确认需要步行的距离后自动知难而退了——他的背痛旧疾不久前发作，连弯腰捡一枚掉在地上的硬币都痛不堪言，不要说在山野里徒步几英里，单是那几处需要攀爬的巨石就让他生畏。

谁能想到，距离"罪恶之城"拉斯维加斯不过十五英里的地方，竟有一片一望无际的亘古荒原，而慕名徒步前往的人，无不为那原始、纯净震撼得无话可说。"你们一定要去看一看，拍些照片再发我。我曾经去过拉斯维加斯好多次，每次去都不是冲着赌场，而是冲着这堆刻字的石头。"年过七旬的芝加哥人约翰是位为政府工作的化学家，做过军人、老师，退休后却痴迷于这古老、神秘的岩画不能自拔，一研究就是几十年。与他年龄相仿的史蒂夫既是探险家，又住在离拉斯维加斯很近的加州，一辈子往返赌城不下百次，可居然从未听说过这片神奇的荒野。

这片有着四万八千英亩（一英亩约等于六亩）的National Conservation Lands（国家保护地），其实也并没有什么奇特物种，无非是石头、野生植物和干枯的河床。可是，这未受大自然丝毫偏爱的一切，竟又得天独厚地与众不同。这里，似乎自开天辟地以来就未改变过。

先说那油画一般的背景。天空是糖果色的透明的蓝，上边舒展铺陈着巨幅丝滑绸缎，乳白带着淡灰色，是仙女们正在裁剪谁的婚纱吗？旁边那白棉花一般的云朵，又像是新娘的手捧花。我望着发呆，疑心拉斐尔笔下的圣母怀抱着圣婴就要在此从天而降。

碎石和沙砾铺满了河床，踩在上面哗哗地响，松软得用不上劲，人人都像在泥沼中前行的马儿。两旁是石头的王国：高处是嶙峋耸立的巨无霸，或风化成了谷仓、城堡，或被水流侵蚀冲洗得如刀劈斧削的石门；山坡向阳的一侧不时有成片焦黑的石块出现，在土褐色的背景下非常醒目，像被火焚烧过后的士兵，躺下彻底安息了。刚踏足这片荒野，我就已经被石块吸引，明明是同一石块，一半是烧灼过后的黑色，另一半则是象牙一般的白色。有些卧在土里的，露出地面的是黑色，底部有一圈白色，如果你好奇且有足够的力量把它刨出地面，那下面就像未经风霜的土豆，干净得让人惊讶，不敢相信这是自一千五百万年前火山喷发以来就"存活"在这儿的天物。

雨忽然就收敛了，而且天边居然显现一道彩虹。其后面不远处就是拉斯维加斯的外城亨德森（Henderson）高低起伏的楼宇。

太阳出来了。零星的雨点，淡金色的阳光，横跨的彩虹，让这荒凉的大地显得更加神秘，让人不由得惊叹，这一切的背后，究竟有着怎样的翻云覆雨手？

有四五个陌生人说笑着赶上来，都是五十岁左右知识分子模样的男女，想必也是去看那岩画的。大家友善地互相点头打招呼，"多么好的天儿！是谁刚在casino（赌场）中了大奖吗？风、雨、彩虹、阳光，还能奢望更多吗？"

"想象一下，一千多万年前，我们的脚下就是灼热爆裂的火山，此刻却安静得像被世界彻底遗忘的角落。而不远处，就是那人人争着一博财运的赌场，就是灯红酒绿、纸醉金迷的物欲世界。这一切，是多么玄幻！"史蒂夫左腿有疾，打着特殊绑腿、拄着登山杖用力走着。他双肩包里的两瓶水是我们仅有的物资。据说有人在炎夏时在此徒步，因缺水而昏厥险些丧命。

这名为McCullough stratovolcano的复式火山也叫成层火山，看似只是一个陡峭的圆锥形石山，其实是一千多万年前浓稠的熔岩流和先期喷发后遗留的火山灰和岩石碎片层层堆积而成的。而那通向岩画的山径就在这火山运动遗留下的岩石上，300多块石头上，大大小小深浅不一的1700多个画符也像这沉睡的火山一样，静等着好奇的人们解读。

走了不足十分钟，我已经热得出了汗，把那薄毯子塞进史蒂夫的背包，继续深一脚浅一脚地走着，不时停下拍照。死亡的肃穆笼罩着世界,深浅不一的灰色、黑色、棕色是主色调,可偶尔偏有那不服气的叫作生命的色彩俨然映入眼帘:那叫不上名字来的细瘦却遒劲的灌木,在这极寒和极热天气交替、常年干旱无雨的沙漠里,较劲般地长着一身莹润碧绿的细碎叶片,仿佛用极薄的翠玉雕成的一般,那透着蜡质光泽的叶子,绿得如此鲜嫩,我伸手去抚摸,却发现硬得扎手。我们用中国、美国两种识别植物软件试了再试,最终仍是失望地放弃——这神奇的植物也许自火山沉睡之后就存活至今,独特的基因早让它和化石一样成为与众不同的物种。

也别小瞧了那一块块面无表情的石头,稍微背阴一点的边边角角,就给你那么一抹一片一块颜色看看,那鲜绿,让果园挂在树梢的青柠逊色;那锈红,让彩妆店最新款的胭脂汗颜。自小就爱在旷野探秘的史蒂夫纠正我,那不叫moss(苔藓)叫lichen(地衣)。

那结满白色硬刺的仙人球,似乎是最恣意的植物,它们不挑不拣,但凡那石头缝隙里有一捧沙土,它们就高高低低地顽强扎根繁衍。圆圆的脸红里带粉,在阳光最浓烈的时日里,一朵朵红色、黄色、白色的花像喇叭一样从脸庞上绽放开来,向这寡淡沉寂的世界献上最不雕琢的妩媚。

生存就是硬道理。在这里,只要未死,就活出了境界,活出了仪态和威风——你看那这一株那一棵的yucca(亚卡,也叫丝兰),或在山顶孤单,或在山腰三两相簇。干枯的叶片垂下来覆盖在矮壮的树干上，像是披着蓑衣的老人，或是风化多年连鸟雀都不再有丝毫惧怕的稻草人，这毫无生命迹象者的头上却顶着一蓬莲花状绿色叶片，线条美得像现代感极强的油画。

迎面看到一位年轻女子弯腰系鞋带，汗水从她的脖子上流下来打湿了衣领。喜欢和陌生人chitchat（闲聊）的史蒂夫道了一句"好滴"（美国口语缩短版的how do you do）后，眼尖的他看到了对方胸前挂着的吊牌，一问，人家是这里的工作人员。毕业于乔治·华盛顿大学考古学系的安娜特（Annette）非常兴奋地跟我们聊了起来。"这河床过去十几年来从未这么暄软难走过，一直是平坦硬挺的路，可两个月前那场暴雨过后，石子和沙土全被冲刷而下……"有些微胖的她一边整理着被汗水打湿的头发，一边跟我们讲她理解的岩画，她说并不知道这岩刻究竟与中国的古文字有什么关联，不时前来的一些印第安部落后裔认为这是当年祖先们以物易物的集会场所。至于那些符号，几乎没人能够解读。我好奇地问她作为考古专业人士她在这里的日常工作是什么，她说："巡视这些岩刻是否被破坏。你没发现吧，有些岩石上被人为地涂鸦，甚至喷漆了。明明有告示不许带走任何物品，可有人还是把石头悄悄背回家。"我想起了刚才看到那仅有的几块宣传板上的提示：Don't erase the traces of America's past. The past belongs to the future, but only we can preserve it.（不要抹去美国的过去。过去属于未来,但只有我们能保护它。)

对于岩石上那仍待解的符号,安娜特说她希望考古爱好者在没有确凿证据之前不要轻易下结论。"我听到一些人信誓旦旦地说这些符号是外星人所为。我认为没有必要辩论,大家继续考证吧,也许下一秒就有惊人发现。"

挥手跟她道别,我们沿干热的河床继续像行军一样走着。为了避开这暄软的沙石路,我走两侧稍高一点的路面,那里的大块石子下面能看到泥土,不时有低矮的灌木丛剐蹭着我的衣襟和袖口。

"小心蛇啊,在十月份依然会有响尾蛇出没。"史蒂夫的话音似乎刚落,正大步流星的我忽然间看到了什么——就在我即将迈出去的右脚前方,那土褐色带深棕花纹的一团也许感应到了我的接近,本来雕塑一般静止着,闪电般它的头向我昂了起来。我下意识地收住脚步,慌忙退后几步,心跳着回到沙石河床上,在这几秒钟内,一身冷汗已经下来了。响尾蛇!

史蒂夫闻声停住,立在那儿朝蛇的方向望去,他确定是响尾蛇。好奇心让我忘了害怕,也凑近去看这有剧毒的物种。也许感觉威胁解除不想恋战,它粗大的身体正滑向旁边的灌木丛,扁宽的头部上那突起的小石子一样的鳞片都清晰可见。我听到它尾巴上那一串圈状的塑料一般的角质发出了奇怪的响声。

我再也不敢自作聪明地走河滩了,和史蒂夫边走边警觉地四处张望，谁敢保证它们不会漫游到河床上来呢？

一小时过去了，我们终于看到了那条干涸无水的瀑布——数米高的岩石被曾经的水流冲刷得光滑圆润，在阳光下发着青白的光。似乎这里应该是河床的尽头，因为前面除了挡住去路的巨型岩石，已经无路可走。我们也知道，岩刻就在不远处了。

爬上去似乎是唯一出路。我们正在踌躇如何找到抓手，先前遇到的那一队知识分子模样的徒步者出现在岩石上方，显然他们已经到达了目的地折返回来了。

"把登山杖伸给我，我拉住这端，把你拽上来。"一位戴眼镜的男子看到悬在半壁进退维谷的史蒂夫，热情地蹲下来伸出援手，同时让他的一位同伴从后面拉住他自己的腰包。在这类似童话小白兔拔萝卜式的救援下，史蒂夫终于费力地翻过了这最险峻的一道坎。

我不打算跟这浑圆的几乎没有抓手的巨石较劲，而选择旁边那个虽然更高却有许多风化后层叠错落石块的缓坡——至少能找到落脚的地方。而另一位戴墨镜的男子正从那儿往下爬。"需要我帮你吗？"看我打算攀爬，刚平安着陆的他微笑着问。我说我试试吧。在他关切的注视下，几分钟后，我站到了山坡的上面。但想下到地面上需要踩住山石再往下蹦约一米的高度。"你下去也要小心，那儿高度不低呢。"仍是那男子，在巨石下望向我嘱咐着。

感谢每天半小时的瑜伽，我顺利地跳到了地面上。

"你们一定不要走河滩,刚才我们遇到响尾蛇了!"史蒂夫一边拍着身上的土一边提醒他们。

挥手道别后,我心里暖暖的——为这荒野之中来自同类的真诚与友善,脚步似乎也轻盈了起来。

"快看!"史蒂夫兴奋地高声道,他立在那儿指向路边一侧的石崖,只见棕黑色的石面上,赫然画着一只很形象的迷你山羊。旁边是两个不规则的圆圈,中间被一条直线穿过,这不是"串"字吗?

听到我的惊呼,史蒂夫更加来了兴致,说一定要把照片发给约翰,已经从上万个岩画符号中识别出了一百多个汉字的他,肯定会激动地说,"你们总不相信我,怎么样?连普通中国人都能从中看出汉字来。"

除了有些明显受阳光和雨水侵蚀淡化、模糊了的符号,多数笔画都很清晰,让人无法判断究竟是数千年前的人留下的痕迹,还是上个月才有谁随手用石头刻上去的。

"你知道,现在最大的难题是无法破解这些岩画的年代。"史蒂夫曾专门请教加州理工大学地质学教授乔治,答案是令他失望的——用世界最先进的测试技术,同一个符号,距离相差仅几厘米,机器就可得出相差几千年的结论。

想起刚才安娜特说过,这所谓保护地既没有围栏,又没有足够的工作人员看护,任何一个"不守秩序者"都会轻易地随心所欲画上几笔,尽管那仅有的一块告示牌上写着"乱涂乱画者会被法律制裁"。

我们边走边找，然后拍照。日头已经当头了，天空蓝得像倒悬过来的海洋。空旷的山谷如此寂静，甚至一只鸟儿都没有飞过，干旱地带常有的蜥蜴倒见到几只，瘦小得都像营养不良。

"如果此时有某个在赌城输红了眼的家伙正巧在这儿想打劫，咱们是否只能束手就擒？"我突发奇想道。

"咱们会没事的。这些被先人刻划的石头都是有灵性的，它们知道咱们大老远赶来朝拜，一定会保佑咱们的。没准儿，哪块巨石会在关键时刻滚落下来，把那坏蛋砸晕。"史蒂夫不仅是个探险家，也是个惊悚小说迷。他最喜欢的作家道格拉斯·普莱斯顿与他一见如故，不仅同去洪都拉斯的原始丛林发掘出被淹没了四千年的古文明遗址，道格拉斯还写出了以史蒂夫为人物原型的又一部畅销书《失落的猴神之城》，他们的发现也被《美国国家地理》杂志列为近百年来人类历史上最重要的一百个发现之一。

回程走哪条路？史蒂夫是标准的探险家思维——不走寻常路。我是不喜欢重复的AB血型。我们一致同意走那条名为"Cowboy trail（牛仔小径）"的小路，虽然路途更长，至少有可能邂逅惊喜。为防蛇患，拄着登山杖的史蒂夫走在前面开路。

我们果然没有后悔，除了避开了来时攀爬的巨石，还欣赏到了几处更雄浑的风景，其中一处是站在高岗上向北望，映入眼中的是拉斯维加斯外城的景观，参差错落的建筑像乐高积木搭成的艺术拼图。回望南方，扑面而来的则是硬朗、原始似仍有先民定居的山峰。那一瞬间，我们都呆住了，不敢相信人类文明与大自然就在这一扭头之间如此切换自如。那一刻，我也不由得和史蒂夫一样，想象着上千年前也许先祖真的曾在这片土地上走过。那时的他们，前无古人后无来者，回望太平洋那端的故乡，眼中心中涌出的会是何等的悲凉啊！

叹息一声，我继续走。选择这条小径的另一好处是双脚终于可以踩在硬路上，而不用再像来时那样在松散的沙石上艰难跋涉。

阳光已经开始发力，我浑身已经汗湿，却不敢脱去外套只穿短袖，我知道那不时吹拂在身上的风仍是冰凉的。

本来设想结束岩画之旅后直接去钱肇昌家里与他会合，但我们决定先回到酒店休整一下，毕竟，这三个小时的旷野徒步，让我们都疲乏倦怠、口干舌燥。

"你看到的这个'串'字和'中'字离得有多远？"约翰已经通过史蒂夫发送过去的照片看到了那两个被我"认出来"的字符，兴奋之情从电话里传过来。他叮嘱我一定征求一下钱肇昌对这岩画的看法。

2

前往赌城去看岩画其实只是我们的目的之一，因为两周后我们要去芝加哥采访岩画研究者约翰·罗斯坎普（John Ruskamp），他告诉我们赌城旁边这处岩画值得一看。应该说，去拉斯维加斯的主要目的是采访钱肇昌先生。

最初知道Chao（Chao.C.Chien是钱肇昌名字的英文拼写，西方人以名字称呼对方）的名字是通过史蒂夫，他说早在2005年他们就在帕萨蒂纳见过一面，当时钱肇昌刚出版了他的关于哥伦布前人类跨太平洋的航海活动的初步考证。可史蒂夫此后忙着组织人马前往洪都拉斯的热带雨林考察那传说中的"猴神之城"，两人就断了联系。再试图找到早已离开加州的钱肇昌似乎比登天还难，据说他不仅不在加州，甚至不在美国了。

天无绝人之路。我们的另一个采访对象——远在弗吉尼亚的夏洛居然准确无误地提供了钱肇昌的邮件联系方式——他们二人曾一同前往中国做过关于哥伦布前中国人到达美洲的沿途演讲！

《离经叛道的1421年》（*The 1421 heresy*）的内容并不复杂，主要阐述，在明朝中国人已经完全有能力到达美洲，因为万历时期的中国的GDP不仅占世界的55%,还有自元朝时期就已经超级强大的航海能力、天文观测能力。令我好奇的反倒是那作者名字Anatole Andro,这与钱肇昌一贯的英文名Chao.C.Chien大相径庭。后来我才知道,这希腊语"来自东方的人"的笔名还掩藏着一段屈辱史。这一切,他都毫不保留地写在了新书《16年的自我回顾》的后记里。工程师专业毕业后的他曾在美国著名的JPL（Jet Propulsion Laboratory,喷气推进实验室）参与航行者和伽利略宇宙飞船项目,后来又去大学教书、自己开公司培训计算机人才。从来没读过一天历史学的他,却非常自信地认为他比许多职业、非职业的历史学家都更有历史知识。因为他"什么书都读"。对历史的专注缘于他与生俱来的兴趣。在给我的第一封邮件中他写道:

每个人都有他（她）学校课程以外的特别项目。有些人爱好踢足球。有些人打篮球。我则求真,不能接受错误。请看下面一张图。

在这张图里,亚洲与美洲都画得很精彩,很准确。那么,画图者一定去过亚洲与美洲了。可是这两个洲又被画得连起来了,证明画图者没去过。而且,里面的地名张冠李戴。那是怎么回事？原来是抄的。那么,是抄谁的呢？没去过的后人抄以前去过的古人。

这就是考证。用逻辑推理。

我很小便见过这幅图，印象很深。于是便睁开眼睛，看见怪异的地图便收集起来。收集了五十年，才弄成《大航海时代的中国源起》（*The Chinese Origin of the Age of Discovery*）这本书。五十年。那就是考证。

对地图充满好奇的孩子尽管长大当了工程师，可是他关注的事情却未改变，即使去喝个咖啡看到宣传咖啡豆的册页上的地图有错误，他也会毫不费力地默记于心。

直到2003年，英国退役海军军官加文·孟席斯（Gavin Menzies）的著作《1421年，中国人发现美洲》（*1421, Chinese Discovered America*）在争议声中成为全球畅销书，钱肇昌才感觉自己该动手了。他把多年累积的知识和推理一气呵成写出《离经叛道的1421年》。尽管他之前被出版商追着出版过许多计算机教材，可当他想为自己潜心完成的著作找到个出版社时，却四处碰壁。"人家连看都不看一眼，因为我没有名气！"好不容易找到一家书商，对方并非看中了他的作品而是嗅到了"1421热潮"，条件是作者自费出版，同时，要用一个笔名，目的赤裸裸——要让读者以为这个作者是西方人！

我读完了史蒂夫借给我的那本书便写邮件给钱肇昌，发去了几个问题。没想到他回复我说他刚出版了一本新书，之前的《离经叛道的1421年》知识和论据不够充分，建议我读完这本《大航海时代的中国源起》再说。

书到了，不是通过亚马逊，而是直接由他寄来，因为网上公开售卖的是第二版，他不久前刚又修订了一下，这最新的第三版只有他手上有。还未见面，他的有些执拗的严谨已经让我心生佩服。这厚重得像一块砖头的书是极硬实的精装，近五百页，有三百多幅插图，其中90%的图都是古老的地图。已经读了此书的史蒂夫惊叹：我的天，他从哪儿看到或收集到那么多老地图？！

我知道钱肇昌自小在香港长大，先后就读于皇后大学、美国密歇根大学，我相信懂中文的他用汉语交流起来没有丝毫障碍。可是每次回复我邮件都显得惜字如金，简单得让我疑心他是否对我的采访有兴趣。但我着实喜欢他的坦诚——搞清楚我正着手写的项目是一本纪实随笔集，所有我关注和走访的人都是前哥伦布时期人类在美洲活动的研究者，对我的问题"你如何看待这个领域其他研究者"，他很直接地给我写来邮件：

我是跟人和不来的。让我跟你道来。

我的研究是基于证据的。没有证据不能做结论。一个例证便是与我同时的英国作家加文·孟席斯（Gavin Menzies）。因为郑和与哥伦布大概同时，他便说哥伦布承受了郑和的前例，然后去找证据支持他的论点。结果错漏百出，给人攻击。因我不支持他，于是与我不来往。

我是先要有证据，然后从证据那里生成结论。所以我

- 103

有两本（关于）郑和的书。一本是《大航海时代的中国源起》（*The Chinese Origin of the Age of Discovery*），里面都是有铁证的。第二本《猎龙》（*The Hunt for the Dragon*）里的证据不是铁证，所以要分开。因此我不受欢迎。我的遭遇在 *Age of Discovery* 一书最后一章说得很清楚。

如果我在你书里能占一篇已经很高兴。

我也问了另一位考证者对于钱肇昌的评价，对方显然不想深谈，只客气地简短作答：除了结论相似，我们二人没任何相同之处。

一向不尊重阅读秩序的我，先啃了这砖头的第一层——目录。作者不愧是理工思维，层层剥笋一般，将论据条分缕析，思路清晰得像电脑线路：欧洲人没有画出那些原始地图。中国人绘制的。什么时候？怎么发生的？中国人丢失了它们（那些地图）。欧洲人欣赏它们。学术界对历史造假。不真实的历史。真相是这样的。

他的结论很直接：中国人是世界大发现（或大航海）时代的起源动力。郑和下西洋引起了各国人对自己不了解的世界的关注。同时，欧洲探索世界的先行者们所用的地理信息（地图）也是中国人绘制的。

虽然他也很清楚，许多人是不打算读这本书的，因为他们是哥伦布发现新大陆观点的坚决拥戴者，即使只是听到有不同的声音就恨不得立即掉转头去。

他自曝家丑地说这本倾注了一辈子的研究而写成的书至今销量不过200册。因为人们出于各种原因不想去关心真相，接受已经被灌输的一切对许多人来说是最舒适、最合适不过的。

我把这"砖头"翻过来，读到最后的作者自述。我才知道这位钱先生的父亲钱乃信是当年的少帅张学良的私人秘书。由于自小在美国接受教育，打得一手好网球的钱乃信也是网球高手张学良的球友之一。

好奇心驱使，我又发了邮件给他想谈谈上一辈人对他的影响。他却再次表现出疏离状，说还是先看书，以后见面再聊这些家常吧。

于是2020年10月7日，我和史蒂夫从洛杉矶驾车前往拉斯维加斯，不为进赌城试运气，也不为看席琳·迪翁那天价票的演唱会和各种秀，只为了一睹这位神秘人物的真容。

3

从我的住所到拉斯维加斯，手机地图显示为269英里，开车需要4小时20分钟。

以前我也曾多次去过拉斯维加斯，却纯属度假。这次带采访任务前往,心情便多了几分沉重,毕竟,这是我到美国第一个货真价实的采访。

沿15号公路向东北内陆前行,广袤的莫哈威(Mojave)沙漠一如既往的荒凉、干旱,坚硬如铁、苍老如化石的约书亚(Joshua)树头顶上那几团本就稀疏的叶片,不仅更少了,原本凝重的绿意也被枯黄取代了。

除了中途休息一次,史蒂夫饶有兴致地开着车,不肯让我替换。也许是鬼使神差,他忽然把音乐调低,说要打个电话。对方是一个女子,兴奋地跟他汇报着他订作的那批巧克力的制作进展。他一手握着电话,单手扶方向盘,不知不觉与前方的大卡车跟得很近。大卡车突然一晃身子,急速地向右并线,没有了这庞然大物的遮挡,我才看到离我们不过几码远的路中央有一个厚墩墩的双人床垫,显然是刚从卡车前方的另一辆车上掉下来的。史蒂夫显然也注意到了这一可怕的路障,慌忙一打方向盘也向右并线,躲过了撞上那床垫的危险!

我们都惊出一身冷汗。如果左右都有车我们无可避让,以120公里每小时的速度撞上那床垫后果如何呢?车翻人亡?不敢想象。我责怪他不该在高速公路上开车打电话,他心知犯错却碍于面子不愿承认,说不打电话这险情也会发生啊。

我不知道这只是此行死里逃生的第一幕。

无论如何下午两点半我们已经到达提前预订的M酒

店，在他去办入住手续的时候，我好奇地上Hotel.com网查了一下当天的房价，156美元一晚，我立即明白史蒂夫被网站宰了——每晚225美元！我问他为什么不在多家网站比较后再下订单，他说直接跟酒店订的好处是万一中途有变故处理起来不太麻烦。

"你们到了？我十五分钟就能赶到酒店，咱们在大堂的咖啡厅见面，喝咖啡聊一会儿，然后再找个地方去吃晚饭。"史蒂夫的手机虽然没用免提，我仍能听到钱肇昌的声音——洪亮有力。直觉告诉我他是个大个北方汉子。

我们下楼先考察咖啡厅是否足够安静。很快就得出结论——那与一排排老虎机比邻而居的地方根本不适合谈话。我去问前台是否有安静一点的地方，对方有些不悦地答说除非是去室外的游泳池，似乎我们不去赌场有些不合时宜。我回到那咖啡厅，远远见到史蒂夫已经和一个人聊上了，我有些不敢相信，眼前这位顶着花白头发、个子偏低、穿着一条牛仔裤和蓝绿格子衬衣的男人就是那说话洪亮的钱肇昌。眼前的他更像中国东南沿海一带在街头开杂货铺的小本生意人。

听史蒂夫说这是Emma，他抬起极双的眼皮看了我一眼，随即自来熟地笑着递给我一个劣质超市塑料袋，沉甸甸的，里面是两本书。我道谢接过来的瞬间，发现这位在书中嬉笑调侃的汉子有一条袖管空荡荡的。不好意思显示出吃惊，我跟他开着玩笑，说他之所以不回我邮件，就是学姜

- 107

太公钓鱼。他立马笑着接了下句"愿者上钩",露出缺了门牙的豁口,倒有几分上了岁数人的亲切。

"大老远跑来,回去不能空着手。每人两本,不同的,你们可以换着看。"他的汉语说得很好,但听得出有轻微的粤语腔。我们多数时候说英语,因为有史蒂夫在。"他的英语不错,不过能听出来有外国人口音。"史蒂夫后来告诉我。我不禁笑了,这就是自称和被美国人叫作Chao的钱肇昌先生,亦中亦西、不中不西,痴迷历史的电脑工程师。他显然是个活得忘掉自己年纪的人,语速快,性子直,似乎仍是个年轻小伙,所以,我不由自主地叫他肇昌。

既然一致认为酒店太嘈杂,我们决定由肇昌带我们去一个他熟悉的咖啡馆。可是他既不知道店名也不用手机地图,只说凭记忆去寻。"我比你们熟悉地形,坐我的车好了。"他快人快语地说罢,带头往酒店外走。

我们住的酒店在城东南,肇昌说他的住所虽在城里,离我们不太远。坐进他那两个月前刚买的二手本田轿车里,不知不觉,我们已经被他拉着穿越了整个拉斯维加斯城。那一路也是步步惊心,我忽然感到,使我们险些丧命的史蒂夫车技其实挺好——肇昌老人家单手开车也就罢了,跟我边聊还边打手势。这车无人驾驶般数次跑偏轧到左边或右边的线上,好在他都及时调回正轨。他的话题五花八门,天南海北,几乎无所不包,从这里的中国城坐落在spring mountain(春山),到邻居白人老太太对亚裔的歧视,从气候变化到混迹赌场。

"你们俩都相信气候变化这一说法?人类对地球对自然有影响吗?肯定有,但和宇宙内部自然运行特征相比,这影响微乎其微。你知道地球公转一年,带来了四季,可地球所处的宇宙还有一个big circle(大循环),每2万多年转一圈,从最冷到最热需要13000年。人类的碳排放只是加剧了气候变化。我们唯一的解决方案是移到火星。"说到兴奋处,他的手又离开了方向盘。

"我曾经特别喜欢去赌场,是不受欢迎的Card counter(算牌的人)。但我没有那么精通,不能保证不输只赢。有些时候运气好,赢很多,就被赌场经理客气或不客气地请出去。他们怎么知道我算牌?你桌上的筹码只增不减,那就是明显的信号啊……"听得我感觉旁边这位是电影中的神秘"老千儿"。

我暗自庆幸终于还是来会这位钱先生了,不用我刻意提问,他就一见如故地敞开了聊,淋漓尽致,挥洒自如。"美国老百姓其实根本不了解历史,却又喜欢瞎起哄,那天我家旁边药店的药剂师就跟我发议论,说他同情香港人,因为中国政府剥夺了他们的选举权。我跟他说他缺乏最基本的常识:在英国的殖民统治下,香港人从来没有过选举权。他后来便跟我道歉。还有我那85岁的哥哥,在美国差不多生活了一辈子居然还抱怨共产党让他失去了从小养尊处优的少爷生活。"肇昌劝他回国去看看,说一切早就发生了翻天覆地的变化。

他像个终于邂逅故人的异乡客,我的每一个问题都像一个火星,燃起他的谈兴。拉斯维加斯是个小城,从东到西也不过十英里,生人也不容易迷路,因为这在沙漠上凭空建起来的城市街道笔直,缺点是红绿灯太多,且有时一个红灯要等两分钟。他不讳言之所以从加州搬到这沙漠赌城来,首先是因为这里生活成本低,空气新鲜。退休幽居,何乐而不为?

此前十来年史蒂夫找不到他,理由让我瞠目,原来他一直生活在广东,有人组织了一个演讲团——关于当年郑和下西洋的主题,他被主办方从网上搜到,成为演讲者之一。他居然在广东结识了一个做小学老师的女友。"她可是一百八十度异于常人,不肯移民到美国来。于是我们分开了。"

他扭头望了我一眼,忽然转了话题,说Emma你感觉自己像是纯粹的汉人吗?汉人没有你那样的高鼻子。汉人其实有许多外来血统,胡人、鲜卑、匈奴。我不由得开始质疑自己一向标榜的纯正汉人血缘——越来越多地被人追问我的祖上血缘,证据似乎总是从我的鼻子开始。

坐在后排的史蒂夫几乎没搭话,回到酒店才告诉我:"我实在是被他的开车风格吓坏了,如坐针毡!但我认为值得,我相信你一定能写出一篇好文章。"他的理由是我们开这么远车跑来采访的这位"is really a character

（实在是位有个性的家伙）"。

我们的对话在英语和汉语间不时转换。说英文时我和史蒂夫一样叫他Chao，讲中文时我叫他肇昌，因为我实在感觉不到与他的代沟。我问他这些天在忙什么，他半认真半戏谑地一笑，又露出没有门牙的豁口，说他在写一本新书。"你相信那个吗？"说话间他又手离方向盘，食指竖起直指上天。"我的许多朋友在生活陷入困境之后都去寻找了宗教的皈依，我现在想写这样一本书，有关精神信仰方面的书。我只是列举出许多事例和我的思考，最终让读者自己下结论。"

"那么你相信吗？"我问。

"我当然相信有一种超自然的力量存在。那样许多事才好解释。"他豪爽地答道。

"我出生自犹太家庭。除了犹太宗教节日还过，犹太食物还吃，我和父母尤其是祖父母那真正的宗教信仰者已经完全不同。我不相信上帝，也不是佛教徒，可是我也相信有什么看不到的力量存在。所以我不敢做坏事……"后排的史蒂夫也终于插话了。

"告诉我你的故事！"不专心开车的这位司机忽地侧过脸来冲我发问。

我简短述说了我的人生履历和目前正在做的这个采访项目——关于那些相信哥伦布并非第一个发现新大陆的人们。

"那你很了不起,到处采访不同的人,尤其在瘟疫的重灾区美国。"表扬完我,他又问后面的史蒂夫,"听说你发现了那个掩埋在洪都拉斯原始森林里的古城,怎么回事?"

史蒂夫一向喜欢别人问及他的探秘经过,不过这次有自知之明地不想喧宾夺主,简单介绍之后谦虚地将这个发现之所以引起巨大轰动归功于写作那本书的作者,说要不是有道格拉斯·普莱斯顿这个畅销书作家,不可能那么引人关注的。

"一点也没错,我的书之所以没人买,还不是因为我是nobody(谁都不是)。"话虽听着像抱怨,可肇昌却并未显得真在意。

一个小时后,我们终于到了那咖啡馆所在的街道,时间显示差五分钟四点,停车后,发现人家已经店门上锁开始打烊了!

他说不远处还有一家,让我用手机查一下是否也马上关门。还好,十分钟后,我们终于坐在了另一家临街的咖啡馆里。他很熟络地跟店员打招呼,主动宣布由他买单,把钱包像付定金一样放在吧台上,那豪爽的地主之态让我们不好意思抢单。

我拿出了笔记本电脑,摆在那擦得并不干净的大理石桌面上,并未在上面敲下一个字,而是继续在手机的记事本上写下让我印象深刻的谈话。因为刚才在路上,我们的采访已经开始了。

4

作为一个天性喜欢和善于思考的人,钱肇昌说他还在孩提时期就直觉哥伦布绝非第一个发现了美洲的人。没有人告诉他,没有书本教给他,可是,在他眼里,那些老地图会说话,只不过,只有用心的人才能听懂。"维京人、腓尼基人、波利尼西亚人、日本人、古罗马人,甚至希腊人都号称早在哥伦布之前来过美洲,可最有可能的是中国人。许多人却不相信,或者不愿意相信。不懂得历史的人那无知的头脑里总以为中国历来就是个贫弱的闭关锁国的国家,多么荒唐!"

咖啡上来了,只有我这女士受优待,面前还有一块奶酪蛋糕。

"谢谢你们两个读了我的书。你们是百里挑一的人。为什么?我的书只卖出了二百本,你们两个人就是二百分之二,那不是百里挑一吗?哈哈。"他呷一口咖啡,又爽朗地笑了。他的笑既厚道又狡黠,就像他的样子——武侠人物一般凌乱的白发直挺挺地披在那儿,似乎从未被梳子眷顾过。如果你以白发断定他的年龄,会自知不太可靠,因为他那总带点调侃的大笑和极快的语速,让人感觉他分明是个血气方刚的青年，只不过未老先衰有了沧桑之态。

我尝了一小块蛋糕，味道与咖啡一样，与好吃一词相去甚远，不由小小失望，至少感觉对不起我们这一个小时的路程，还让独臂的朋友费了不少周折才寻到。可随即我又自我安慰，好在路上一直在聊，没有完全浪费了时间。

我说既然当年你办电脑培训学校借互联网的热潮狠赚了一笔，作为软件高手对市场规则非常熟稔，为何不好好营销、包装一下自己？即便不成名人，至少可多卖些书，毕竟辛苦写出来，排版打印，耗时耗力。

他有些嗔怪地故意瞪大眼睛望着我，说你看我像生意人吗。当年之所以从JPL离职，之所以辞去大学教职，就是因为天生喜欢自由，不想受束缚。"自己做公司办培训班纯粹是因为我喜欢电脑，赚了些钱纯属运气好——当年一个还未毕业的计算机专业大学生你知道就值多少钱吗？有人肯出年薪九万五千美元。互联网泡沫破裂，一切都重新洗牌。我写书的目的不是卖钱，也不是出名，而是有话要说。我只想把这五十年来自己看到的、想到的归纳总结出来，让关注历史真相的人从我的逻辑推理中得出自己的看法。我不是Amy Tan、Lisa See这类畅销书作者，她们写的是关于中国人在美国文化背景下的小说。社会的每个领域其实都一样——如果你的follower（追随者）数字很大，你是宗教；如果那个数字小得可怜，你就是cult（邪教），哈哈。"

我说我理解他的推理逻辑，简单明确，不需要任何高深的知识就可以明白：欧洲那些绘制于十三至十六世纪的地图，不仅漏洞百出——西夏消失了200年后，15世纪的欧洲地图上还有Tangut（西夏）这个地名。许多欧洲人根本没有到过的地方，却出现在了一张张地图上——北极是大发现时代欧洲人最晚到达的地方，罗伯特·皮尔里（Robert Peary）1909年才踏上北极。几乎就在哥伦布正在加勒比海百思不得其解所到之处为何地的时候，就在许多欧洲人还相信地球是平的、航船会突然驶出地球边界落入可怕深渊的时候，居然就有意大利人和荷兰人把北极绘制在了地图上。所有人都知道库克船长于1770年发现了澳大利亚，数年后他又发现了夏威夷群岛，可是早在1520年澳大利亚的东端就出现在了德国科学家和地图绘制者Peter Apian的世界地图上。哥伦布1492年到达加勒比海，他从未南下至南美洲，欧洲也未曾知道美洲是一个洲（他们以为北美洲是欧亚大陆的延伸），Balboa直到1513年才到达北美洲的西岸，可早在1502和1507年的欧洲地图上就已经把南北美洲绘制于图上，周围还有海洋环绕。

"你看来是真读了我的书。"他又夸张地一边笑一边望着我，忽然冲旁边经过的一个抱小孩的妇人说"这孩子真可爱"。我扭脸看去，那是一个深肤色的三四岁的小姑娘。

"你们都知道Age of Discovery（地理大发现时代或大航海时代），那是15世纪到17世纪，欧洲的船队出现在世界各处的海洋上，寻找着新的贸易路线和贸易伙伴。欧洲涌现出了许多著名的航海家,其中有大家熟知的克里斯托弗·哥伦布、瓦斯科·达·伽马、斐迪南·麦哲伦。航海技术发达的中国却开始闭关锁国。但这并不能证明中国没有间接参与大发现时代的航海活动,因为那些欧洲人使用的地图信息来自中国。"一进入正题,肇昌更兴奋起来,像个教授面对台下的学子。

他是在考证严肃的历史,却从不板起面孔,不时插科打诨。比如在书的三分之一处,他说谁如果不认可是中国的地理信息帮了西方航海家的忙,就没必要再读下去了。比如他那"码农"特有的语言"Error! Reference source not found(错误!参考源未发现)"。但更多的时候,他让地图说话。

地理大发现之前,欧洲人已经有了世界地图,却笑话百出:1507年的Ruysch North American map(北美地图)上,却出现了中国和越南的地名——Tangut(西夏)、Tebet(西藏)、Cathay(中国。变体自khitai 契丹,辽的前身,被女真所败后逃到中亚成为西辽,当地人视他们为中国人。于是Cathay至今仍被俄罗斯人用来称呼中国人)、Ciamba(如今越南的一个州)。

1531年法国数学、地理学家Oronce Fine的世界地图,也是把这些亚洲地名标在美洲上。

"最可笑的是加利福尼亚州,在欧洲早期地图上被绘制成一个岛,加州湾被称为红湾。为什么?是因为绘图者手里拿着一张北美洲地图、一张中国地图，困惑不知为何地，便张冠李戴把中国的海南岛和珠海的名字放在了美洲地图上。珠字音同朱，就是红色的意思。"说到这些，他不由自主地露出得意的笑，像破解密码后的志得意满。史蒂夫开玩笑问他每天玩多少个puzzle（拼图游戏），他风趣地说不多，也就一天七八回吧。确实，一张张地图就像一块块拼图碎片，他像福尔摩斯一样分析它们之间的关联、它们背后那些故事的可能性和背后的动因。

我心头一直萦绕不去的一个问题是：即便这些图并非有名有姓的绘图者亲自前往实地考察后所做，那为什么他们借鉴的一定会是中国人的地图呢？当然我丝毫不否认中国自元代以来就已经具备强大的航海能力，其版图已经覆盖到了西亚。可在大发现时代，那"全球化"的地理萌芽期，难道没有另一种可能吗？——某些地理发现已经在民间发生过了，并且他（们）很可能绘制了粗糙不准确的地图，只是由于当时通讯落后，并不为世界所知。这有可能吗？要知道早在公元前大西洋两岸的人类就用独木舟或木筏在海上航行，为了证明这横渡大西洋的可能性，二十世纪五十年代有人就从摩洛哥驾小皮艇不带任何食物和饮用水，历时七十五天到达巴巴多斯。

对这一问题，他甩给我一个反问："那有没有可能是外星人绘制的？不能说完全没有可能吧？"我明白他是要在可知的信息上合理地推理，那万里有一的可能性虽然不该否认，但毕竟缺乏认知的证据。

那么，为什么一定是中国呢？

他最有力的证据仍是地图。号称当时最全面、精确的世界地图Catalan 地图绘制于1375年，是法国查理五世委托当时西班牙马略卡岛（Majorca，位于西班牙东部）以地图绘制闻名的Cresqueses家族绘制的，开启了欧洲绘图的先河，为地图绘制的样式、内容都定了基调，堪称掀起了地图业的文艺复兴。

欧洲绘图者们竞相仿效，致使地图绘制有了质的飞跃，"就像贝多芬的命运交响曲意味着海顿、莫扎特的浪漫时代的结束。"

"在这张相当精确的地图的亚洲部分，左下角你能看到里海和波斯湾。右边是被称作Catay的中国，甚至能看到马可·波罗被蒙古人簇拥着乘船东行。更有趣的是标明印度洋、波斯湾、里海的地方都画有多帆的中国船。证明14世纪的欧洲人已经很清楚地知道中国人的junk（中国式帆船）在中亚航行无阻了。"

这一段我在他的书上也读到过。在1457年意大利僧人Fra Mauro绘制的地图上，不仅中国的船出现在波斯湾，在非洲最南端好望角一带居然也画着中国帆船。帆船旁边还有几行文字注释，意为1420年，有一条船驶往男人国和女人国，中途在Cape of Diab（好望角旧称）遇到风暴……四十天他们航行了两千英里，除了风暴和水，什么也看不到。等风暴平息，他们又航行了七十天回到好望角休整，上岸后他们看到了一种巨大的鸟（鸵鸟）和蛋……Fra Mauro说他亲自采访了一些到过许多地方的目击者，从而绘制出地图。而其中一个重要途径是从了解中国的爪哇人嘴里听说，而郑和正是在下西洋途中与爪哇建立了非常友好的关系。除了中国，当时海上唯一发达的国家是葡萄牙，而他们到达好望角是在四十年后的1498年。他们首次到达印度洋是16世纪。

"中国不仅影响、引领了大发现时代的探索，甚至船这个字的发音也影响了世界。郑和当时的大船叫舯（zhōng），就是西方Junk或Fra Mauro称作zoncho的字源。毫无疑问印度尼西亚人称jhong也是如出一辙。"在一旁听得兴趣盎然的史蒂夫佩服Chao有一个computer brain（计算机大脑），不仅能记住如此多的碎片信息，还能合乎逻辑地把它们拼在一起。"I am a walking computer（我是一个行走的电脑）。"肇昌又露出了毫不掩饰的得意，像个唯一破解了难题的好学生。

我说他应该接受媒体采访，会有更多的读者和历史研究者对他有兴趣。"曾经有媒体走近过我，他们感兴趣的是我的这个……"说着他用手指指自己那空空的袖管。"我这是天生就这样的。"我没想到他会主动提及这个常人不愿触及的隐私。他说他自己从未把这当成了问题，只是母亲在他小的时候非常内疚，带他去参神拜仙。没想到三个儿子中最小的这位居然显出过人的学习禀赋，于是出身书香世家的老人家给他请了私人老师，"开小灶"研习中国古籍经典，《古文观止》他至今能背诵自如。

那么究竟是什么时候欧洲人获知了中国人知晓的地理知识的呢？我又赶紧把话题拉回来。

"早在宋朝时期，中国就已经开始大规模建设海上力量，元朝时达到了繁盛，明朝前期持续了这一航海壮举。最有可能的中国与西方的交流发生在蒙古一统天下的元朝。我们不能把话说绝，因为毕竟没有实物证据。但没有证据的事情并不意味着就没有发生。"肇昌说他讨厌狭隘的民族主义或英雄主义，先得出一个结论，然后把一切当成论据都往里面拉，这样最终会被人耻笑。

天色渐暗，凉意袭来，还没等我说，他已经用探询的目光望着我们，说是否我们该起身去下一站了。

我们走到地下车库，开始驶向他常光顾的中餐馆。和咖啡馆一样，他去过上百次了，仍是不记得人家叫什么名字。"我对感兴趣的东西，比如地图，可以过目不忘，有人说我有Photo memory（照相机记忆）。可这世界上许多事情我永远不留意，更不要说记住。比如我爸的生日，每年我都得问哥哥们。我哪年离的婚？不记得。最可怕的是让我写工作履历，没有一次是重样的，好像有意撒谎，事实上我根本记不住那些时间数字……"

仍是有惊无险地一路"无人驾驶"，仍是各种想起来就说出来的话题。我望着暗云密布的陌生城市和身边逐渐熟络起来的新朋友,一切都如置身电影中一般不真实。

5

餐馆名为潮粤海鲜酒家,食客皆是华人面孔,耳闻亦是铿锵粤语。我们的地主显然与女店主是熟面孔,互相亲热地打招呼。

一杯热茶下肚,我才感觉这一天的劳顿有所慰藉。两个男人一致把点菜大权交给我。我点了黑胡椒牛肉、素烧菜心、腊味煲仔饭、海鲜炒面。

等菜时,我见缝插针,继续没有纸笔的采访。

"你的书里提到了《山海经》,你相信它记载的不只是神话传说吗?"我问。

"当然不只是传说,《山海经》里不仅有美洲还有大洋洲的记载。只是对于没有铁证的事情,我们不能轻易下结论。中国史书上多次记载这部奇书,可是至于成书的年代和背景没有任何可考的证据。在我看来那些神怪人物的风格有点像出自印度。里面提到的那些山川地理、动植物和人类活动描写得很生动(即便夸张),你知道美国那位默茨女士,她在地图上丈量出《山海经》海外东经的部分就是指的美国西部，你也知道Charlotte Rees（夏洛·利兹），她曾亲自按图索骥去走了那十座山，误差小得让人瞠目。"

那么南北朝时期的慧深和尚东渡呢？

"对慧深中西方倒是都有一些考证，有人称他是阿富汗的僧人，与其他四位信徒当年一起东渡前往美洲到达墨西哥。那他怎么又回到中国跟帝王讲述他的经历呢？这都无法考证。虽然只有极有限的文字记载他的故事，但我宁可信其有——如果没有这一切，他为什么要杜撰这些而且还有那么多符合事实的东西？"

我抛出那个一直困扰我的问题：《山海经》和慧深都提到扶桑树，考证出《山海经》美国部分的默茨女士认为扶桑是玉米，亲自走了《山海经》美国之路的夏洛认为扶桑是美国特有的红杉。肇昌显然也考虑过，他毫不犹豫脱口而出"仙人掌"。

"因为那红色的果实如慧深描述像梨可食？"

"对啊。"

其实我也曾猜测过仙人掌，我也极喜欢那甘甜的仙人掌果。可有时又感觉扶桑应该是龙舌兰，因为慧深说到其叶可做衣服可盖房子。

肇昌说《山海经》也和地图一样被人从中国传到了西方。13世纪欧洲的《约翰·马德依沃游记》（*the Travels of Sir John Mandeville*），比《马可·波罗游记》还火，人们一边骂作者是世上最大的谎话杜撰者一边津津乐道。该书描述了"来自南中国"的怪物,那里的君王、植物、山川,其中一个怪物和《山海经》里那位无头、胸部有眼的刑天如出一辙。

他说如果抛开《山海经》和慧深对于美洲的"记录",中国人到达美洲最可能的时期是在元朝。要知道忽必烈夺取了中国的江山之后,不仅西征到达伊拉克、维也纳、埃及,还曾两次跨海攻打日本,一次攻打爪哇,都没成功。但至少他发动海战是有一定军事和航海自信的。如果说元朝当时丈量了世界,到达过美洲、大洋洲甚至北极,一点也不奇怪。郑和下西洋到过美洲完全有可能,虽然我们没有铁证。要知道郑和作为一个太监并非航海专家,只是因为皇帝的信任,作为回族人的他又懂阿拉伯语,追寻建文帝的下落(朱棣得到消息说建文帝很可能逃奔到阿拉伯国家),很有可能就是利用了元人的地图。

史蒂夫说两天后就是哥伦布日了,这几天媒体上出现了许多与哥伦布有关的新闻。肇昌说真是巧了,有一条新闻很轰动,说是意大利米兰大学一位拉丁文教授最新发现:在哥伦布到达美洲的150年前,他老家Genoa就有当地水手知道了美洲的存在,只不过称其为"Marckalada(Markland)"。教授手中的文献来自一位中世纪与官方来往密切的米兰僧人。僧人所写的是一部从人类之初到他生活年代的历史书。为了搜集信息他经常听水手、商人讲述所到之地的各种见闻。"你们算算,哥伦布到达美洲是

1492年，减去150年是1342年，明朝开始于1368年。也就是说那时仍是中国的元朝，很可能意大利人的信息来自蒙古人。"

史蒂夫说一个有趣的现象是越来越多的人开始关注哥伦布前人类在地球上尤其是在美洲的活动了。在美国已经有十二个州不再庆祝哥伦布日（每年十月的第二个星期一）比如南达科他（South Dakota）取而代之为印第安日，以纪念在美洲大地上惨遭屠杀的原住民。

二三十个食客和店员除了史蒂夫外都是中国人面孔，我们吃着中国的饭菜，说着中国话，谈论的话题也没离开中国。可我明明身在世界闻名的赌城拉斯维加斯。我不由得再次感叹人生是如此梦幻！

看我悄悄去结了账，肇昌也并未和我争。他站在门口和老板娘熟络地用粤语又聊了一阵，仍当司机，送我们回酒店。我们约好第二天去肇昌家看看。除了想看看这个与哥哥同住的74岁的老单身汉的家，我更好奇他书中当作铁证的一张张珍贵地图。

可他的答案让我很意外，他说："我手头没有收藏任何一张地图。许多地图都是我在过去近五十年里在世界各地看展览时发现并记住的，比如国会图书馆、亨庭顿图书馆。许多地图事实上非常小，需要离得很近才能看清。还有好些地图我都是在网上看到的。"

我说既然地图是你手中在握的"铁证"，可是这些地图如何保证都是真品而没有伪造的呢?

他说他不是地图鉴定专家,可是这些地图既然都被著名的档案馆、博物馆收藏,应该都是经过鉴定的。"我的书用了三百张地图,每一张你在网上输入名称都可以找到出处的。"

6

听说我和史蒂夫第二天一早要去看岩画,肇昌说他非常想一起去。"十几年前痴迷岩画的约翰就找到过我,跟我核实这些字符和中文的相似度,我劝他不要轻易下结论。"结果他仍未能成行,因为一次摔伤经历,让他落下了后背疼痛的顽疾。

"我之前的房间有一个台阶,往下迈时没注意,以头抢地摔得很惨,失去了知觉。"不知道多久之后才苏醒过来的他希望让身体的自愈功能来逐渐恢复,没想到后背一直疼痛难忍。可祸不单行,一年前,他的油瓶倒了,他去扶,因地板滑他当场摔倒。"居然连续三次!奇怪的是,自那以后我的背痛竟然消失了。只不过最近又回来了,折磨得我非常痛苦。"

第二天一早,我和史蒂夫去看岩画。

下午，我们打电话给肇昌说我们去接他，在他家附近某个地方共进晚餐。我们需要在六点钟回到他家，因为史蒂夫要通过ZOOM主持一个探险家俱乐部的例会。

那是一栋小小的房子，蛋壳白的墙面，蟹粉色的瓦顶。不像左邻右舍或多或少都栽着些树，肇昌家的小小前院铺着灰白色的碎石子。靠近门口的那片水泥地面，被随意蔓生的几株牵牛花抢占了地盘，不知是野生的还是栽种的。

门半掩着，听到我叫他，他显然是做好了准备等着我们的，只是应声让进去。我以为自己走进了一个艺术系学生宿舍——沿墙一张张摆放着的是数不清的油画，有些地方还是多张摞在一起。居中是一个画架和油彩斑驳的颜料碟，一张小方桌、两张旧沙发就是所有的家具。

"谁的画？"我问，心想他也许为了减少经济压力分租给了大学生或没成名的画家。

"我画的！"他仍是大声嗡气地讲着汉语。

他说他儿时除了爱看地图就是喜欢画画。"别误会啊，我从未受过一天专业训练，全是自己上手画。"

为了不耽误史蒂夫的会议，我们抓紧时间相跟着上车去吃饭。

我提议去我刚在网上搜到的一家意大利餐厅。坐在后排座上的肇昌高声说："不去那里，太贵啦，人均消费得一二百块呢！"

我们按导航找到另一家意大利餐厅，把车停在超市免费停车场。史蒂夫左腿有疾,走路像小儿麻痹症患者那般无力地拖着。肇昌空着一条袖管,仍是昨天那件蓝绿格子棉布衬衣。我脱掉穿了两天的休闲运动服,换上了一条连衣裙,外面罩一件牛仔夹克。"你发现了吗,Emma is a vain woman(Emma是个有虚荣心的女人)。"快步走在前面的我仍是听清了这句话,那是肇昌的声音。看我扭回头看,正要接话的史蒂夫笑着含糊其词道:"她是吗?我不好说啊。"肇昌更大声地笑了起来。

我忽然很高兴,高兴我们已经是可以开玩笑的老朋友了。

"看到马路对面那个餐馆了吗?"肇昌故意咋咋呼呼地问我们。

我望见一个像卖高档珠宝或雪茄的铺面,暗红的砖墙,一尘不染的落地玻璃窗,很有气派。

"那是家特别贵的中餐馆,我从没进去过。你看里面的人,没有一个中国人,都是鬼佬。"他最后这话是用中文说的,好像以免史蒂夫这鬼佬不高兴。

史蒂夫说他还真去过一次,多少年前了,不记得饭菜好不好吃了。

虽然疫情仍然严重,美国新冠死亡人数已经超过了七十六万,餐馆仍然食客爆满。我们选择室外的小桌,虽然风吹得菜单直飞,需要一只手压着才能点菜。

我们每人点了一份意大利面,我要了一份共享的炸鱿鱼圈当开胃菜。年轻好看的男侍者问是否要点酒水,而且时间尚早,我们可以享受Happy hour(折扣时间)价格。我正想点一杯玛格丽特,却听一左一右两位男性都说"从不沾酒精",我也跟着他们只点了加柠檬片的水。

肇昌催着我们讲讲当天看岩画的见闻。

史蒂夫先安慰他说幸亏他没去,那一路很是不易,不过那确实是一个值得一看的地方。

我想起约翰的嘱托,赶快掏出手机请他看那些有类似字符的照片。他戴上老花镜又摘下,远远端着手机打量着,"这些划痕不像那么久远的,也许不过是某个游客随便刻上去的。"我又找到几张已经被自然侵蚀显得模糊的照片,那是一圈套一圈的微型迷宫一样的画面。

"这些与中国的甲骨文完全不同。你知道我为什么一直不认为这些岩画与中国古文字有关吗?看看我找到的这些字,出自三星堆。你看那笔画,多么直来直去简单拙朴。美国这些岩画符号太刻意了!"肇昌一边喝着冰水一边掏出手机给我看上面一张照片,上面有几行甲骨文风格的字符。"在中国看到的岩画字符比这老多了,还有法国洞穴里的那些牛、马和涂鸦也一样看得出是古老的。"

他的率真让我总疑惑他是否真有那么老。自见面以来,他好几次提到自己74岁的年龄,可在我眼里他就像个装大人的小孩,快人快语,不掩锋芒。五十岁就没兴趣为稻粱谋,退休后闭门写卖不出去的书,从特洛伊之战到中国历史,再到世界大发现时期的中国源起,他一本本地写,全然不顾这一切能给自己带来什么。

在风中,我们俩边聊边吃着盘中的面。史蒂夫几乎很少搭话,闷头吃着,还不时看表。我知道他是怕误了一会儿的网络会议。差十分六点,肇昌盘中的意大利面还有三分之一。他说话最多,牙又不好,史蒂夫怕他着急,安慰道:"实在不行你们俩继续吃,我去车上用笔记本电脑参会。"作为召集人他不希望给其他的探险家不靠谱的嫌疑。

"我吃好了。咱们可以走了。"明明盘里还剩一团面,明明他吃得正兴起,肇昌却利索地起身要跟我们离开。好在我已经提前付了账,我们大步往停车场走去。

十分钟后,我们已在肇昌那画室一般的家里。史蒂夫占用了沙发,我想坐在旁边另一张沙发上,却发现上面堆满了装着薯片和零食的袋子。记得肇昌说过他有时就用这些零食当饭吃,他说:"实在没时间做饭。"

我饶有兴趣地看着那些完成或未完成的油画,其中最惹眼的是一进门沿墙根立着摆放的名人肖像,普京、默克尔、特朗普、里根、金正恩、安倍……还有美国老演员克林特·伊斯特伍德。这些画都不大,只有两张A4纸大小,却很生动传神。

"你能发现我笔下这些人的共性吗?仔细看看。"肇昌一手揣在裤袋里,也端详着那些画,此时他似乎不再是那个埋头做拼地图游戏的历史研究者,而是一个随心所欲让艺术牵引的画家,当然,是一个还在奋力获得认可的画家。他说他曾请一个画廊老板看他的画,对方建议他不要天马行空,要有一个主攻方向。"人们来拉斯维加斯赌钱碰运气,走来走去看到什么会被吸引?名人面孔啊!你看出来了,我画的每一个名人脸上都充满焦虑,都是被麻烦缠身的感觉。这其实是人类脆弱内心的共同写照。"他说这些名人肖像都只展不卖,只是吸引观众的噱头。他真正喜欢画的是这沙漠之城的景观,仙人掌、荒漠、斜阳、房子、鸟儿……蹲在地上翻看那一摞互相叠放着的画,我立即被一张儿童侧面像深深吸引:一个五六岁的男孩,脸被白色的羊毛帽子遮住大半,你看不到他的眼睛,可那红脸蛋、小而挺的鼻子、抿着的嘴,和他穿着的绿衣服让我分明闻到了春天树林的气息。我忍不住赞叹了一句。画家显然很得意,说这幅曾获过奖的。

正在这时,一间卧室的门无声地开了。先是一个极大的黑色垃圾袋被推送出来,然后,一位极瘦的老者慢慢地露出了半截身子,看到立在不远处客厅中的陌生人,他和善的脸上没有惊讶,也没有打招呼的意思,几秒钟后,他已经消失了。那扇门,又无声地关闭了。

这一切,画家都没看到,因为他正背对着那门。"我哥哥出来了?今天是周五,我们说好每逢周五他把垃圾拿出房间,我去给他丢进外面的垃圾箱。他没有跟你打招呼?"他热切的发问让我有些意外,在我眼里他是不在乎别人态度的,包括那自他搬来就赤裸裸公开挑衅的种族主义者邻居。

"他没有……"说到这儿,我看到他眼里有一丝不满,不对,应该说是委屈,似乎家人怠慢了他的朋友。

"不过他冲我笑了笑,这也算是打了招呼。"我赶紧说。

"他冲你笑了笑?那好。你知道,我哥哥不是坏人,只是从小受到过一些政治事件的刺激,一辈子都没走出阴影,像个小孩子,他从没长大。"

沙发上的史蒂夫已经在声音洪亮地开着线上会议,他事先声明不希望我们坐在仅有的那张长沙发上影响他。

于是我和画家在有些空荡的屋子里站着说话,最后他请我坐在那张比麻将桌还小的方桌旁,桌上堆满了我看不出来是什么的杂物。

我们与其说是采访,不如说是在聊天。许多内容新鲜得让我瞠目:

他相信马可·波罗从未到过中国,1298年他曾因威尼斯和热那亚之战站错了队而被捕,那著名的关于中国的游记实际很可能是他一个名为Rustichello的狱友写下来的。如果在中国待过十七年,他不可能描述中国的泉州时称其为Zaiton而非Quanzhou,称杭州为Kinsai而非Hangzhou;他不可能不描述中国人用筷子吃饭、喝茶,中国女人缠足,更不可能不提到中国的长城。他的狱友是一位写出过两部亚瑟王风流韵事的畅销书作者。而马克·波罗作为一个游走的商人,很可能根本就是个文盲(至少没有发现任何证据证明他写过任何东西),他很可能把听来的内容说给狱友听,最后被记录了下来。但自中世纪开始关于马可·波罗的游记就有至少一百四十个不同版本,其中许多内容都是复制者添加上去的。

《一千零一夜》读过吧?辛巴航海历险七次,历时27年。为什么?巧合吗?辛巴就是三宝(郑和),郑和七下西洋,历时二十七年。郑和本就是回族人,阿拉伯流传着他的民间故事一点也不奇怪。

北欧的萨米人其实是中国人,从新疆过去的。断代为三千多年前的楼兰姑娘为什么是高鼻深目和欧洲人很像?经过多少代人的融合,萨米人身上仍有亚洲人的影子,比如肤色比其他北欧人深。

聊到那个著名的英国退役军官加文·孟席斯,"他那本《1421年,中国人发现美洲》成了畅销书,他赚了很多钱,虽然许多人都在反对他、质疑他甚至责骂他。他开始以为我的《离经叛道的1421年》对他的论点有利,视我为同路人,后来发现不是那么回事,就不理我了。他就是典型的把结论先做出来,然后把可靠、不可靠的证据都放进去作为佐证,最终引起了许多人的攻击,说他不负责、不严肃。但客观地说,是他开启了人们对中国在大发现时代可能起到的作用的关注。"

采访结束半年后,我偶尔与肇昌发条信息相互问候。

一天，他发给我一个链接，是关于中国人到达美洲的新线索的。他问我能否转发给国内的网络平台，引起更多读者的关注。

"不管他的考证准确度如何，他放下一切探求历史真相，这不为名利、孜孜以求的精神已经让我敬服。"史蒂夫感叹说下次再去拉斯维加斯度假，一定要拉钱先生出来喝一杯。

黄思远：

我相信徐福东渡到过美洲

"Would you tell me please, which way I ought to go from here, to find proof of Chinese pre-Columbian visit to Americas ?" "Follow the North Pacific Rim." Said the cat.

—— Christian Harvehed

你能告诉我,从这儿出发,我该往哪儿走,才能找到中国人在哥伦布之前到美洲的路?""沿着北太平洋环。"猫告诉我。
——黄思远(第一个无动力划越大西洋的丹麦人,汉学家,航海探险家)

与黄思远面对面的采访更像闲聊,是我最放松、开心的采访经历,因为从他身上,我看到那么多生命的自由火花在闪烁,或者说,从这个与我同龄的丹麦男人身上看到了我想要的生命精彩——单纯而勇敢地活着,大胆地放弃俗世的所谓成功标准,追随自己的心灵之声,上路。

"扛着美国探险家俱乐部的旗子划船去寻海上徐福之路,这真是天大的荣耀!巧合而有意义的是,这面旗子诞生在1949年,和新中国同龄!在此之前,它曾出现在29次与中国有关的探险活动中。"前天,身在丹麦的他给我发来邮件,兴奋之情似乎从电脑屏幕上扑面而来。介绍他加入了美国探险家俱乐部的史蒂夫正在纽约出席年会,直接把会上的截图给我发了过来。醒目的标题是:第139号旗帜授予新徐福航路,时间期限为2024年5月25日至7月27日。

读罢下面简洁的一段话,我也不由得跟着黄思远热血沸腾。"会旗是勇敢与忠诚的标志。被授予会旗是一种至高无上的荣誉与成就。自1918年起,探险家俱乐部会旗已经被插到了地球的七大洲四大洋和太空。850个探险家骄傲地携旗帜进行了1450次探险。在俱乐部所有的222面旗帜中,有些永久地被展示收藏在纽约总部,包括被带到阿波罗8号与15号上的两面。"

2024年5月25日是黄思远和中国搭档孙海滨启航划向日本的第一天。

这位有着中国名字的探险家本名Christain Havrehed,出生在丹麦的一个小海岛,有一位感情笃深的法国妻子,有两个出生在中国的儿子,曾在香港、上海有一份体面的金融管理工作,却偏偏痴迷于天方夜谭式的中国传说,一门心思要徒手划船横越太平洋探访徐福东渡之路,而且,他的海上探险比当年的徐福更险更远——他相信下落不明的徐福很可能不仅到过日本、韩国,还沿着北太平洋的阿留申、堪察加群岛一直漂流到过阿拉斯加和美洲大陆。司马迁在《史记》中记载,称公元前210年徐福率三千童男童女东渡寻仙人秘药。而唐人姚思廉编著的《梁书·诸夷传》则有沙门慧深在公元499年对扶桑国的描述。被称为南朝梁人慧深的这位僧人亦非形单影只,而是同西域阿富汗的几位僧众同行。黄思远单靠双臂摇桨跨洋的搭档只有一位,他在二十年前手摇小船劈波斩浪横渡大西洋的中国伙伴孙海滨——2001年,他们摇着那只有七米长的自造小船,用了56天,靠一双桨在4000米深的大洋上摇过了2700海里!

从中国出发,划过韩国、日本,经日本海、白令海到达阿拉斯加湾。"一路都有岛屿相连,较于沿途只有海水的大西洋，在我眼里这风险小多了。可我知道，几乎所有听说这个计划的人都认为不可思议。我一点也不奇怪，二十年前听说我要徒手划船横渡大西洋，所有人都认为我疯了，许多人都相信我肯定会葬身大海。人就是这么可笑，每次有不同寻常的事情出现，都会不假思索、竭尽全力地劝说你，说你肯定不会成功，即使他们自己一点也不了解那件事……"

2023年12月16日，北京断崖式降温的一天，我和黄思远坐在王府井东方广场地下的一家川菜馆聊得热闹。说实话，跟他见面采访让我很是期待和兴奋。这是一场一年前就相约过的见面。当时我还在洛杉矶采访，美国探险家俱乐部的南加州召集人史蒂夫跟我提到了这位丹麦怪人，并迫不及待地拉郎配一般搞了场视频会议。虽然我知道当时是哥本哈根的夜晚，可当看到黄思远和太太同时躺在床上对着镜头随意打招呼的一幕，我和见怪不怪的史蒂夫仍是吃了一惊——他们也太不拘小节了吧？当然，后来镜头移到了黄思远一个人的面部。那次聊天的主题是准备穿越太平洋的黄思远遇到的问题——没有找到一个"可以挂靠"的中国主办方。"作为个人，我们不能划船离开海岸，听说要有一个机构或单位才行。"他会说中国话，但英语显然说得更流利，史蒂夫又不懂汉语，所以全程我们讲英文。美国探险家俱乐部将在奥斯陆有一个探险分享会，史蒂夫建议黄思远前去参加，知道他为横跨太平洋的项目奔走已经无业一年，主动提出负担他的旅费。"我想推荐你加入美国探险家俱乐部,曾经徒手无动力划船横渡大西洋,你完全够格了!"史蒂夫的热情颇有一副天下探险家都是亲人的豪迈。屏幕上,黄思远显然也有点受宠若惊。经历了那场56天的海上磨炼,除了手指握桨过久的畸形和久坐生满了疖子的屁股,他那颗单纯的心早见识了人情的冷暖和活着的孤独。

秋日的某天,他给我发来一条微信,说十二月中旬可以在北京一聚,当时的他正经山东到了日本,一路考察徐福当年在陆上留下的足迹。日期临近,阴差阳错,我们只剩一个选择——十六日下午。我们约好一点钟在王府井的麦当劳见面。"他选择那儿,主要是他想去国博看展览,他要看看中国早期的文物。另外肯定也是为了顺便给他太太买件圣诞礼物,他和蔚虹感情很好。"有过生死之交、曾一块光着屁股(为了避免长疮)划船的战友孙海滨笑着说。极寒的天气,我生怕笔记本电池会被冻坏,没敢走路去地铁,而是打车直奔王府井。那家麦当劳不小,却冲西冲南开着两个门。只要有人出入,那冷风也会麻利地溜进来。我点了杯咖啡,坐下搓着手东张西望着,看到一个粉脸蓝眼的家伙推门进来,四处寻视。除了肩头的挎包,他手中还有个拉杆箱,一副风尘侠客的样子。他步子很大,目光很机敏地与我对视,快速锁定我就是他要见的人,脸上立即浮现出开心的笑意,伸出带着凉意的大手向我问好。我们俩立在那儿,大声交流着在哪儿进行采访。我设想的是在麦当劳喝着咖啡聊,然后再找地方吃点东西,他却想立即找个饭馆边吃边聊。尽管我十点才吃了早饭并不饿,看到他礼貌却不容置疑的微笑,我立即妥协了。

这是一个知道自己想要什么的家伙。我边这么想着,边跟他来到冰天雪地的街上。他并没有想好去哪儿吃,对我去旁边那家东来顺的提议也笑着否决:"我晚上和朋友要吃火锅。"

在冷风中,我们似乎没有目的,边走边聊着找着。我建议一会儿采访说汉语,因为我的采访提纲用的是中文,写作也会是中文。他犹豫着想拒绝,"我的中文马马虎虎。允许我在表达不清的时候用英文代替?那行。"我们是同龄人,他又在中国生活了二十年,可中西文化的差异仍像冷空气一样甩不掉。很快,我们随着人流走进了东方广场。"这下面有不少吃的!"他兴奋地说,告诉我他喜欢吃中餐,尤其爱吃辣。

选了一家川菜馆,这家店主打水煮鱼,他告诉我说他不想吃鱼。他的手机不能扫码点餐,我便扫码把手机递给他。他很熟练地点了四个菜,筷子也用得相当纯熟。很快菜上来了。他边吃边答,我则就着昨天花了一天时间做的采访提纲,边问边打字。

三个小时过去了,似乎只是一眨眼,因为一问一答间似乎有火苗在燃烧跳跃,我们都着实享受彼此间的语言和思想碰撞。可又漫长得让人难受,没有暖气和空调的这地下

- 141

空间冻得我发抖。他见状过意不去,动手从他的包里为我找衣物避寒。我裹紧羽绒服,戴上很庆幸带了来的一双无指手套,在笔记本电脑上继续敲击,我的手指尖已经和面前那碗一粒没碰过的米饭一样冰凉。

"你一口都没吃,天哪,我独自大吃大喝太不像话了。"他不仅健谈,还很放松,似乎我们根本不是初识。

我手机响了,才看到是孙海滨问我们怎么没在麦当劳了。得知我们换了地方没通知他,他亦不恼,好脾气又干脆地说他这就过来。"我这儿有个婚礼得参加一下,完了我过去找你们。黄思远忘了他曾通过微信介绍咱俩认识,跟我说他下午要接受一个采访,原来是你……"当天上午我约了孙海滨,希望他也在采访现场,毕竟他们是金不换的老搭档。

"当年他可是个大帅哥,现在我们都成大叔了。"孙海滨像个特工,熟门熟路地找到了我们,手中拿着黄思远让他带给我的书《划越》。虽然有些中年发福,可身上那份干练和沉着仍有着曾经的军人和运动员的影子。那本书后来被我带到欧洲去读,落在了德国的朋友家里,上面划满了令我惊讶或欣喜的标记。我没想到这本主要出自黄思远之手、记述了他们那场终生难忘的跨海经历的书那么可读。2003年出的英文版,后来丹麦语版、中文版相继面世。那时的孙海滨还是北京体育大学的学生。河南籍的他出生于新疆,当过兵,曾是八一队铁人三项运动员。毫无疑问,当年划船跨海是黄思远一手张罗策划的——报名、找赞助、造船、寻搭档、找训练基地、搜索食品供应商……所有事项中,最重头的还是人。天上掉下个孙海滨。"我当年在央视体育频道做了广告,寻找划船跨越大西洋的搭档。开始我还担心自己没精力一一回复申请人,没想到有五千万人观看的节目,居然只有两个人联系我。一个是我十年前在北京参加颐和园龙舟比赛的朋友,他只是很开心找到了我,而对划艇越洋不再感兴趣。另一个摩托车赛手倒是对参赛感兴趣,上来就问我船上会安装多大功率的引擎。听我说没有马达,徒手划,他觉得难以置信,认为自己做不到。但我仍是感激他,他一直关注了我参赛的全程。"冰冷的现实让黄思远想到一位商人对请求赞助的他给出的无情拒绝:"划艇穿越大西洋的想法吸引了你,但对他人来说却没有吸引力。从我的角度考虑,我认为再也没有比这更不愉快的方式来浪费我生命中的55—90天了。你待在家里,从黎明到黄昏,哪怕是用带刺的钢鞭抽打自己都比这更合算些。"

  孙海滨的出现纯粹是个意外。

  因四处寻人未果,有人推荐游泳运动员张健,想当然地以为既然他能游泳横渡渤海湾肯定也能划船跨越大西洋。好在张健很仗义且细心,虽然自知力不能逮,却被这种挑战精神所感动,他推荐了自己的助手孙海滨。这个从未划过船更没有任何在海上生活经历的中国人,和黄思远一拍即合，尽管第一次见面两人就在央视的摄像镜头里去颐和园雪中跑步。"这个跑得比我快的家伙有着沉着、友善的性格，让我对他好感顿生……如果我们不能完成横渡，也只会是出于安全因素一起放弃，而决不会因为对方的原因中途退出。"他们都知道，除了那条船，眼前的这个人，将是决定自己在四千米深的海上生死的另一半。两人惺惺相惜，命里注定一般相遇，为了那个共同的目标，用生命做抵押，给彼此的人生涂抹上了与众不同的色彩。

● **对话黄思远——**

淡：你有着和中国有渊源的家族历史背景，上数第四代祖先曾是丹麦第一个汉学家，祖父曾随丹麦王子到香港、台湾、上海做生意。你走上探险这条路，是否从家族遗传了不安分的基因？

黄：我很自豪我身体里的冒险基因。我的往上数四代曾祖父Pierre Paul Ferdinand Mourier（1746—1836年）在1770年作为贸易代表曾乘丹麦亚洲公司的超级帆船前往澳门并驻扎了15年，根据《皇家宪章》，该公司是当时唯一获准与中国进行贸易的丹麦公司。在中国期间他学习了汉语。当时几乎没有外国人这样做，贸易多是用洋泾浜英语进行的。所以对外国人来说学汉语没有任何实际用途。外国商人只能在夏季允许从澳门进入内地旅行，后来被限制在沙面一带。我的这位祖先当年的生命痕迹至今还可寻——他十个月大的儿子死在澳门并葬在那里,我和我姐曾找到了那个令人唏嘘的墓碑。

皮埃尔把他的几本中文练习本和手抄的中文词典带回了丹麦,如今被丹麦的国家博物馆收藏,他后来被公认为历史上第一个认真研究汉语的丹麦人。

当然,他从中国回丹麦时已经是大款了,茶叶、瓷器、丝绸,这些都极受欢迎,兄弟一众也都发达成了贵族。现在到我这一代没落了,呵呵。

淡: 你的名字有什么特殊意义吗?

黄: 对航海冒险的兴趣,同时对中国的兴趣,乍一看可能不寻常,但既然我叫Christian(克里斯蒂安),似乎天生就有航海的倾向。这是我家族两位老水手的名字。

其中一位是我的祖父克里斯蒂安·弗雷德里克·德尼斯·穆里尔(1878—1959年),他是丹麦皇家海军的一名上尉。在1899—1900年,他还是一名年轻的中尉,与丹麦瓦尔德马尔亲王一起乘坐瓦尔基里安号军舰前往亚洲进行外交航行,以促进贸易。停靠港包括香港、澳门、广州、上海,还访问了日本。

另一位亲戚是我的叔祖父克里斯蒂安·亨里克·布鲁恩(1886—1949年),他是美国商船队的一名船长,经常从加利福尼亚州穿越太平洋往返中国。在他的一次航行中,他的船在日本海岸的台风中沉没,但他设法营救了船员和船上的星条旗。这面旗帜如今仍被家人珍藏着。

他们都因职业成了探险家。我是出于兴趣走上了探险之路。我想我们家族有不安分的基因,都喜欢海。

中文名字黄思远,黄和我的英文姓相近,思远,可能是我希望自己思考得比较长远吧。我在英国读书时上中文课,老师给我取了这个名字。

淡:你的人生几乎有一半时间都是在丹麦之外度过的,你还认为自己是典型的丹麦人吗?

黄:我是丹麦人,但不是普通的丹麦人,我是个国际人。

淡:你是个喜欢做计划的人,其中之一是在2017至2027年,证明在哥伦布前中国人和维京人一样曾到过美洲。你是如何开始介入这个历史问题的?

黄:我的研究集中在中国正史上的两个故事:公元前210年徐福东渡,司马迁在《史记》中有记载;慧深在公元499年对扶桑航海的描述,姚思廉的《梁书》有记载。

我从十二岁起,就受著名挪威探险家托尔·海尔达尔(Thor Heyerdahl)的影响,试图用自己的行动,为历史上的可能和不可能的人类活动寻找证据。托尔是考古界公认的有创新精神的探险家,年轻时决定远离文明社会,和妻子划小船到了南太平洋波利尼西亚群岛,在一个小岛上不借助任何现代手段生活。

淡:我已经从好几位探险家口中听到过托尔·海尔达尔的名字,认为他不是为了探险而探险,不是单纯为了挑战而出发,而是回望历史,探究历史真相。

黄：是啊，正是在岛上的生活让他开始研究波利尼西亚的文明和历史，最令人好奇的问题就是这些人来自什么地方。有人说是东南亚人，向东逆流跨过太平洋到达这些小岛。而他则认为极有可能是从南美洲比如秘鲁漂移过来的，依据是，岛上一些物种就是从南美漂过来的，人为什么不可以？

在人们的质疑声中，1947年4月28日，托尔和其他五名同伴乘坐一艘名为Kon Tiki的巴莎木做的小木筏离开秘鲁的卡劳，101天后，到达波利尼西亚的拉罗亚环礁。

1970年5月17日，他用纸莎草造了一艘仿古埃及的小船从摩洛哥出发，横渡大西洋，到达了巴巴多斯，证明了除维京人，非洲人很可能也早在哥伦布之前到过美洲。他所驶过的航线几乎和我2001年与孙海滨划过的一样。托尔赢得了探险界的尊敬，历史会记住他，就是因为他不迷信既有的说法，采用那些所谓的学者们认为不可能的古代技术去尝试各种可行性，去探究和检测历史与常规。

我相信如果我们仔细考察中国历史，有许多现代人可以身体力行进行验证的事件。郑和下西洋被充分记载也得到了今人的认可，那么被秦始皇派出去寻找仙药的徐福呢？人们都相信他到过日本和韩国，他是否一鼓作气主动或被动地漂到了美洲？我的梦想就是造一艘船，乘着它从中国出发，横跨太平洋到达美洲。我想证明徐福当年的可能性。就像托尔相信波利尼西亚人来自美洲一样，虽然只能证明那种可能性的存在，那也就足够了。

淡：你对中国人早在哥伦布前到过美洲这个话题做过不少背景调查，具体是怎么样的？

黄：从16世纪到19世纪，许多欧洲学者认为，中国人早在哥伦布之前就以某种方式访问过美洲，要么是通过白令海峡，要么是在北太平洋沿岸"跳岛"，要么是借助黑潮直接穿越太平洋。

由于19世纪的鸦片战争，西方对中国的积极情绪发生了变化，而丹麦历史学家卡尔·克里斯蒂安·拉芬在1837年声称，根据冰岛传奇记载，维京人在1000年左右曾到过美洲，焦点转移到维京人身上，认为中国人本可以在哥伦布之前访问美洲的想法越来越受到嘲笑。

然而，著名的汉学家如李约瑟，认为中国人在哥伦布之前就访问过美洲是毫无疑问的，但最终也没有让人们信服的证据出现。真相究竟是什么？中国人和维京人一样，在哥伦布之前访问过美洲吗？这就是我们的目标。

关于明代的郑和下西洋已经有了相当多的考证，他是否真到过美洲，莫衷一是，有些所谓的证据很牵强。而很少有研究关注明代以前中国的航海能力，更没有研究中国在东北海域的航行。我想，也许有一些历史上的"金块"等待着被发现，无论是在史书上还是在地下。

1960年，也就是丹麦人提出维京人在哥伦布之前访问过美洲的123年后，挪威一对夫妇团队、探险家赫尔格·英格斯塔德(Helge Ingstad)和考古学家安妮·斯蒂恩·英格斯塔德(Anne Stine Ingstad)才在纽芬兰发现了证实这一假设的考古证据——他们专门去寻找了这一证据。当然,我们应该感谢高科技,碳测定和800多件文物让那个名为兰塞奥兹牧草地(L'Anse aux Meadows,该遗址于1968年被指定为加拿大国家历史遗址,并于1978年被联合国教科文组织指定为世界遗产)的地方成为至今唯一无人质疑的新发现——公元990—1050年间,北欧人确实到达了美洲,虽然只是东北角。前提是,得有人走出去质疑历史,去带着万分之一的可能性去寻找和发现。

到目前为止,在美洲还没有发现中国早在哥伦布前到达美洲的考古证据,这并不一定意味着它不存在。也许它只是还没有被发现,因为没有人以系统的方式寻找它。

淡:在美国确实有些人在做研究、考证,相信中国人到过美洲。你怎么看那些研究?

黄:在美洲确实有一些证据表明,中国人在哥伦布之前就已经去过那里,但没有太多经得起科学审查的。

就算某天有人找到了确凿的证据,那么问题仍然是:他们是如何到达那里的。如果没有合理的解释,为了不破坏西方人的颜面,这证据也很可能会被解释为是在哥伦布之后被带过去的。

到目前为止,前哥伦布时代从中国到美洲的一个主要学术假设是,中国人利用日本附近的黑潮漂流过太平洋。尽管这一点不能排除，但在古代，中国或任何其他亚洲国家似乎不太可能拥有海事技术和专业知识，沿着一条不可能返航的路线进行8000公里的不间断跨太平洋航行。

似乎更有可能的是，中国人会像维京人一样"跳岛"前往美洲。要知道从斯堪的纳维亚半岛到纽芬兰岛，维京人需要跨越的最长的岛间距离是820公里，而从中国沿着环北太平洋诸岛到达美洲，需要穿越的最远岛距只有70公里（不到维京人的10%）。

此外，维京人必须带着自己的食物穿越大片无人居住的地区，而中国人穿越的地区比如日本、韩国已有人类居住，因此他们可以依靠当地的食物、知识和帮助前进。

因此，中国人前往美洲所面临的航行挑战远小于500年后维京人所面临的挑战，而且沿着环太平洋的路线可以反向返回中国，这使得踏上旅程一开始就不那么可怕。考虑到这些因素，中国人在哥伦布之前对美洲的访问开始显得合理。

西方学术界普遍认为，中国人本可以在维京人和哥伦布之前访问美洲，但就像扩散论者没有很好的论据将中国人安置在哥伦布之前的美洲一样，孤立主义者也没有很好的论据说这从未发生过。

所以我们的考察分四个阶段：

从中国到日本；从日本到西伯利亚；从西伯利亚到阿拉斯加；从阿拉斯加到纽芬兰。

你可能会问："进行人力探险的目的是什么？"

用双手划船，不用动力，我们一则可以证明，在没有现代技术完全依靠人力的古代人是有可能完成这样的航行的。同时，也是为了更好地传播我们的发现。通过在世界上鲜为人知且不宜居的地方进行人力探险，讲述我们的学术发现，使我们的考察更引人瞩目，也使我们自己对媒体更有新闻价值，将信息传达给更广泛受众。

淡：说到你的跨大西洋之行，当初怎么就从香港的金融主管辞职去冒险了？当时的约旦皇后努尔为你的书《划越——一个中国人和一个丹麦人横渡大西洋的故事》写的序言，说你把对大海的热爱、对冒险的向往和对中国的兴趣成功结合了起来。

黄：1998年，我有机会搭乘一条参加过全球挑战赛的帆船从香港驶往新加坡，当时很激动，因为那可是逆流绕过合恩角的船啊。可很快我就发现那很无趣——躺在甲板上晒太阳，听着马达的声音，丝毫没有在风电雷雨中探险的感觉。"你为什么不去干这个？你够疯狂的，做这个没问题！"船长递给我一张宣传单。那是我第一次知道沃德·伊万横渡大西洋划艇比赛——号称世界上最困难的划艇比赛。我从小到大就划过两次船。一次是八岁时，我用我仅存的二十元零花钱买了一艘船，自己学会了划船，有时船翻了，需要别人帮忙翻过来再接着划。另一次是在杜伦大学新生联欢，和一群有英国贵族口音的同学们划艇，主要是因为那些牛津剑桥名校学生都干这个，置身其中，让我感觉自己格格不入。而这个横渡大西洋的比赛激起我的参加欲望，首先就因为那才是真正的挑战——徒手在风浪中划行，从这头到那头跨越海洋，过程非常简单，要么成功要么失败。而且整个事件本身也那么单纯，造一只能航海的船，找一个同伴，结伴从特内里费划上近三千英里到巴巴多斯。越想越兴奋，所以我们刚到新加坡我就报了名。

淡：之前你对这个横渡大西洋的赛事一无所知？

黄：确实是。但后来发现这个赛事的组织者切艾·布莱斯本身就是逆流逆风只身环球航行第一人。1896年，挪威人乔治·哈博和盖布瑞尔·萨姆森用55天时间首次横渡了大西洋。1966年切艾与他的同伴从美国奥尔良的鳕鱼角出发，前往爱尔兰的爱兰群岛，历时91天。当时与他们挑战横渡的另一对英国挑战者则葬身大海。在切艾1997年正式组织第一次挑战赛之前，只有39艘船尝试过划越大西洋，其中五人葬身海底。

淡：你那么冲动报名，从没有一刻担心过生命危险吗？

黄：当然想到过，但我相信自己会划过去，只是时间长短的问题。切艾组织的首届挑战赛有30艘船参加，24艘横渡成功，其中一艘还只花了41天，打破了纪录，没有一人丢了性命。考虑到划艇设计和安全性能的提高，我觉得出事的可能性不会太大。更重要的是，同那些配备了最佳船员、付了几万美元环球做了一圈饭吃的挑战赛相比，这将是一次真正的冒险。而且，我很在意自己的心理感觉——在从香港去新加坡的船上，有一个女队员就跟我互相不对眼，如果要在海上漂两个月，一定得找一个志同道合、互相欣赏的划伴。所幸，老天派来了孙海滨这个中国朋友。这个唯一的人选，天注定一般，这趟下来让我确信他是最好的搭档，虽然初看他有许多不足：没划过船，没上过海，不会英语。可事实证明，坚定的态度和沉着的性格比什么都重要。

淡：探访徐福之路，仍是你们俩结伴同行，看来二十年前的大西洋之行不仅成就了彼此——你成了第一个横渡大西洋的丹麦人，他成了第一个横渡大西洋的亚洲人，还让你们结下了深厚的友谊。

黄：是啊。既然同行，就要当成知己和手足。孙海滨现在已经成了我全家人的好朋友。在船上，他迎来了26岁生日，当我递给他一个小海豚钥匙链作为礼物时，他哭了。那是我第一次见到他哭。我们不只是划伴，还是生死与共的兄弟。晚上划船，我们会用绳子把脚踝和船绑在一起，以防落水。同时，划船的人如果起身上厕所，必须告知在舱里睡觉的同伴，万一不慎落水，另一个人来得及救援。曾有许多溺死的水手被发现没拉拉链或裤子没穿好，就是在甲板上方便时掉进海里。出海十六天时，我们的名次还只排在二十二。我们不服气，就我们俩人的身体状况和卖力程度，不应该呀。但我们都感觉到速度明显慢了，划得越来越费力，像划在胶水里一样。孙海滨说是不是我们的船底生海藻了。可是出发前明明用了除菌剂呀。我怕耽误时间不想停下来检查。我俩争执着,跑到船侧去看,都不敢相信自己的眼睛——船身上长满了海藻和海草。我们立即明白这船曾在香港的水域停留过,岸上餐馆倾倒的废油让海里的浮游生物开起了派对!

除非下海,否则没有别的办法清理这些拖后腿的东西。我们认真讨论的结果是,一个人待在船上观望是否有鲨鱼出没,同时抓住拴着另一个人的绳子。下水的那个人戴上护目镜,用空铁皮罐头盒到船侧去刮除海藻。孙海滨第一个下水,清理工作倒很简单麻利。我站在船上观望,海水呈深蓝色,即使真有鲨鱼游过来我也看不见。我不禁想,如果真有鲨鱼袭击他,我一点儿办法也没有,这根绳子恐怕只会给我一两块尸体碎片。后来我下水才意识到,这根绳子其实对水下的人有很强的心理支持作用。当我跟孙海滨讲到这些玩笑时,他却正色告诉我别再开这种玩笑。我立即闭上了嘴巴。

淡:你是否变得有些迷信了,听说你们出海前也做了各种中式西式的祷告和祭拜。

黄:心理暗示有时候起到的是积极的作用,至少安抚紧张情绪吧。我把船命名为沿途号,还选了18这个数字,就因为和中国人一样图个吉利。这船第一次下水的日子也定在三月八日。进庙烧香、祭海神、供乳猪,甚至还卜卦……不管有用没用,那个虔诚的过程令我们自己都很感动,一度喉头哽咽想哭。出发时我们的船已经被四种不同的信仰祈祷过了。我的想法是,"反正也没什么害处"。

淡:海上划船最可怕的除了鲨鱼,恐怕还有风浪吧?

黄：没错。我们出海刚划了八小时，吃饭时本该放松，可竟然晕船了。而且黑浪像一堵墙直接砸到我们船上和身上，我俩把吃的东西都吐了。可是还得划船，我们每天设定了五十海里（约等于九十公里）的距离要完成，否则我们就不能在12月3日前到达目的地，而那个日子是我妻子的生日。我承诺要在那天划到巴巴多斯。我们穿上救生衣，系好脚上的皮套，把救生索固定在支架上，继续划。星光点点的夜空下，汹涌的黑暗海浪真的令人害怕，一声巨响，浪打在了后舱上，又打在我胸口上。有一阵子我是坐在水中的，身下的船都看不见了。该换班的时候到了，孙海滨从舱里出来，比他两小时前进舱时似乎更憔悴、疲惫。他看着更糟糕的天气，望着我问："我现在应该害怕吗？"对这个从未在海上漂过的人，我只能故作镇定，说这一切都很正常，不要担心。然后我问他："你一个人划行吗？"他说没问题，神情严肃，语气坚定。从此，我再没问过他。我进舱后，本以为会找到点安全感，虽然只有六毫米厚胶合板的保护。没想到，这个长二米，净高度不足一米的小小舱室竟变得像个袋子，躺在里面感觉像被吊在树上被棒球拍打来打去。尽管我已经极度疲劳而且晕船，我宁可出去划船。第二天早晨，一只逆戟鲸贴着我们的船悠然而过。有一瞬，它被巨浪托起，美丽的身躯一览无余，我被惊得肾上腺素飙升，大呼小叫，可孙海滨被晕船折磨得灰头土脸，根本没心思出舱欣赏这罕见的美。

淡：没有在海上漂过的人，也能想象到这场景的惊心动魄。你们好像从一开始就为了避开恶劣风浪,在航线上也选择了先向南再向西划。

黄:虽然我们一直在做航行标记,但另辟蹊径确实让我们心里没底。茫茫大海上,早就望不见一起出发的选手们了。我们一度向非洲海岸漂过去,让从赛事网站上看到我们地点的朋友和家人非常担心,有人甚至给我太太打电话,说下次出海前要提醒我看罗盘,否则就真要学斯瓦希里语了。好在我们及时校正了方向。我们带的晕船药起了作用,适应了海上风浪后我俩也没再晕船。

淡:你们用淡水器净化海水,每天至少得有24升淡水解决饮水、煮饭和洗澡问题。食物也是干燥食物加水煮熟。为了减重,出发前你们去掉了许多食物,虽然比赛要求是带够九十天,你们只带了七十五天的,因为打算只用56天时间划到。吃,在海上没成为问题吗?

黄:我们的食物按早午晚餐分类,既有谷物、坚果、干果混合制成的早餐麦片和粥,也有鸭肝酱、通心粉、冷冻咖喱菜、薯条、饼干等。味道总体还不错。二百多公斤的总重量,即使均匀地码放在船的不同部位,确实让我们的船下沉了不少,为此我们放弃了一些。我唯一看到孙海滨不高兴就是因为食物。那天下起了雨,降温了。我打算煮点意大利面补充热量,却怎么也煮不熟。终于感觉软得可以吃了,放进嘴里一嚼,竟是胡椒颗粒和香叶!吐了再吃,仍是这样无法下咽。孙海滨第一次发了脾气,说我真该跟那个食品供应商讨个说法。

淡：你崇拜托尔·海尔达尔，划越大西洋之前还给他写信，希望得到支持，他回复了，却没有只言片语是你想象中的热情鼓励。后来在出发地特内里费岛，你最热切的希望是能见到退居在那里的偶像，可是仍然没有如愿。

黄：是啊，当时我很郁闷，知道他家离我们的住地不过半小时车程，我多么希望临行前他打开家门让我见上一面。可是他的管家却告诉我说托尔忙着写新书，没时间见我。后来我才知道，当时的他已经患了绝症，半年后就离开了人世。

淡：越了解你的人生经历，越相信你有能力和胆识走一条别人不敢走的路，比如这次的徐福东渡之路的探索。你刚才说你们这次不只是划越太平洋，而是一路走一路寻找，希望找到一些远古的遗址或文物，作为中国人当年东行的物证。可是，你并非考古或文物专家，有没有可能，即便那古迹或文物出现了，你也会视而不见？这样的话，你的探索有什么意义？

黄：我不同意你这个说法。我可能当不了冠军，但并不意味着我就没有参与的权利。即便我发现了一两件文物，别有用心的人也可以说是我自己带去的，对不对？我就凭我的良心去寻找去探求，就像史蒂夫说的，在日本或韩国某个人家的地窖里，也许就有祖上留下来的一件谁也说不上是什么东西的旧物，碰到我，就有可能让这东西站出来说话。而且，我可以再一次说明，我相信徐福东渡到过美洲，即便我找不到任何证据，如果"跳岛"划越成功，至少证明了徐福和其他古代中国人到达美洲的可能性和可行性，给那些毫不犹豫地全盘否定中国人比哥伦布更早到达美洲的人一个驳斥。同时，也让当代的中国人或其他人愿意用行动去验证历史。

淡：你从徐福和更古老的《山海经》切入，而不愿意去考证明代郑和的航海事件，是因为不想和孟席斯的研究有瓜葛，为什么？

黄：我读过孟席斯写的《1421年，中国人发现美洲》。他考证的所谓论据在历史上没有任何记录，相关的学者和研究者都反对他。我想离他远一点是因为有人一听到我说中国人到美洲的话题，本能的反应就是怀疑我是另一个孟席斯，那个让他们不相信甚至有点讨厌的家伙，所以，我想自己干脆不要去碰明代那段历史，以免被人先入为主地反感。其实，之前有许多人在研究中国人到过美洲的可行性，可孟席斯那本书为这个研究方向带来了负面影响，毁掉了许多人的研究信心，不想动这个题目了。

我相信郑和到过非洲，据说有石碑为证，但在美洲没发现什么物证。

淡：作为一个丹麦人，即使做探险家也有许多挑战可以参与，为什么选择了和中国有关的这个主题？

黄：这可能还是和我的祖上有关。小时候总听大人说到中国这个地方，我脑子里除了好奇却没有什么具体形象。我十六岁那年,得到一个去大西洋学院读书的机会,那是一个为了促进世界交融从世界各地招募学生的大学,我们那届只有一个来自中国大陆的学生。我选修了中国古代文化和历史,对中国的好奇和向往更深了。毕业后,我被英国杜伦大学录取,我选择了学中文和经济管理。开学前我决定休学一年先到中国去看看我是否做了正确的选择。在中国的一年坚定了我学习中文的决心。在杜伦大学学习一年后,我重新来到中国,在人民大学学习了一年,然后再回英国,以商学院历史上给予本科生的最高成绩完成了学业。毕业后我又立即飞到北京去工作。我最早知道徐福和慧深,不是从中国人口中,而是从外国人那里。其中之一是吉涅斯,1761年,法国汉学家吉涅斯根据马端临《文献通考》中有关五世纪慧深游扶桑国的记载,按扶桑国的位置、里程和描述,在西方世界里第一次提出中国人到过美洲大陆的可能性。我后来查到了《梁书·诸夷传》。作为我研究的一部分,我阅读了繁体中文《梁书》中关于扶桑的相关段落,想看看吉涅斯、爱德华·维宁等受尊敬的东方学家是否忽略了什么,或者是否有翻译错误。难以置信的是,他们确实有忽略和错误。他们没有看到或译出卷五十四中关于倭国、高丽的记录部分,日本与扶桑是并列的。这说明慧深提到的扶桑根本不可能是日本。

另一个对我有影响的人是李约瑟教授,尽管李约瑟对扶桑故事持怀疑态度,但他直到去世都坚信中国人在哥伦布之前就已经访问过美洲。他可能拒绝扶桑的故事,但他支持徐福的故事。我认为他是个很了不起的学者，相信中国人的科技水平在古代远胜于西方，是完全有可能到达美洲的。

淡：你上周去了趟日本，也是为东渡之行做准备？

黄：我联系上了日本徐福协会，发布了我的计划，吸引了一些媒体过来报道，其实也是想造势——谁有这方面线索可以提供给我。我租了辆车，花两周时间沿日本走访了一趟，那里徐福的印记还挺多的，徐福庙、徐福塔、徐福井甚至还有徐福坟。

我一直想对读者或任何一个陌生人说的是，中国人对自己5000多年的历史感到无比自豪，但许多中国人和外国人一样，对历史真相了解并不多，历史只是存在于书本和意识里，与他们的生命和生活无关。这对中国和西方世界来说都是一个巨大的耻辱。我的徐福东渡项目的一个关键目标就是通过重现历史上看似合理的航行，向中国人介绍托尔·海尔达尔测试历史并使历史鲜活起来的方法。对我来说，我想让这个项目成为催化剂，让中国人重温中国历史上的可能性，重新演绎它们，并向更广阔的世界讲述故事。我希望这个项目能为中国公众提供一场"啊哈"（惊喜发现）运动，开启中国冒险的新领域。

淡：你认为你的航行要制造什么样的效果，才能达到这样的目的、起到这样的作用？

黄：只要我们去做了，就能引起人们的关注和效仿。就像托尔用一叶小舟漂过大西洋，他要做的事就是引起世界关注，把死的历史变活了。我们开个先河，模仿徐福东渡，把不了解的历史变活，把古代历史变活，让更多人有兴趣，再现伟大的历史。历史并不是死的，我们也一直在不断校正自己对历史的认知。如果不是那对挪威考古学家夫妇1960年的寻找考证，维京人在纽芬兰岛上的遗址就不可能被发现，列夫·埃里克森（Leif Erikson）的传说只能存在于《格陵兰人传奇》里。

淡：你已经专心考证研究徐福东渡两年时间了，此前有人对这条路线进行过尝试吗？

黄：两位西方探险家已经试图重现徐福可能的美洲之旅。1974年，库诺·诺布（Kuno Knöbl）在香港制作了一艘古代舢板的复制品并扬帆起航。他和七个队友被一连串的困难所困扰，最终没能成功，造成最大破坏的是"蛀虫"。船员们几乎把所有的时间都花在了堵住这些小恶魔制造的洞上，最后一场台风使这艘船受损。

幸运的是，他们被集装箱船"华盛顿邮报"救起，小船被遗弃在阿拉斯加附近海域。库诺出了一本书叫《不归路》，现在亚马逊网上还在卖。

另一位尝试者是英国探险家蒂姆·塞福林（Tim Severin）。1993年，已经成功证明了多项前人跨洋穿越的蒂姆在越南Sam Son的海滩，请当地人建造了一个长60英尺（18.3米），宽15英尺（4.6米）的木筏——由220根竹和藤绳制成，由一个800平方英尺（74平方米）的旧帆驱动。1993年5月，蒂姆驶向日本的新谷。蒂姆和他的船员们经历了季风、海盗和台风，之后藤条开始腐烂，木筏在太平洋中部开始解体。在105天内航行了5500英里（8850公里）后，他们被迫在距离目的地1000英里（1600公里）的地方放弃了筏子。

虽然这艘被命名为"徐福号"的船没有完成这次航行，但蒂姆相信这次航行已经达到了目的。在1994年出版的《中国航行》一书中，他写道，这次探险证明了公元前2世纪的竹筏可以横渡太平洋。

在他们各自的书中都提到亚洲人到达美洲的物证，前者的主要依据是洪都拉斯科潘的大象雕塑，有人认为那完全是亚洲风格。我去看了，感觉不太可靠。

后者则是读到李约瑟的书，相信徐福东渡不是虚无传说。在蒂姆去世前，我与他通信要求他进行学术研究。他回答说他没有时间进行广泛的研究，因为这会阻碍探险的完成，而他的重点主要是探险。我现在更加相信，库诺和蒂姆选择的前往美国的路线是错误的。

淡：你选择用徐福的事迹做考证而不是慧深的扶桑说，为什么？

黄：从文献记载看，慧深很有可能不是中国人，是阿富汗那一带的僧人。我的推测是，如果只是一个普通中国僧人，他是没有机会被皇上接见并陈述所见所历的。如果他是外来的和尚，被南朝梁武帝接见的可能性会大得多。

淡：你们已经选择了出发日期为2024年5月25日。选这个日子有什么特殊原因吗?

黄：我们5月25日从中国出发，直接前往长崎，大约800公里。然后我们沿着海岸从长崎划到新谷，大约1400公里。到达新谷后，希望我们能做一次公关之旅，然后会进入第二阶段，从日本到堪察加半岛。5月底是我们能够出发的最早时段，因为那时候北风开始转向了，雾也没那么浓了，又在台风季节之前，但会赶上日本九州的雨季。另外，孙海滨是教师，大部分的项目我们要在他的暑假里完成。

淡：除了划船前往目的地，不同于划越大西洋，这次你们还要做不少实地考察工作。

黄：一路我们遵循相同的方法：学术考证、与考古和文博部门建立联系、寻访古迹进行验证、讲述我们的发现。当然这个过程是非常艰难的，如果容易，不是谁都可以做了吗?

淡：如果一无所获，你们还继续前进吗?

黄：不，我们会停下来，因为没有线索了，继续下去是没有意义的。毕竟，徐福东渡的路线只是猜想，而不是基于铁的事实。对我来说，重要的是这个项目在科学上是合理的，我们的考证不被学术界质疑。

淡：你对未来很有信心吗?

黄：有，也没有。我认为一旦我们完成了第一阶段，会找到更多感觉。

淡：这个项目需要的预算是多少?

黄：15万美元。目前我们只筹集到了1250美元。实在不行，我们会自掏腰包，就像上次划越大西洋一样，我们不想过河只过到一半就放弃。如果你有个有钱的叔叔，可以赞助一下，呵呵。

淡：你的朋友胡润不是认识很多有钱的中国企业家吗，为何不请他帮忙？

黄：他已经帮了不少了。我相信我们会筹集到钱的，虽然我知道这不是一件容易的事。

时光飞逝。如今再看这篇采访我们已经身在春天，距离黄思远与孙海滨跨海东渡的日子不足一个月了。我期待着，5月25日，天朗气清，好风相从。

7月，稿子定稿。黄思远已经回到了丹麦——他们出师不利，全球气候变化让他们没能等来西风，在海上被风浪所阻，曾用56天成功划越过5000公里的大西洋的他们，却被中日间800公里的海面阻挡，不得不放弃了尝试，等待明年再战。

他告诉我，为确保顺风，他们将从浙江舟山的出发日期改为6月3日，因为每年这个时候风向已经从东风转为西风了。然而，今年风向转变异常迟缓，他们不得不迎着东风划船。第二天风速增加到5级，他们划得手上起了水泡，船开始倒退，不断被风和洋流推向西北，返回上海附近繁忙的航道。他们的划艇"沿途二号"只有7米长，而周围大部分船只的长度都在200米以上。两人决定放弃划艇，返回舟山嵊泗列岛。

不莽撞，不激进，不哗众取宠，安全地冒险，这也许才是探险的本质。探险家俱乐部所有人都表示了理解。6月13日，两人飞往福冈，用海上皮划艇，逆时针绕九州岛划行。7月5日，他们到达延冈的徐福岩，受到英雄般的欢迎。

"我想我们也许已经找到了真正的长生不老药，那是地球人团结一心，跨文化、跨国界为人类共同利益探索的决心和能力。"黄思远给我发来微信和照片。他的笑容依旧自信、明朗，那是胜者的笑颜。

夏洛·利兹：
美洲的山川早被写进了《山海经》

There is a tsunami of compelling evidence spanning numerous academic disciplines indicating that ancient Chinese arriving by sea, explored the Americas. As a Christian and as a member of one of America's earliest Caucasian families, I believe that truth needs to be told.

Charlotte Harris Rees
Researcher and author
August 14, 2024

There is a tsunami of compelling evidence spanning numerous academic disciplines indicating that ancient Chinese arriving by sea, explored the Americas. As a Christian and as a member of one of America's earliest Caucasian families, I believe that truth needs to be told.

—— Charlotte Harris Rees

充分的有力证据表明古代中国人曾跨海到过美洲。作为一个天主教徒，作为美国最早的高加索移民后裔之一，我相信，真相应该被说出来。

——夏洛·哈利斯·利兹（前政府职员，作家，业余考古学家）

1

"你穿越科罗拉多、犹他、亚利桑那、新墨西哥、得克萨斯,以默茨女士《淡淡的墨痕》一书为依据,重走了中国古籍《山海经》中海外东经的十座山峰,考察了沿途的河流、植物、动物、矿物,你认为最与《山海经》的描述一致的是哪一带?"

"全部!至少,我用眼睛寻找到的就有93%对得上号。要知道,《山海经》中许多地名都在我父亲收藏的那张古老的《天下图》上找得到!那地图可是在美国国会图书馆地图部陈列了三年,好多非常专业的人士验证过的。"

"你和父亲一样都相信中国僧人慧深早在一千多年就跨海到达了美洲,并以《山海经》为地图走访了许多地方。那他怎么到的美洲?"

"乘船!我们都知道力量无比的黑潮,那是在没有现代航船技术和装备的时期人们知道利用的最佳远行手段。即使今天,大型船只仍会利用洋流来节省燃料,且能更快地到达美洲。近年来人们乘坐非常小的船利用这些洋流穿越太平洋的例子举不胜举。再没有常识的人也知道，2011年日本海难之后，至少有一艘船和大量残骸被洋流冲到了美国的俄勒冈海岸。"

"你相信人们会接受你的理论吗？"

"也许在我有生之年看不到那一天了。我知道但凡听起来离经叛道的事一开始绝对不易被接受。我曾在演讲时被澳大利亚一个教授当众责骂，说我在胡说八道。两年前，我和丈夫在德国旅游，导游告诉我们，'二战'后很多年，德国学校都没有提到他们的战争罪行。然而，随着年轻教师的到来，情况逐渐发生了变化。我希望随着时间的推移，更多的美国人会花时间阅读我写的东西。如今，一些学校已经把我和父亲的考证放进了中学教材。"

……

与我对话的这位75岁的美国女士夏洛·哈利斯·利兹，总让我情不自禁地想到《唐顿庄园》里那位永远优雅地微笑着，心直口快的老妇伊莎贝尔。虽然目前为止我们还未曾谋面，只是通过电话和邮件频繁地交流着。"希望咱们某天有缘共进晚餐，当然一定要吃中餐。现在我们七个兄弟姐妹家庭聚会，首选总是中国菜！"

有时我又不由自主将她和E·B·怀特的著名童话《夏洛的网》中那个助人为乐、极富同情心的小女孩夏洛相比。

"我喜欢伊莎贝尔。我也喜欢夏洛。但我并不喜欢你用

'夏洛的网'来做写我的文章标题,要知道我做的研究是严肃的话题,而不是轻松神话,你难道认为我写的书是虚构小说吗?当然,每个作者都有自己的权利定标题。"看到这一行字,我心中暗笑,这不是伊莎贝尔是谁?

从她的照片和声音,我可以轻易地识别出那典型的美国白人老妇形象,衣食无忧、有见识、有教养,对人永远客气有加彬彬有礼(即使并不认同你)。

第一次电话沟通,她甜美细柔的声音和蔼可亲,我很难想象这是一位失去了两位年轻女儿的母亲。她说她父亲出生在开封,讲一口流利的带河南口音的普通话。因为没有语境,除了说"你好",儿时在台湾和香港长大的她已经把中文都忘记了。话锋一转,她仍是慢悠悠地道:"你真正应该首先写的人是亨丽特·默茨,她是《淡淡的墨痕》(后来以《来自远东的神》为名再版)一书的作者。我的父亲、我和许多其他人都引用了她的话。正是她用地形图把《山海经》测得的海外东经美洲部分记录下来的。我的导师科维(Cyclone Covey)认识她,并在他的著作《命运与意志:13位古典女性的欧里庇亚回顾》(*Fate&Will: A Euripidean Retrospect*)中写到了她,在这本书中,他用14页的篇幅对默茨进行了深入的探讨。"夏洛说她试着在Bookfinder.com、WorldCat.org和亚马逊上为我查找这本书,但都未找到。"你采访我之前应该读完我所有的书,如果你从我的网站上买,有折扣不说,我还可以送你科维先生书中关于默茨女士的一章。"亨丽特·默茨（Henriette Mertz）是《淡淡的墨痕》（*The Paled Ink*）的作者，她确实也是我最近在研究的人，她与夏洛的父亲同时代，同样对那部鲜有人真正了解的《山海经》痴迷不已。后来我网购了夏洛的书，也收到了她依照诺言寄来的打印文本——默茨这位生前在芝加哥当律师的传奇女子被史学教授科维与伊丽莎白一世、艾米莉·狄金森、玛丽莲·梦露相提并论。"二战"时默茨曾加入美军当了密码员，却一直好奇于土著与少数族裔历史。不能辨真假的传闻是，她某次在墨西哥度假看到一个完全是"中国人"的年轻男子，却被告知是土生土长的墨西哥人，她决定探究中国人究竟在这块美洲大地上留下了什么足迹，以至这号称是哥伦布发现的新大陆上到处都是解不开的中国文化碎片。很偶然地，她听说了《山海经》，并看到了不完全的英译本，用一张世界地理地形图，一把尺子，愣是一道道山一条条河地丈量、比照，耸人听闻地向世界宣布，《山海经》里的海外东经卷描述的一切不在世界任何一处，而在美国！自然，对这一部一直被中国历代学者认为是志怪神话的奇书，西方人对她的解读也并不买账。投稿无人问津，她只能在1953年自费出版了这份心血之作，直到1972年，修订再版。

后来我在夏洛的弟弟、72岁的亨顿家，看到了夏洛出版的四本书。"夏洛对书的销量不好有些耿耿于怀呢。"黑白照片上那个曾可爱得像童星的亨顿三世（他与祖父、父亲同名）如今已被老迈和病痛折磨得瘦弱不堪了。他是我来美国联系到的第一个与我的采访主题有关的人。

"你怎么找到他的？这一家人太有趣了。三代传教士之家，三代人都像坚信上帝的存在一样，相信中国人早在古代就来到美洲了。"我的采访搭档史蒂夫问。他也是一个坚信中国人早年就在美洲活动的人，三十年来不仅搜集了许多这方面的书籍文章，甚至花钱雇自己的父亲——一位当年"二战"中的空军上校来帮他四处搜寻、联系相关研究者。有趣的是，史蒂夫某天翻出来一张发黄的纸片，上面是他父亲当年手写的名单和通讯录，亨顿·哈里斯二世的名字赫然其中。

世上无难事，只怕有心人。这句话在寻找到亨顿和夏洛姐弟这件事上得到了极好的印证。

那是个7月的午后，我本来窝在沙发上读一本从国内带来的中国人发现美洲之类的书，虽然图文并茂，但那所谓的南美洲某个出土陶像"分明是中国山东大汉"，某件墨西哥玉雕"分明是中国风格"这样的论断让我感觉像是在听一个没有底气的小贩声嘶力竭捍卫手中的假货是真品。那煞有介事，那虚张声势都让我厌倦，看到一百页左右甚至有了生理上的恶心。遂丢在了一旁，暗暗抱怨自己不长眼，何苦万里迢迢地从国内背了这本书到大洋彼岸来啃。拿出手机来随手搜索，一个页面如神赐一般跳入眼帘——Chinese discoveramerica.com，中国人发现美洲？没错，没

有比这更直白的了。再细看,这是一个相当整洁有序的网站,首页右半边是对创建者的介绍:

亨顿·哈里斯三世(生于1949年)是第三代传教士的儿子。他幼年时随父母移居台湾,在学英语的同时也学会了说普通话。六岁时,他和三个姐姐回到美国上寄宿学校。很快,由于缺乏使用,他把汉语忘得精光。1962年,他和家人一起搬到香港,在那里他就读于国王乔治五世学校。至今他仍然认为在香港度过的时光是他年轻时最快乐、最富有创造力的岁月……

原本疲乏倦怠的我,立即像干渴的人意外邂逅了清泉,不敢相信这好运的真实性。

一口气读下来,我才知道这个与中国有着数代渊源的老人,他的父亲,一个虔诚的传教士,甚至出生在中国的开封!

更神奇的是,这位与儿子、父亲同名的亨顿·哈里斯二世(其父为一世)因为精通中文,年轻时当牧师太穷,为了补贴家用不时买卖些文物,习惯了到哪儿都逛古董店,打着中国印记的老物件总让他两眼放光。在二十世纪七十年代,他偶尔在一个韩国古董店里发现了几张古中国地图,他吃惊地看到上面的许多地名曾出现在《山海经》中,从此他开始了长达七年的考证,只为了证明一件事:中国人早就到达了美洲。他甚至呕心沥血写出了一本书:《美洲的亚洲之父》(*the Asiatic father of America*)。他的理论基石很简单:《山海经》这部早被推测有四千年历史的中国古籍并非纯粹神话,上面的许多地名在这几张原始却重要的地图上标注得一清二楚。而且,一位他并不认识的另一位美国人也几乎同时做出了印证他的结论的考证——美国博士亨丽特·默茨(Henriette Mertz)《淡淡的墨痕》(*The Pale Ink*)一书条分缕析地把《山海经》中的海外东山经中提到的四列山脉、河流及沿途的动植物一一对照,证明美洲大陆几处与之精确的对应并非偶尔。"对于那些早在四千年前就为白雪皑皑的峻峭山峰绘制地图的刚毅无畏的中国人,我们只有低头,顶礼膜拜。"

这样一部颠覆历史的发现似乎打开了一扇新的窗口,理当引起轰动。可是令老人失望的是,人们即便偶然读到了这本离经叛道的书,也不过付之一笑,甚至亲朋好友也说他是"nuts"(疯子)。

写书被嘲,痴迷中国文化的他,爱屋及乌,执意离婚娶了一位小三十岁的中国女子为妻。他很快发现那是一个错误,迅速以离婚收场。他某天突发脑梗,65岁就去世了。

当然,这一切都是我在找到亨顿·哈里斯三世后才了解到的。

本来我兴冲冲地按亨顿网站上的地址给他写了邮件,却一直未收到回复,再写,仍无音讯,我暗笑自己太过乐观。史蒂夫竟在网上找到了"真神"——亨顿的姐姐夏洛,她才是真正接过父辈衣钵,考证并坚信中国人早就到达美洲的人。史蒂夫写信给她,很快得到了回复,并和我们在电话里聊得不亦乐乎。也正是她,提供了弟弟亨顿的电话。说到弟弟,她的声音仍然轻柔舒缓,却非常理性,"我感觉他走得有点远。"她说既然亨顿与我们相距如此之近,何不见面聊一聊?

电话打给亨顿,没人接听。我和史蒂夫仍然很高兴,毕竟我们找到了夏洛。那是个夏日的炎热午后,史蒂夫建议我们去一直光顾的郊区果园买些水果,他尤其喜欢吃那刚下树的橘子。"超市里的橙子、橘子色泽好看,吃起来却酸而不新鲜,因为那是来自南美洲的,果农为了保鲜,都是在青绿未成熟时就采摘下来,待运到美国后,商家进行雾化处理,喷上一层化学催熟剂,个个都橙黄诱人。可味道跟这真正长熟刚采摘的没法比!"

坐在史蒂夫的车里,我有些昏沉欲睡,忽然听到他的手机响起来。"你好我是亨顿,刚接到留言……"史蒂夫赶紧找个安全地方停车,回过电话去:"我们就在你家不远,开车40分钟车程,好,把地址发我,一会儿见!"

2

"老天爷真是看到我们的辛苦了，或者更准确地说，是中国的先人们在暗中帮助我们呢。他们感知到我们这样奔走是为了告诉世界一个有关他们的真相！"史蒂夫一边开车一边感叹着。车在不宽的乡间公路上行驶，两侧是大片的橘园、菜田和干涸的圣克拉拉河。他说芝加哥的美国岩画研究者约翰·罗斯坎普（John Ruskamp）不仅相信中国人在三千年前就在美洲的岩石上留下了岩刻文字，还曾在这圣克拉拉河一带定居。一百年前洛杉矶蓄水大坝垮塌导致洪水泛滥，三百多人在睡梦中被夺去了生命，那洪水就是沿着这条河奔流入太平洋的。虽然近年来这一带一直干旱少雨，可沿干枯的河床仍然生长着茂盛的树木，甚至河床两侧的低地也有大块碧绿的草地，和两侧几乎光秃的山岭相比，显得愈发不像一个气候带。

我听了，不禁在心底感叹。我的祖先们啊，如果你们上千年前曾迁徙到此地安家落户，如果你们泉下有知，感应到我这后来者漂洋过海来找寻你们的足迹，会否欣然一笑呢？

做地产生意的亨顿，有一个很大的家，房间多得像迷

- 177

宫。从摆设看是典型的美国中产阶级风格：墙上、家具上、壁炉上，家人照片随处可见。让我奇怪的除了他书房那几十把波斯风格的古董步枪，就是许多刺猬摆件和一桌子的麻将。"刺猬在中国是吉祥的象征，也是我们家的图腾，它那么可爱而平和。"至于麻将，他说那是他太太的爱好，"犹太人爱打麻将呢。她退休后没事可做，不时约邻居朋友来打上几个钟头。那麻将可是中国的发明呢。"亨顿的生活和话题都离不开中国。我想到史蒂夫不久前去世的94岁的母亲，也是犹太人，也留下了一盒1950年代产自中国的麻将，不由感到亲切。

亨顿说他虽然现在不会说中国话了，但儿时在香港的生活经历让他记忆犹新。"同学们给我起外号叫小印度，首先因为我的名字亨顿听着像Hindu，再就是我有一阵长了头疮，我妈给我用布包着头去上学。"他说他床下那一箱子父亲留下的老地图起初并没让他感觉有什么特别，直到2003年他和姐姐夏洛一起把它们送到了美国国会图书馆的地图部。"在那里放了两年时间才又回到我们手中。他们想买下，并请人估价32000美元。"是夏洛建议把父亲的藏品留在家中，她付给其他五位兄弟姐妹一笔钱，将这九册（张）珍贵地图留在了身边，并开始了研究之路。

"中国人发现美洲了吗？我毫不犹豫地说是，他们不仅早于哥伦布一百年，两百年，事实上，早在四千年前中国人就到了美洲。"亨顿灰蓝色的眼睛坚定地望着我，几乎是一字一顿地说。这是我在2021年的夏天踏上美利坚的土地以来，第一次当面听到一个美国人如此直白地承认他完全不相信哥伦布发现美洲之说，相反，他认为是中国人发现了美洲。"人们视作理所当然的一些所谓的历史，不过是政治家们在利益驱使下粉饰后的谎言。"

那天是七月十五日。当天，美国死于新冠病毒的人数是333人，加州有28人。美国死于新冠的总人数为624189人，其中1/10是加州人。

我和史蒂夫都做梦一般不敢相信，几天来我们大海捞针四处寻找的这位与中国有着深厚历史渊源的老先生，就坐在眼前，一边抚摸着那只见人就舔的雪白小狗，一边与我们侃侃而谈。而从意外接到他的电话，到上门相见，只不过半小时！我有些意外又不安地注意到，这里没有人戴口罩。想到国内朋友听说我要去美国采访，无不担忧的表情，我只能假装自己活得洒脱。

"尽管我所有的观察结果都需要核实以确保准确性，但我相信人们最终会同意我的理论——古代中国人不仅迁移到了北美，而且建立了大量的人口中心和艺术中心，直到今天都可以通过卫星摄影看到，那是一匹马，来自中国的马！"说着亨顿起身带我们进到他的书房，那除了大大小小的林肯黑白像就是一墙古董步枪的屋子，打开电脑让我们看那张他已经推送在他个人网站上的照片，"一匹马"。说实话，那是两张照片，一张是谷歌地图的卫星地形图，一片模糊的地带隐约地浮现出一匹马的轮廓，前提是，你得事先被告知那是一匹马的形状。另一张完全像一匹屹立的佩着马鞍的马儿，那是他用软件给模糊的马"整形"后的效果。

他称这马为哈里斯马，之所以冠以家族姓氏，是因为父亲最早进行这个主题的调查，他希望自己和家庭其他成员能够圆了父亲的梦，让"马"跑到终点线。他俯下身指着那图给我们介绍，说那匹地图上的巨马主要分布在怀俄明州南部，但它的小腿和蹄子分布在科罗拉多州北部，从头到尾至少有120英里。"你看，它有一个清晰可辨认的亚洲风格的马鞍、马镫、皮带，不远处是一个亚洲女士形状的黑水湖。"他说之所以认为这匹马来自中国，是因为马的眼睛、尾巴、马鞍的形状完全是亚洲的产物。

为什么这匹巨大的唐朝风格的马会出现在怀俄明州？

亨顿三世成竹在胸地说，关于这个问题的答案，你必须阅读《山海经》第四卷。"《山海经》可能是世界上最古老的地理书。它写于大约公元前2200年，也就是4200年前的中国。《山海经》详细描述了当时'中国皇帝'委托的探险活动——他命人探索和调查世界的四个角落。对了，你在中国长大，听说过这本书吗？"

亨顿三世和姐姐夏洛一样，都对亨丽特·默茨"丈量"出的《山海经》深信不疑。"大约50年前，默茨从爱德华·维宁的著作《不光彩的哥伦布》（*Inglorious Columbus*）受到启示，结合美国地形图找到了她认为是《山海经》第四卷中描述的地点所在地，对每个地点的描述都太精确了——从怀俄明州卡斯珀一直延伸到新墨西哥州格兰德，这一条几乎完全沿着落基山脉东坡的线路，沿途的一切山脉河流走向与书中描述的一样，你在世界上任何其他地方都找不到。"

既然这"马"只能在卫星图上可以看到，当时的中国人要想在大地上"画出"这匹马，是通过什么手段呢？史蒂夫说出了我的疑惑。我似乎一下明白了为什么夏洛说这位弟弟"走得有点远"。

亨顿三世说他也一直在考虑这个"最具挑战性"的问题，虽然目前仍没法解决，但他相信创造这件巨大马匹艺术的中国古人能够飞行。"在西方世界，人们通常不知道也没人告诉他们的是，几百几千年前亚洲人能够飞翔，通过风筝和悬挂式滑翔机进行飞行已被广泛接受，最初是道士们借助风力飞行，他们被称为带羽毛的客人。"不过亨顿很真诚地说他仍然面临挑战，因为"哈里斯马"只能从风力飞行范围以外的地方才能看到，也就是说完全借助风力是完不成这样一件作品的。

他要解决的下一个问题是，如果风力不够，古人能实现动力飞行吗？他显然在这方面下了一番功夫，找到了新的资料——印度的古代文献对动力飞行进行了极其准确的描述。一些飞行和相关领域的学者已经着手研究这个话题,类似于古代飞机残骸、古代机场或任何指向古代动力飞行的东西将有助于证明这些书面文件。

看我们露出怀疑的表情,他说你们可以通过谷歌搜索"Vimana"来阅读有关古代动力飞行的参考资料,那是印度古代文献中出现的可能是飞机的名字。"我不是中国人,我也不是佛教徒,我介入这个研究没有任何利益目标。我既不是艺术家也不是科学家,我是一名拥有历史本科学历的商人,然而,我相信我发现了一种可能改变历史思维的艺术,它提供了可能的证据,证明中国人确实在西欧探险家来访之前发现了美国。"送我们出门时,老人认真地说。虽然感觉他的理论有些荒诞,他殷殷的眼神、退到额顶的稀疏白发都让我有些心酸。

他说他之所以接到电话就迫不及待要见面,首先是因为他最近几天都要去医院接受治疗,他患多发性骨髓瘤已经多年了,虽然现在是稳定阶段,但他不时仍要去看大夫。另外一个原因就是,他认识的人里面对这个话题感兴趣的人真不多,就连他的太太都说"谁最早到达美洲?who cares(谁在乎)?"

第二天,我就收到了亨顿三世追来的邮件。

像终于抓住了一根救命稻草,他非常真诚地跟我继续探讨,说多年来,他一直四处演讲,试图培养公众对这一话题的兴趣,但沮丧地发现人们对历史的兴趣非常有限。"我看得出来大多数人觉得历史很无聊。人们最在乎的东西是：这对我有什么好处？（这不仅适用于人民，也适用于政府。）我想来想去，得编一个故事，逻辑很简单——你如果在讲一个神奇有趣的故事的同时，还能有利于国家利益，不管是意识形态方面的还是经济方面的，那么政府或公众会容忍你插入一些被一些学者视为'边缘理论'的观点。"

关于这个神奇有趣的故事，亨顿已经在脑海中编织过多少遍了。在他看来，爱情和浪漫是人们普遍关注的，一部小说或电影，要想吸引人首先必须是一个爱情故事。他设想一位年轻的华裔女子与一个美国土著后代的男子的恋爱，发生在美国著名的大学校园。作为部落酋长的儿子，他坚信北美在文化和宗教上自古以来就与亚洲特别是中国有联系。他甚至知道祖上那座可能藏有宝藏的佛教寺庙的位置。当然，故事会有黑社会势力的介入而掀起更多冲突与波澜。"这样我就不必证明任何东西，这是一个看似虚构的故事，背后却让人看到甚至接受那故事发生的文化背景——中国人早在远古时期就在美洲这块土地上活动。"对亨顿这"双赢"的理论，我没鼓励也没打击，只说咱们保持联系，有空多交流。他可能有些失望于我的不积极，也便没有了消息。

对这老者的宗教般的执着，我既感动又有点难过。他和父辈、祖辈一样，因为对人类历史的好奇、对中国那片热土的情感，怀揣着依稀的梦想，笨拙地用本能感受拼接着现实与历史。我不由得想到那位被《出版人周刊》称为将历史悬疑与文学技巧完美融合的小说家托马斯·斯坦贝克——他那部著名的小说《在柏树的阴影下》写的就是二十世纪初一群有着奇异风俗、被时刻想奴役他们的白人包围着的中国人。他们是穷苦弱势的族裔，却有着令他人暗中羡慕的祖先——一块刻着三种文字的中国古玉玺被发现、被揣测、被争夺，尽管藏在历史中的秘密像古柏的根一样盘根错节，人们不得不相信，中国人早在欧洲人到达狂野、美丽的加利福尼亚海岸之前很久，就来到了那里。托马斯不讳言他深受父亲，那位我最喜爱的美国小说家约翰·斯坦贝克（著名的《罐头厂街》写的也是一百年前在加州蒙特利湾的平民生活）影响，他创作了三部小说，都是以加州为背景。父一辈，子一辈，亨顿有着痴迷和追寻精神信仰的先祖，可他没有机会成为牧师，追寻显得力不从心。托马斯仰仗文学的基因，让想象的翅膀在书中着陆。但他们二人，都是可爱的，有着孩童一般的好奇与对真相的执着。

3

很快，夏洛的书陆续到了，我一本本地啃。

第一部是《重走山海经之路》。这本被她自己称为游记的书有点令我失望,虽然图文并茂,虽然一章章都按照默茨女士的解构推理边走边记、井然有序,我仍感觉有些过于简单,有些走马观花、浮于表面。因为不懂中文,每章之首,她首先引述的是爱德华·维宁的《山海经》英译,紧跟其后,是默茨的解读,然后是她的游历所见所感,对《山海经》中的山脉之间的距离、河流的走向、植物与动物的描述,看似面面俱到,却充满不确定的词汇诸如也许、好像、可能、看似……说到两山之间的距离,一位对其质疑的考古学家很不客气地说,"两山相距三百英里,从哪里到哪里算起?"夏洛告诉我,默茨女士从未实地走过任何一段她用尺子在地图上丈量出来的路线,"我才是第一个沿着《山海经》里的描述,把从科罗拉多延绵到新墨西哥这一条线路走了一遍的人。我认为书里所说的93%的内容都被我在旅途的各个地点验证到了。至于山与山之间的距离,由于地形崎岖,默茨所标明的距离是两座山峰之间的直线距离。

面对我对她并不精通中文的质疑,她很坦率地说,正因为如此,她甚至专门去中国请国家图书馆古籍专家验证了维宁的《山海经》英文译本。早些时候,默茨女士也让美国国会图书馆亚洲分部检验了维宁英译本的准确性。

她说虽然《山海经》中关于动植物的描绘很生动,但她首先关注的是默茨所说的山脉与河流。"植物和动物是次要的。虽然几千年过去了,气候可能会有一些变化,但我不认为它发生了巨大的变化。一些《山海经》中提到的当地有特色的植物仍在原地。"

至于她这么做的目的，不像弟弟亨顿总想"发现金矿"，"和我父亲当年一样，我只想向世界说明历史的真相。当年我父亲健在，我对他所做的结论充满怀疑，也并没认真考虑过。直到他去世之后，直到我们把那些老地图拿到国会图书馆去鉴定，直到我逐字逐句地一读再读我父亲的书，直到我和这个领域的其他敢冒天下之大不韪者深入探讨，我越发坚信历史并非我们从小被灌输的那样。虽然要想质疑并推翻所谓的主流学术与政治体系既定的一切非常难，甚至很冒险——我在演讲的时候就有一位学者非常愤怒地站起来当场指责我胡说八道。还有些美国人认为我没有政治意识——居然向着中国人说话，但我无怨无悔。"

她后来发给我一篇小传，可谓是这位呕心沥血的老人最坦诚的自我剖析——为什么一个地地道道的美国人，在退休之后要做这样一件费力不讨好的事：证明中国人几千年前早就到达美洲。

"我其实是一个真正的爱国公民，因为我的祖先是新大陆最早期的欧洲定居者之一。弗吉尼亚的第一个永久英国殖民地詹姆斯建立于1607年，一年之后才首次有女性抵达定居，而我的一位祖先就于1609年出生在那儿。"夏洛的先人从未缺席过与美国历史息息相关的每一场运动，一位亲戚甚至签署了独立宣言。"我的四位直系祖先都是美国独立革命的支持者,我是美国革命之女的一员。我爱我的国家,正因为如此,我诚实地回顾历史,认真严肃地写出一本一本的书,就是让美国人了解这所谓的新世界的历史真相。"当然,她也认为祖上沿袭下来的宗教信仰是她的指路明灯,因为诚实做人一直是上帝最基本的教诲。她和父辈、祖父辈都相信,之所以哈里斯家族走上这条探究历史之路,一切也都是天意。她说她很奇怪,一些人甚至一些学者为何把展现并接受真相和政治挂钩。"承认历史并不是要我们改变国土的归属与格局。我不理解为什么被视为洪水猛兽。"她的话其实并不夸张,我就听说一位拥有上千英亩土地的农场主,不敢轻易让人看到那荒凉原野上的刻有类似中国甲骨文符号的石头,因为怕中国人会把那当成产权证据而把他赶走。

说到夏洛的好奇冒险基因,最早有据可查的就是她的太姥爷波威(Powell)。夏洛那部《勇气、坚持与牺牲——三代传教士之家的生活与信仰》起初被我当作家族回忆录来读,读下去反倒像在读美国历史,既惊心动魄又可亲有趣。我不由感慨,这有着短暂历史的新大陆上的移民们走过的道路竟也如此漫长艰辛!夏洛不仅走上了父亲亨顿二世未竟的考证之路,从她爷爷甚至太姥爷开始,这家人就冥冥中开始思考美洲与中国文明那缥缈的关联。

对太姥爷的传奇经历,她除了看老照片和教会档案,更直接的是从奶奶的记录和讲述中获知的。1875年刚刚新婚的这位有着博士学位的牧师就被诊断出肺结核,而X光技术要到二十年后才出现。听说干燥气候有益康复,他和妻子前往得克萨斯州传教。

不久,一个牧师惨死在墨西哥,被异教徒肢解抛尸。他被派去调查并替补。除了妻子和三个儿女,小姨子也同行。他们经常半月看不到一个人影。待接近目的地,真正的危险反倒降临。为了防止被枪杀,他们晚上不敢睡觉,屡次出生入死,躲过了数不清的刀枪石块。

1916年,50%的肺结核患者活不过五年,许多传教士更是活不过45岁。在那荒蛮之地,他的肺结核"像蛇皮一样蜕去"了,病病歪歪,居然活到80岁!这位太姥爷虽然一心向着他的主,却也对身处的世界充满关切。在墨西哥传教期间,他一直没间断收集阿兹特克(Azetec)文物,并一直认为那是和中国历史及文化有关联的。他不知道,2009年中国成都出土了一批高8.5英尺的铜器,时间被推测为公元前1200年,图案明显是阿兹特克风格。

太姥爷共有12个孩子,夭折了两个。三个女儿嫁给传教士。其中一个就是夏洛的奶奶,一个与中国有着半生缘分的女人。

夏洛记得,爷爷亨顿一世娶了著名传教士波威的女儿为妻,自己也主动要求与新婚的妻子被派遣去中国传教,却也从未忘记对历史的追问,早在他的博士论文里他就对印第安人种的起源表达过很明确的观点:"人类学家和考古学家都对红色、黄色人种是否为一家进行过考证,很可能,普韦布洛人、阿兹特克人、玛雅人、印加人都可以追根溯源到中国人!"

1910年,亨顿一世夫妇被如愿派到了中国,直到1947年,除了有限的假期回美国住上一段,他们和先后出生的6个孩子多数时间住在中国河南开封。

那对在美国出生、长大的年轻夫妻,虽然早就在兴奋之余预想到可能面对的困难与不便,可一切显然比他们想象的还要糟糕。当时的中国,义和团运动刚刚过去,军阀混战,社会动荡不安。亨顿一世骑驴布道,可是腿太长驴太矮,许多时候脚拖地。有美国的慈善机构捐了一辆福特车给他,每天也不过能开40英里,因为土路太颠簸根本无法开起来。

与他的岳父当年被派驻到墨西哥现学西班牙语一样,亨顿苦学汉语,除了传播他心中的上帝恩泽,他还办学教中国的孩子们读书识字。"1909年,全中国共有13000名女学生,几乎都在教会学校接受教育。"我不知道夏洛书中的这个数字是否属实,但至少我知道了传教士们的部分生活缩影。

1913年,他们迎来了最心碎的打击——13个月的长子死于肺炎。那冰凉的身体被他们精心用丝绸包裹埋在了中国的大地下。1938年,整个墓地遭日本炮弹轰炸,那小小婴儿的墓碑被炸得一块不剩。

为了偶尔给一家大小补充营养，他们会想方设法喝上一口从美国带回来的奶粉。炎夏没有冰箱贮存食物，他们就把黄油吊在井里。

1916年是中国的龙年，他们再次迎来了一个儿子，亨顿二世，也就是夏洛的父亲出生了。

这个淘气多动的孩子自小就不安分。刚满一岁时，亨顿跟着父母回美国休假。因从没看到过路上有那么多车来往，他悄悄溜出外公外婆的家，跑到街上去撒欢，被一个年轻人驾车撞倒。惊慌失措的司机带他去找医生检查，居然被告知一切无恙。正在四处找孩子的一家人看到孩子平安回来了，怀里还抱着一袋糖。不久全家回到河南，小家伙又在好奇心的驱使下去看牛犊子，被母牛用角顶到墙角，头上血流如注，被缝了几针。

与其他的传教士一样，亨顿夫妇被当地人围观并叫作鬼子是家常便饭。他们尽量把孩子们关在家里玩有限的玩具、读书，除了学英语，他们还跟着父亲学中国话，虽然父亲的汉语带河南腔。某天小亨顿听说一个邻居因病重卧床要死了，他溜出家趴在人家窗子上好奇地往里张望。那病人以为自己见了鬼，吓得坐起来惊叫。

这有着七个孩子的九口之家，几乎没有太平无事的日子，不是二儿子吞了别针，就是三个孩子都染上猩红热，或者谁跌倒了，头被地上的破瓶子扎得鲜血直流。最可怕的是那令人惊心动魄的战争,有一次全家人上了火车逃命,没地方藏身的小亨顿被塞进邮包里。

令我吃惊的是,老亨顿居然还曾与一众开封地方名人一起面见冯玉祥将军。1922年第一次直奉战争爆发后,河南军阀赵倜一看大势不好,企图请冯玉祥恕罪,便请以传教士亨顿为首的地方名人出面讲和。那一幕被夏洛的开封发小史都柏(Stursberg)描述得相当生动。史都柏的父亲也是当年驻开封的传教士,来自英国。据说他家有当时河南仅有的冲水马桶和有冷热水的住宅,居然还有一个向所有人开放的网球场。他在《在中国没有异乡人》(*no foreign bones in China*)一书记录:当一行人坐着悬挂着一面白旗的小火车抵达冯玉祥占领的郑州,还没进站,就遭到枪击。所有人伏在火车地板上不敢动,直到一人壮胆站起来举着白旗求饶。亨顿牧师第一次见到这位闻名遐迩的人物:和大多数中国人相比,冯玉祥显然是个大块头,足有一米九(六英尺2英寸)。他举止相当有魅力,虽然也和士兵一样,穿着棉布军装。当亨顿拿出赵倜的恳请信,冯没有丝毫回旋余地地当场拒绝:不!绝不可妥协!我们这就进军开封!

不久冯的部队进了开封城,军纪和身上的灰布军装一样整齐有序。史都柏听到母亲略带欣喜地说:"看啊,这些军人真文明,居然还有手绢!"而此前两天,逃跑的军阀留下的是烧杀抢夺。

1928年7月2日,美国《时代》周刊的封面人物就是冯玉祥,那方脸阔鼻的将军黑白照片下面的一行字是:CHINESE CHRISTAIN SOLDIER(中国基督徒军人)。他在国内也被称为军界的一股清流:不蓄财,不纳妾,禁鸦片。

1926年全家人回美国休假。10岁的亨顿对美国是什么,祖父母又是谁,丝毫没有印象,在他心目中,他的家在中国河南开封鼓楼街。

既然从大西洋和从太平洋回国没什么区别,为了省钱,他们决定搭乘不定期货船。即便一路上缺乏营养,孩子们都患了皮肤病,从印度、苏伊士运河、地中海,到欧洲的沿途风景还是让一家人兴奋快乐。到了意大利,他们去看达·芬奇画的《最后的晚餐》。到了瑞士,他们去看阿尔卑斯山和日内瓦湖。那一次从河南到美国之旅,在小亨顿心里种下了走遍世界的种子。

还未等一家人启程回河南,大萧条席卷美国,许多神职人员被解散回家或另谋职业,亨顿只得留在美国任教,与中国一别就是9年。

1935年,父亲亨顿受邀再度回河南时,小亨顿已经在读大学了。没能随父母启程的他很是郁闷,临别的全家合影照片里,比父亲和弟弟矮了半头的他眼神忧郁沉默。

另一个传教士的妻子安妮(Annie)写了一段话,足以表述这种骨肉离别的滋味:"虽然敬献一生给上帝是令人幸福的,但没有一个宗教人士会轻松自如地放弃自己的孩子。有时是四年,有时是一辈子。父母亲的牺牲是令人心酸的,但是,那被半路从异国他乡带回美国的孩子们最孤独可怜——从小在异国他乡出生长大,自己的故乡反而是他们心里的异乡。"小亨顿,这个吃着黄河水长大的美国孩子,心心念念着他的故乡——河南开封!

当初离开河南时一家九口,回到那依旧清贫却熟悉亲切的开封时,只有四口。昔日的教堂已经被洗劫一空,家具没了,那唯一的钢琴也被某官员的情妇据为己有。老亨顿凭着自己的热忱和游说能力,愣是给要了回来。很快,浸会学校恢复了授课。

"我的爷爷奶奶在虔诚的信仰激励下,和太姥爷一样,离开故土,历尽艰险,把人生中最重要的时光敬献给了陌生人。我的父亲出生在中国的开封,长大后仍是如此,带着妻儿先是生活在台湾继而是香港。我的人生观是国际化的——有人称我们这些没有国家与地方归属的人是所谓第三文化。我的人生主题又很明确:爱上帝,爱人类。"夏洛的自述其实再现了这个家庭几代人的生命历程和独特人生观。

1937年抗日战争全面爆发,刚做完急性阑尾炎手术的亨顿放弃带全家去上海的机会。

他们也没有随其他外国传教人员逃亡到香港,而是坚守在开封。当时日本和美国还没开战,他把房顶刷上超大的美国国旗,希望日本轰炸机能网开一面。

夏洛的母亲佛罗伦斯（Florence）记述：亨顿广受信赖，是开封救助会负责人，各界募集来的钱、粮食、汽油都由他保管，准备救济奔向各教堂的数万灾民。

日本兵烧杀抢掠，甚至要求市民必须24小时家门洞开，以方便他们任意拿取，如入无人之境。某次一个日本兵进了堆起了沙袋的教堂大门，吓得女人、孩子四下奔逃，亨顿抓起他的脖领子就扔出了门外。

教会出版的《火与血的河南》（*Henan:fire and blood*）一书记载：1938年河南有1.4万难民涌入开封，得到浸会教堂的救助。有时一个帐篷下有900难民，而开封仅有20个神职人员。

亨顿的岳父当年去墨西哥传教，半夜需抱着步枪睡在帐篷里——为了提防异教徒的暴力甚至谋杀。亨顿在遥远贫弱的中国用他的向善之心做着力所能及的救助，多少次差点儿死在日本侵略者的枪炮之下。

佛罗伦斯把这些经历写成了《美丽的韵脚》（*How beautiful the feet*）一书。她本是位园艺高手、花艺裁判，却夫唱妇随、九死一生。她亲手种下的玫瑰在开封的土地上开了一年又一年。

两个孩子和她病倒后去了香港，病未痊愈的她不久便独自回开封助丈夫一臂之力。

"有两次坐火车都遭到日军飞机的低空扫射，列车不得不停下，躲在山坳里，因为日机正在轰炸附近的小镇。"她刚一抵达郑州,就获知后面一列火车被炸,很快铁路彻底被炸毁中断了。

1938年6月,蒋介石下令炸开郑州东北花园口黄河大堤。80余万人惨遭溺死,千百万人流离失所,并形成连年灾荒的黄泛区。当时中国人口也不过四亿。

郑州到开封有80公里,当她一路蹚着洪水,为躲避日本兵几次藏在沟渠里,怀揣着5000美元的救济款,浑身糊满泥浆见到丈夫时,那顶新帽子的蓝色颜料顺着脸流淌着。日本警察局长经过他们家,半威胁半叫嚣地告诉他们:"哪怕有一天不杀一个中国人我就睡不好觉!"

1940年,所有的英国、加拿大人都离开了,教会医院委托仍选择留守的亨顿负责所剩物资,以免落入日本人手里。

那几年,许多神职人员死在中国,即便不是死于日军之手,也没能逃脱疾病。没死的也都人人自危,有一对父子都患了Post Traumatic Stress Disorder(创伤应激障碍),看到穿军装的人就恐惧发抖。

即便如此,1940年元旦,亨顿给上司写信,要求马上从神学院毕业的儿子亨顿二世来中国:"我们需要更多救援人员。"这次他的请求没有奏效,理由是亨顿还太小,另外教会也不派未婚人员前往异国。

1941年春天,在妻子、女儿离开半年后,亨顿终于获准离开中国回到了美国。

1945年，日本刚宣布投降，亨顿就立即申请回河南。除了职业需求，他已经深深地爱上了中国那片土地和那里的百姓。他太太总是逢人就讲：一个乡民如何走了20里地，只为了给她和孩子送上6个鸡蛋。

1946年，老亨顿夫妇又回到了开封。

4

夏洛家族的历史故事让我不时兴奋不已，我有时忍不住赶紧写邮件告诉她我的感受。她的欣慰之情隔着电脑屏幕我似乎都感觉到，她说很感激我，总在提笔写作之前和她做认真访谈。"有一段时间，互联网上充斥着各种关于我和我父亲的故事，什么语种的都有，每一个版本都比下一个更没来由——没有一个写作者采访过我。编造杜撰的故事太多了，我无暇把它们全部纠正过来。我只知道一点——我必须坚持真理、忠诚于真相。"

夏洛一直认为，11岁从中国回到美国就跳级读高中的父亲，一定从小耳濡目染了爷爷的观点，老亨顿写于1927年的耸人听闻的博士论文不可能不在饭桌上被提及——美洲大地上无论是红色、黄色人种都来自中国！

这观点就像种子，让小亨顿完全相信中国那个古老的民族是人类文明的源起。长大后,自称为the son of the soil (农民)的亨顿二世其实是个天才,他写诗,编剧,写歌。他更是一个梦想家。15岁时父母远在中国,他住在外公家。有一次他卖了一些《圣经》却收不回书款,自认为非常失败,气馁地离家出走。三个月后,他已经在洛杉矶流浪。一位陌生人跟他搭讪,问他在哪儿出生,听到"河南开封"这四个字后,那人惊叫起来,他居然是老亨顿在中国传教的同事!毫不犹豫,他伸出援手把小亨顿送回了三千多公里外的阿拉巴马。

美国经济大萧条时期,他和许多失业者一样扒火车找饭吃,亲眼见过有一个人过隧道时脑袋低得不够被削掉了。

这种颠沛流离的日子,谁也没想到已暗中为他的未来铺好了路。

16岁读大学时,本是学法律,可他才读了一年就纠结挣扎。某次教堂聚会彻底改变了他,他越发相信神迹——从父母一生的经历,他看到了那神奇力量的存在。神迹似乎也多次出现在他生命里:儿时被汽车撞毫发无伤,被牛顶破头未死,少年出走洛杉矶遇父亲故友平安返家;"二战"中想去中国受阻,捡了条命(他那位喜欢摄影的好友如愿前往,被日本兵当间谍折磨而死)。

单身的他祈祷能找个愿意去中国的女友,没想到那本已经与他人订婚的女子翩然降临——交往不足三个月就悔婚嫁给了亨顿二世。

学习一向不上心的他,在29岁那年,居然和姥爷、父亲一样,拿到博士学位。

他相信既然上帝依照自己的形象造人,有着古老文明的中国人完全有能力有智慧跨越太平洋到了美洲。

他虽然和传教士外公一样都相信God will provide(上帝会提供帮助),但他又是足具生存智慧的。婚后为了维持生计,他和太太一直靠flipping house(买破旧房子,装修后卖掉)让全家人填饱肚子。"我们总搬家,到一个地方刚住熟了,刚修补得像样子了,全家就都搬走,因为那房子已经找到了买主。"这是夏洛的童年记忆之一。

而父亲又是一位真心奉献者:看到警察用杆子打捞落水者,他不由分说跳进水里把人拽上来。

1951年,夏洛一家去了台湾,然后又去了香港,继续祖父和外曾祖父的信仰之路。"我从未后悔过在台湾和香港的岁月,虽然那里完全不同于美国的生活。相反,我的人生变得充盈而富足。我深信一个人但凡曾沉浸在中国文化里,即便离得再远,她的心总会留下丝丝缕缕的痕迹。"

生活上那些新奇的习惯让一家人回到美国多年后仍念念不忘:喝稀饭当早点,要用筷子扒拉饭粒,把碗凑近嘴边吸米汤。用压水井取水,用灶台烧火(洗澡水也来自那煮饭的同一口锅)。吃咬不动的水牛肉。没有巧克力,一家人学会了嚼甘蔗。习惯了餐馆盘子里带着头的鸡和鱼。夏洛学会了嚼鱿鱼干,吃春卷和各种热带水果,被父亲逼着吃蛋黄碧绿的century eggs（皮蛋）。父亲令他们接受中国"奇怪的饮食"，理由很简单：尊重中国文化。

全家唯一的奢侈品是母亲坚持让大家喝的奶粉——尽管邻居不时抱怨，说这家孩子一身的奶酸味儿。

回忆当年，夏洛总不由微笑，说当年难以下咽的奇怪食物，如今是扎根在心底的美好回忆。"在美国只要我们大家庭聚会，一定吃中餐！"

当然，中国的文化和中国人更在孩子们心底打下了深深的烙印。五岁的夏洛去上幼儿园，中文儿歌让她欣喜地发现美国和中国猫都meow（喵喵）叫。

家里的访客很多，从将军到山地人。某次几个山地人来访，其中一人"在厕所太久不出来。直到他们离开后我妈才发现，厕所里的牙刷都湿了，那人可能把每个都试了一遍"。这些山地人不仅好奇，还非常纯朴，有次下雨来访，他们站在门外不敢把脚踩在门垫上——"怕弄脏那干净的垫子。"夏洛甚至记得一个山地阿妈的名字很美，意思是beautiful banana（美丽的香蕉）。

夏洛母亲的中文不好，火车火鸡不分。有一次客人来访，刚读小学的小亨顿当翻译，请客人原谅母亲"没进过学校"。

夏洛的两个搭火车去台北读书的姐姐染上了虱子。全家人都跟着展开了灭虱大战。打蛔虫也是一项不时就要进行的战斗，虽然很不愉快，但背着父母，孩子们仍兴奋地比较谁排出的那条最长。

父亲多次染上疟疾,母亲浑身长疖子。小亨顿头上更是疖子不断,母亲猜是因为总有人摸他的金色卷发,她给他包了头巾,又得了外号"小印度"。

父亲爱写诗,爱读书,爱给孩子们讲故事,也爱跟当地不时盯着他指指划划的人开玩笑,尤其是听到别人叫他"大鼻子",他会装作无辜地说:"我生下来就这样,难道是我的错吗?"

因为没有足够稳定的收入,也不能像在美国一样买旧房装修了出手换钱,父亲偶然间发现了一个"生财之道"——买中国古董,回美国休假时卖掉换钱养家。也正是这个新的糊口手段,居然阴差阳错,让他和女儿走上了一条想改写历史的道路。

1955年,夏洛随姐姐、弟弟先回美国。13岁的姐姐像大人一样,带着弟弟妹妹从台北到马尼拉、中途岛、关岛、檀香山、洛杉矶、芝加哥,三天辗转飞行。

1956年,父母也回到美国。父亲选择在印第安纳州安家,因为那位于中部的地带便于东西奔走。他回来第一年就奔波了10万英里。

1962年,全家人(除了两个读大学的女儿)再赴亚洲,这次他们去了香港。

夏洛有写日记的习惯,在香港,关于父亲,她崇敬地写道:我爸是传教士、演员、诗人、作家、音乐家、爱国者、商人。虽然他只有5英尺10英寸（1.78米），可许多人都认为他无比高大，他的一言一行都像个巨人，尽管父亲这个唯一挣面包的一家之主从未给家人提供过富裕的生活环境。

"我在香港的时候早早就通过函授完成了美国高中学生。由于英国的学制是11年，美国是12年，我当时必须按美国学制完成学业才能进入大学。当时我还不足17岁，我独自一人回到美国去上大学。明知我没有足够的钱上大学，我的父母还是同意了。祈祷是他们与我共同的且唯一的希望。我到了学校，才发现自己既没有足够的钱来报名注册，也没有盘缠回到我父母在香港的家。然而，只用了三年半的时间，我不仅顺利毕业了，还没有负债。打工，过俭朴的生活，不止一次为第二天买牙膏和邮票的钱而祈祷……"

1972年8月，亨顿二世去了韩国，在首尔办完事后一口气逛了25个古董店，准备回酒店时，迈进了最后一家。店主拿出一本纸质发黄的图册，问："你要地图吗？"

当他翻到最后一张"天下图"时，他颤抖着控制住自己，心中默念感谢上帝，他认为是上帝的旨意让他这懂得中文和中国文化的传教士把"天机"看透：《天下图》和另外的六张亚洲地图都是在一张母地图下的不同版本或誊写本。后来在大英博物馆和巴黎博物馆，他还发现了23张类似地图，那母图就是《山海经》地图！地图上72%的地名都在《山海经》中找得到！巴黎那张中国的世界地图注解甚至写明:地球无论南北还是西东丈量都是84000里!

亨顿二世坚信,这母图《山海经》是公元前2250年尧帝派禹勘查世界时所绘。

当时中国人西到印度,南到越南,向北则不仅测量了贝加尔湖周边、西伯利亚地区,还东达阿拉斯加,又南下加利福尼亚,东进亚利桑那,最后向南到达墨西哥、智利。他甚至在《天下图》上一下子找到了十个显然位于美国的地方。

"虽然秦代焚书坑儒,但未烧毁地图,一些图被日本人、韩国人抄录,因而不乏错误漏洞。"关于为何地图未被中国人重视,亨顿二世的解释是:中国人"放弃"了《山海经》,只当成神话看,虽然后来者也曾试图进行考证,可都没有放眼世界,而只在国内考证,自然不吻合。"其实只要用最简朴的方式按照祖先的话去看就可以了,抬头看,西方人只看到月亮,中国先人们可以看到月亮上的兔子。"

他相信《山海经》其实早就被西方人认可并不断提及和考证。"古书难免都会和《山海经》一样有些怪力乱神的传说。即便有夸张的无稽之谈,也可能是记述当地人的信仰或民间传说,哪个地方的古代人没有迷信的东西?比如有早年探访美洲的人声称看到肚脐长在背部的野猪,有些人相信蜂鸟到了无雨季节会把嘴巴'钉在'树上饿死,到了下一个雨季会复活。就算在14世纪的欧洲,和相信佛祖双耳垂肩一样,人们相信有些地方女人的耳朵极大极长,晚上可以像披风一样把自己包裹起来……"

除了相信当年尧舜禹时期中国人到达了美洲并写出了《山海经》，亨顿二世也相信公元458年慧深和尚与四位阿富汗僧人一起越洋到过扶桑——墨西哥。"五世纪的欧洲充满混乱与灾难。而印度的佛教却日渐繁盛并传播到了中国、日本、韩国等亚洲国家。慧深与四位阿富汗僧人一道开启了扶桑之旅，目的是传播佛教。"

1975年，亨顿二世将他深信不疑的中国人发现美洲的理论出版——《美洲的亚洲之父》，令他失望的是，该书并没引起太多重视，即使有个别人读到了也嗤之以鼻。

对此，他的解释是：西方的中国专家对中国文字记录缺乏信心，往往跟着所谓其他正统声音走，他们不少人只肯相信西方的文献，不肯把中国的古老文字和美洲大陆联系起来。

夏洛和弟弟亨顿三世都把父亲收藏的古地图称为"哈里斯地图"——"这个使命本可以由更有能力的人完成，却交给了我们哈里斯家族，完全是神谕：when he so wills, he hides. When he so chooses, he reveals.（藏起或展现，皆由他说了算。）"

是因为亨顿二世泄露了天机吗？不同于他高寿的外公和父亲，他只活了65岁。

5

至于古代中国人是如何到达美洲的，亨顿二世认为海路是唯一的可能。这倒和当代考古学家的观点一致。

除了《山海经》和老地图，亨顿二世也做了大量的资料搜集与考证，他从美国国家地理杂志和史密森学会的读物中找到更多研究、推测：越来越多的证据显示，中国人坐船沿东北向的海岸到达阿拉斯加，南下到墨西哥、智利。"人类的本性是懒惰的，如果有骆驼可骑，有卡迪拉克可驾驶，没人选择走路。古人不会用两条腿冒着风雪从西伯利亚跨过白令海峡走3000英里去寻找什么新世界，要知道他们要的是food（食物）不是fame（名声）。"他还引证了《圣经》，说早在诺亚方舟时期人们就知道了船的便捷，"那些懒人乘船沿日本洋流漂流而行，当白令海峡徒步者不是饿死就是老死之际，漂流者已经顺利到达了洛杉矶……反正我第一次沿日本暖流回到美国是坐船而不是走路，不仅因为那时我只有16个月大。"

日本暖流也被称为黑潮，是北赤道暖流在菲律宾群岛东部向北偏转而形成的。它的主流沿台湾岛的东岸、琉球群岛的西侧向北直达日本群岛的东岸，在北纬40°附近与千岛寒流相遇,在西风吹送下,再折向东,成为北太平洋暖流。

亨顿二世知道,日本暖流是北太平洋西部流势最强大的一股,相对应的是大西洋的墨西哥湾暖流。"这也是为何中国和日本的木头可以漂流到阿留申群岛,为何没有航行能力的日本船可以顺流漂到加利福尼亚。"

他也在新闻中搜求信息作为佐证,比如《长滩电讯报》(*Long Beach press telegram*) 1962年8月的一条特写:一个包括一名漂亮的澳大利亚护士在内的三人漂流队从日本横滨出发,经过57天不停歇的航行今天抵达了加州多特米诺岛。其中一位是德国前潜水艇领航员39岁的乔·帕特纳格,他对记者说:这航行太容易了,就是坐在摇椅上的老太太都可以完成!

可当我读到这个三人跨海航行组合之一的比尔2020年首次出版的《海洋神之旅——从横滨到洛杉矶》后,发现他并不认同这夸张描述的举重若轻。

当年29岁的比尔还道出了许多幕后故事,包括当年为路透社做驻日本记者的他为何一直没披露令人瞩目的航行细节——组织者乔有言在先,他不允许比尔写一个字发表,因为那时乔也要以卖文章和旅行录像为收入。

二人的相识缘自采访。当时奥地利出生的澳大利亚水手乔已经完成了从巴布亚新几内亚到横滨的旅行,比尔为此写了一篇报道。

乔说他的下一个冒险挑战是驾船从横滨到洛杉矶，而且他还缺少一个船员。

29岁的比尔有些犹豫，因为他自知缺乏航海经验。但由于他有三个月的假期，而他在日本的工作即将结束，他想去伦敦为路透社做全职记者，于是，他决定试一试。但当他上船时，乔提出了一个条件，那就是不能写任何有关这次旅行的文章去发表，因为他自己也是个靠"码字"为生的人。比尔同意了，但说他会把旅行记下来。

之所以选择半个世纪后出书，是因为乔已经死了。

当时船上的第三位船员是乔的未婚妻贝妮塔，当护士的她也没有航海经验。好在乔在"二战"期间曾驾驶过德国小型潜艇，航行过许多海洋。船行不久，他们在日本海岸遭遇恶劣的天气，船上的无线电通讯中断了。

"乔爬上桅杆挂起一个金属桶，以便附近船只能接收到雷达信号……风平浪静、阳光明媚的时候感觉很好，但当天气恶劣的时候，就有点令人毛骨悚然了。"

他们每天都要保持船在航线上行驶，捕鱼，做饭，读书，睡觉，完全沉浸在这段经历中。

近两个月海上漂泊后，他们终于上岸。

2007年，住在澳大利亚的贝妮塔登报寻找比尔的下落。二人后来联系上了，当时乔已经死于意外。

五十年后，现代人仍在挑战这种用原始船只漂洋过海的冒险。我在洛杉矶通过史蒂夫介绍认识的丹妮澳就是其中之一。这位53岁的当代抽象女画家，2019年9月出发，跟随英国探险家菲利普花了半年时间，航行9600公里，从叙利亚漂到了佛罗里达州，乘坐的就是一艘两千年前的古船复制品——根据一个寺庙墙上浮雕仿制的只有二十米长的纯木结构的船。菲利普对腓尼基人曾经漂过大西洋到达美洲深信不疑，他告诉我，"腓尼基人具有超强的航海能力，是他们首次将铁钉子用于船只制造，而且他们位于大西洋东海岸，在地理位置上有向西探索到达美洲的优势。"至于中国人是否最早到达美洲，他说并非没有可能，但相对于腓尼基人向西到达美洲的便利，从亚洲跨越太平洋最大的劣势是距离——"太平洋太宽阔了！"

亨顿二世还做了大量历史考证。他知道古代中国人有强大的航海能力，隋朝的造船技术已经发达到可以造容纳八百水手和士兵的五层船。亚、美洲之间交往的物证也有很多，美洲产的玉米、烟草、胭脂虫颜料（cochineal）都在亚洲出土发现（并被证实是哥伦布之前）。原产于日本和印度的矮脚鸡在美洲被发现，数不清的亚洲风格甚至有中国文字的陶器在美洲出土。数不清的日本、韩国、中国船只遭遇风暴随洋流漂到美洲。日本、中国的历史上都有上千人的船队漂在海上失踪了的传说。

"自公元前700年开始，两洲之间的往来从未间断过，但到公元100年突然停止了。我们不知何故。175个美洲印第安部落都发现携带有亚洲人种DNA。美洲岩石上的一些字符与中国的甲骨文近似。古代秘鲁人出门前要chicha——和中国人吃茶一样。中国的仆人二字，在秘鲁语言里叫puri。印加人称小孩wawa，也就是中国话娃娃。舜三年不登基以哀悼尧之死，慧深记录扶桑人也有三年哀悼之规。"这些考证都让他为自己的理论信心倍增。

他还看到了玛雅文化与中国文化关系密切：玛雅人的略带一点褶的单眼皮，编头发的方式，天、月、年的发音和汉语如此接近。墨西哥著名女画家弗里达的丈夫迭戈·里维拉（Diego Rivera）曾跟一个初次见面时好奇地打量着他的美国人开玩笑："没错，你在看着一个中国人！"

中文名叫何盛顿的亨顿二世，与其说是一个传教士，不如说是一个具有诗人情怀与梦想的幻想家。他善良而冲动，执着而单纯，像个永远意气风发的少年。他前往墨西哥和中美洲考证玛雅文化，看着当地人的一举一动，斯文、儒雅的他忍不住在心底呐喊："看啊，这些人都是来自我河南老家的乡亲们啊！"出生于河南开封，喝着黄河水长大的他由衷地相信那中原大地不仅是中华文明的发源地，也影响了世界文明的演变进程。

但他的脑洞又真的很大。他相信尧帝在美洲有个天文台，地点就在科罗拉多大峡谷。"因为古代中国人和印第安人都相信，地球的子宫和肚脐中心点（womb and navel）在美国的大峡谷。中国人来美洲，不是为了找金矿，也不是为了寻长生不老药方，而是观察日月运行和四季更替，确定历法和四季，以获得更好的农业收成。为何中国人要到美洲而非欧洲？因为在地球正相对的另一侧，观察、记录、比较日月星球的相对运动，才能勘查出最精准的天体轨迹。"

他毫不怀疑，《山海经》大荒东经，就指科罗拉多大峡谷一带的荒漠，那也是羿射九日的地方。"慧深当年之所以能游遍北美南至智利，就因为怀里揣着《山海经》地图。"

《淡淡的墨痕》的作者默茨女士相信当年慧深在加州登岸的地点是洛杉矶北部的 Port Hueneme。《天下图》里的君子国，亨顿二世认为就是加州。"君子国的人代表了当时文明的最高水平，男人穿类似袈裟的长袍，戴帽子，佩剑。妻儿也着域外风情的衣物，他们从来不缺食物。美洲虎是宠物。吃饭时，野兽宠物分卧两侧。"

中国人影响最深的地方是亚利桑那州、新墨西哥州、科罗拉多州。加州欧文谷（Owen valley）的人不仅有最类似甲骨文的石刻，还有非常发达的灌溉系统。这些是外来技术还是自己发明？至今仍是谜。亨顿二世相信太平洋那端的文明即使主要影响美洲南部的地方，星星之火可以燎原，一点智慧的种子完全可以影响到加州的印第安部落。

……

亨顿二世的书从没畅销过，但目前已一书难求，已经卖到160美元一册。我在美国亚马逊网上也看到了默茨的《淡淡的墨痕》，1972年版居然已经卖到796美元。他们的思想未被人接受，可那记录思想的载体却当成了商品被贩卖到天价。如果二位泉下有知，是否会哭笑不得？

6

尽管并非完全赞同她的考证，我很喜欢夏洛这位语速缓慢、声音轻柔的老人。她从不遮掩自己的观点，也不粉饰事实。我问她美国国会图书馆如何鉴定亨顿的地图藏品，她直言不讳，"国会图书馆没有进行年代测试。他们允许我们把地图放在主任办公室陈列，请了很多专家来看，所有亲睹者都确认它们是真的。如此而已。"

说到退休之后才走上这条与以前工作风马牛不相及的历史研究，夏洛说应该感谢自己血液里流淌的敢于面对挑战的基因。她有一个堂亲根据家族历史绘制了一幅地理图，她的先人的踪迹可追溯到公元1000年的英国君主征服者威廉、狂热的宗教领袖约翰·诺克斯、美国独立战争时的激进爱国者，以及离他们最近的三代传教士长辈。"有这样的祖先，我们有什么理由不成为特立独行的思考者？正因为如此，我的兄弟姐妹大都生活得很好。"

她又不把这视为理所当然，对素不相识的帮助者充满感激。"很幸运，我有一位支持我的丈夫。他一直非常耐心，乐于助人。他和我一起去了世界各地，准备了我所有的power point演示文稿。斯坦福大学历史学博士科维（Cyclone Covey）在过去的10年里为我提供了有关中国古代探索的一对一的指点。在这个过程中，我读了几百本书。在科维博士2013年末去世之前，在我的请求下，他对我所有的书进行了审查，认可了我所有的文字。国会图书馆亚洲分部退休主任李华伟博士给了我明智的建议，也支持了我所有的写作。其他的热心人太多了，数不清。"

我告诉她每次看英国电视连续剧《唐顿庄园》时，总忍不住把她比作伊莎贝尔女士，优雅而直率、随时随地寻求正义。夏洛说她虽然也喜欢伊莎贝尔，但大多数严肃的研究人员不想被比作虚构的影视或文学人物。然而，她最近看了电影《阿拉伯的劳伦斯》，"我父亲比我认识的任何人都更像这位劳伦斯，多才多艺，敢于冒险又充满正义。你知道劳伦斯也是真人。两人都做出了其他大多数人不会尝试的壮举。两人都愿意打破常规，因此受到一些人的嘲笑。两个人都冒着生命危险捍卫自己并非公民的地区的人民权利。"我也看过那部几乎每个电影爱好者都不会错过的经典老片，小个子、高智商的冒险家劳伦斯与亨顿二世还真的相似。

在我读完了亨顿二世的《美洲的亚洲之父》后，我曾很直接地问夏洛对父亲的看法，"他是一个非常富有诗意和情感的人。他开放的思想也许让他能够发现别人不敢想

- 211 -

象的事情，比如他认为慧深怀揣着禹编纂的《山海经》地图在美洲行走，甚至在科罗拉多山谷里建造了天文台。你同意父亲的这些观点吗？"

夏洛说当初自己也是以怀疑的心态尝试着介入这个领域的，但在做了大量的研究之后，她同意父亲书中所写的大部分内容。"是的，我父亲是富有想象力的，他坚称禹是在调查后编纂《山海经》的人。慧深要晚得多，他到过美洲这个新世界又回到了亚洲。这虽然有争议，但我父亲也并非绝无仅有的信仰者，大学教授科维、写出了《淡淡的墨痕》的默茨女士和对中国文化颇有权威建树的爱德华·维宁博士都深信不疑。有一半中国血统的默里·李先生是加州圣地亚哥亚美博物馆馆长，他曾经写过一篇关于慧深到达美洲的文章，引述了许多相当确切的中国文献。"

夏洛坦言自己受父亲的影响极大。不仅在中国人到美洲的研究上，生活乃至性格上她也继承了父亲的血脉。但如果没有科维教授的鼓励和支持，她永远不会在这条"中国人在美洲"的路上走得那么坚定彻底。我说科维先生曾遭到许多业内人士的嘲笑和反对，因为他曾认定某个被认为是赝品的文物为罗马真品，并相信古罗马人也早在哥伦布之前到过美洲。"事实上，我们都相信不同种族的许多人都曾到过甚至多次往返美洲和自己的旧家园。只不过对于中国，我和父亲都认为有足够的证据做最坚定的确认。"

她是倔强的，永远尊重自己的内心。并告诉我不久前她又重读自己当年在香港时的日记,有两则小插曲让她感慨良多。

她和几个美国孩子搭火车从新界前往中国大陆边界。在那个时代的美国,如果有女性没有座位,任何坐着的男子都会出于对女性的尊敬而起身让座,否则会被认为是粗鲁的。当一位看起来穷苦的中国老妇走进火车车厢时,没有一个人站起来。夏洛告诉坐着不动的美国男孩说他们应该让座,却遭到反对,仍没人动。她急了,说如果他们不让座,她就会请老妇坐自己的座位,那样,他们中某个人就不得不为她让座。在这样的"威逼"之下,有个男孩起身给老妇让了座。

也许正是这种坚持正义的执拗性格,让夏洛得以在论证中国人早就到达美洲这条路上一走就是二十年,她深深知道许多人打着爱国主义的名义从心底排斥真相。

她在一本书的卷首开诚布公地说: Secrets exist when information is withheld or clues are ignored——当信息被隐瞒或线索被忽略时,秘密就存在了。许多时候找到真相的难处不仅因为缺乏证据,还在于消极甚至充满敌意的人类偏见。"科维博士认识一位华裔美国博士M,并把他介绍给我。我读到过他关于中国和中美洲在哥伦布之前跨太平洋接触的研究,在2003年初我开始做研究时忽然找不到他了。科维老人告诉我说M已经被驱逐出了他执教的大学,理由是他竟然教学生说中国人在哥伦布之前来到过

- 213

美洲。"

我读到过那篇论文,也试图找到M,问了能找到的这个研究领域的十来个人,都说他几年前似乎消失了,甚至有人说他已经离开美国回了中国。

"我现在读到这篇让座的日记仍很为自己骄傲。另一则故事则没有对错,而是显示出中西方文化的差异。"

夏洛在美国读书时曾担任啦啦队队长。在美国,一方球队唱赞歌,对方观众会沉默静听。反之亦然。"当我在香港时,一支巡回美国篮球队安排了一次与中国队的比赛。中场休息时,我们啦啦队员让在场的西方人为美国球队齐声欢呼。中国观众显然不习惯这样的'嚣张',显得很不高兴,并试图用叫喊来淹没我们的声音。其实我们都无意伤害对方,这完全是一种文化差异。我现在看到日记里的那一幕,不由得笑了。"

成年后,夏洛在美国工作、生活直到退休。她曾先后八次回到中国,不仅故地重游那已经有了许多变化的香港,也曾两次回父亲的出生地开封、三次去游长城,"每次去都激动不已。"她坦言岁数越大,对跨太平洋的长途飞行越恐惧,最后一次去中国的意外事件更让她后怕,"飞机刚起飞,某个乘客拉开行李舱取东西,把相邻的行李箱碰落下来,正好砸在我头上。下飞机后我直奔医院去看医生……现在回头看那一趟,我可以笑了。"

我告诉夏洛,她的书我一本本读,速度有些慢,不仅因为英语不是我的母语，主要还是因为其中的许多历史典故和人物是我所不熟悉的，我需要停下阅读，上网去查找信息并消化。而许多历史又非常有趣，比如刘易斯和克拉克远征队（Lewis and Clark Expedition）。1803年美国从拿破仑统治下的法国手中收购了路易斯安那领土（包括如今的蒙大拿至阿肯色的十二个州的土地），以每平方英里约18美元的代价，美国名义上总共获得了82.8万平方英里（214万平方公里）土地。所谓的前主人法国实际只控制了极小的一部分，其中大部分土地都被美国原住民居住使用。美国其实只是购买到了"先入为主"的主动权——他们更便于用缔结条约或武力征服的方式以获得印第安人的土地，以排除其他殖民大国的干扰。加上后续签署的各项条约和补偿，最后美国实际耗资26亿美元。为了测量、标记这块新土地，向世界宣告美国的合理拥有权，时任美国总统托马斯·杰斐逊委派了他信赖的上尉刘易斯组建一支军民混编的只有45个人和一条狗的探险军团，用国会特批的2324美元为资助，1804年5月14日从俄亥俄河出发，一直向西挺进，穿过落基山脉这州际分水岭，最终到达了太平洋海岸。一行人历时两年半才得以返回，水陆并进，他们走了近8000英里（13000公里），只有一人死于途中。他们采集动植物标本，丈量并标记边界，与印第安人建立联系，记载沿途地理、气候特征，发现商机。

夏洛与丈夫大卫在沿落基山脉东侧驾车"重走"《山

海经》之路时,就有几次与二百年前的美国探险队经过的路线交会。

她对结婚已经54载的丈夫大卫充满感激,专门给我写邮件:"有一件事我以前没有说,我的丈夫是我研究和写作事业中最大的盟友。我在芝加哥我父母家附近一个教堂遇见了大卫,他打算从事神职工作,两年后,我21岁时我们结婚了。我很快就搬到了俄克拉何马州。在那里,我作为一名州社会工作者工作了两年——主要是与土著美国人一起工作。与此同时,我参加了联邦公务员入学考试,我的分数足够高。后来我们回到芝加哥,我在社会保障支付中心担任了一个职位,这个职位曾经只对律师开放。1972年,我丈夫在弗吉尼亚州接受了美国最大教堂之一的儿童事务部的职位。我们两人都曾在教会做过多年的志愿者——教成年人如何与儿童一起工作。我的第一本书——《儿童教会计划理念》于1974年出版。它在美国各地销售。后来我写了一个国际版本。它被翻译成俄语,并在俄语国家发行。与此同时,在弗吉尼亚州,我和丈夫都完成了更多的研究生课程。"

她说退休后丈夫与她一起把此生所剩仅有的时间和金钱都投入到"中国人到过美洲"这"昂贵的爱好"中。"当我日夜忙于研究时,他甚至承担了大部分家务。他为我的演讲准备了所有的Power Point演示文稿,甚至不顾年事已高和我一起旅行。"连我这局外人也感动的是,大卫还以妻子为原型写出了一部小说《她母亲的女儿》(*Her Mother's Daughter*),讲述一个弗吉尼亚的乡村女教师坚信中国人早在哥伦布之前就到了美洲,因为在课堂上跟学生讲述这一理论,她遭到学校董事会和社区的强烈反对。

夏洛感动之余又有些不满,"我觉得他在小说中对我的评价太高了。我要求他要么减少表扬,要么以笔名发表。"最终丈夫妥协了,用笔名大卫·坎贝尔出版了这本书。

对夏洛的观点我不想反驳或赞同,但有一个很重要的问题又不得不与她"对质"——僧人慧深提到的扶桑究竟是何植物?默茨女士认为是玉米,维宁博士不置可否,说应该是类似仙人掌或龙舌兰等美洲物种,夏洛毫不犹豫地说是美国加州最历史悠长、最壮观巍峨的红杉树(sequoia)。可据姚察、姚思廉父子著的《梁书》记载:扶桑国者,齐永元元年(499年),其国有沙门慧深来至荆州,说云:扶桑叶似桐,而初生如笋,国人食之,实如梨而赤,绩其皮为布以为衣,亦以为绵。

显然那不是挺拔直立如杉、果实如松塔的红杉树所有的特质。

我写了邮件给她,她只回复说有一位美国植物学家,看到《天下图》上那位于东方的神木扶桑的形状,毫不犹豫地认定那是红杉树。

夏洛说她终于意识到自己老了,虽然她年轻时是个步伐矫健的长跑运动员。"70年代中期,很少有女性是长跑运动员,我和大卫把跑步作为一种爱好。我们参加了多年的公路赛,获得了许多奖牌。1984年,我们为特奥会筹集了大量资金,大卫和我成为1984年洛杉矶国际奥运会火炬传递者。2003年初,在我丈夫退休几天后,我开始了我父亲的研究。与此同时,我离开了社会保障部门。从2004年开始,我在中国的英语夏令营教了三个夏天的会话英语。"

夏洛说回顾一生,她和丈夫也经历了许多心痛的黑暗时刻。她母亲于2005年4月底去世。一个月后,她前往华盛顿特区国会图书馆就父亲的研究发表了"激动人心的"演讲。仅仅八天后,她的第二个女儿死于车祸,年仅二十九岁。2017年,她44岁的大女儿死于糖尿病并发症。

如今的夏洛生活在弗吉尼亚州。"从我们家里,我们可以看到美丽的日落、群山、我们身后的池塘,以及这个地区郁郁葱葱的绿叶。我不再像以前那样做有机蔬菜园艺,只种植小鹿不爱吃的花草。最近在我家附近发现了一只熊。大多数日子我都会步行两英里,阅读。我丈夫和我仍然在我们50年前第一次搬到的教堂里做志愿者。"

过去的十年时间里,本该退休享受生命余晖的她埋头书堆,四处奔走、考察、演讲,已经消耗了太多的能量。她像走进了一个不属于自己的世界,甚至不知道自己是谁了,"2005年我被通知可以在国会图书馆进行演讲,家人问我穿什么,我心慌地说我得先想好了说什么,哪儿顾得上考虑穿什么。"

她没有精力再考证、再鼓舞他人了，虽然她父亲在书中就表达过他想看到更多的学者"拿起铁锹，深入挖掘"。我问夏洛她是否希望知识渊博的中国人加入这个考证中，毕竟中国学者更熟悉中国文化和历史。"在《古代中国人探索美国》的结尾，我讨论了中国人早期甚至已经到达非洲西部的可能性。说明这个考证远非到美洲就画上了休止符。我在科维教授的指导下，研究过中国考古学，并在亚洲生活过，这对我的研究与写作非常有益。我当然欢迎也希望中国学者加入进来，虽然这是个严谨的科学项目，与政治和意识形态无关。事实上已经有中国学者介入了研究，你从我的参考书目中就可看到。我在北大、清华都进行过演讲，师生们对我的观点基本都持正面认可态度。任何人如果想诚实地进行研究而不是将其当作政治手段，我都可以把自己手中的一切毫无保留地交出去。"

十月份，我正在芝加哥采访，接到她的邮件，告诉我说她的网站马上要被迫关闭了，因为之前那家服务运营商面临倒闭："如果有什么你需要的，赶紧下载。"

她是如此热心，不仅积极配合我的采访，还给我推荐了好几位她认识的研究者，毫不犹豫地提供邮箱地址、替我牵线搭桥。就在我打算飞过去当面致谢并与她在美丽的弗吉尼亚乡间山野漫步时，她突然告诉我："我们夫妻都在不久前一次聚会中从一个朋友那里感染上了新冠病毒。好在已经注射过疫苗，只是感到困倦虚弱。"

我幼年缺乏阅读资源，许多童书都是长大了后才有机会读到，包括《夏洛的网》《小王子》《彼德·潘》。为了避免小猪在圣诞节被杀掉，那用一根根丝织出被人类视为神迹文字的蜘蛛夏洛，总让我不由地联想到这位暮年的老人夏洛。善良正义的蜘蛛说："生命的意义不在乎长度，而在乎宽度。"可爱的被拯救的小猪说："成长就是从依赖他人，变成依靠自己。"

这两个看似简单、朴素的真理，我似乎都在夏洛老人身上看到了，尽管她不喜欢我用"那个用《山海经》织网的夏洛"作为写她的题目。

保罗·夏亚松：
这片北美废墟是明代中国人的家园

1

一个被艾滋病感染的加拿大建筑师，人到中年，没有颓废、哀怨、反社会，而是与偶然驻足的一段荒山遗址结缘，日日夜夜与随时会降临的死神赛跑，查证、追寻、推理、写作，像一个痴迷于拼图的孩子，把一块块残缺的画面和线索拼接出一个令"传统"专家和学术界不悦的结论：加拿大东部那个他祖先世代生活的小岛，在哥伦布发现新大陆之前就已被标注在地图上名为七镇岛的那座荒山上，那人工打磨的规矩石块、那有着边石的路基和石墙，是一个十五世纪起就存在的有城墙、菜园、庄稼地、冶炼作坊的市镇，而那些居民既不是英国人、法国人、葡萄牙人，也不是北欧海盗，而是中国人。被原住民米克茂人尊为智慧之神的"克鲁斯凯波"就是中国人。是中国人给他们带来了先进的耕种、冶炼技术，教会了他们社会秩序。

这位建筑师就是保罗·夏亚松（Paul Chiasson）。这位土生土长的加拿大人，其先祖于17世纪50年代就从法国来到北美洲,定居在阿卡迪亚一带。这位第十三代阿卡迪亚人,在生养他的那座大西洋北端的小岛上,很偶然地发现了一处无人在意的石头废墟。经过两年多的认真考证,他认定那是一处明代中国先民的定居点,他们到达美洲的时间远早于哥伦布。

他把耗费心血、冒着生命危险考证、撰写的书稿寄给一个资深出版人,被告知"不会有销路,出版了也没人会看"。

他去投奔历史学家,对方认为这没任何价值,除非"证明你是对的"。

我很想找到这位远在加拿大的保罗·夏亚松。如果见面,第一句话,我想表达我对他的敬意,虽然我对他的了解只局限于他那本引起了学术界震惊的著作——《最早发现北美洲的中国移民》。冒着被狭隘的民族主义者攻击的危险,冒着被学术界嘲笑的风险,在另一个被学术界斥为疯子的英国退役军官加文·孟席斯的支持下,他一边用药物与艾滋病魔抢夺生命,一边毫不犹豫地在美国国会图书馆的国际会议上,向世人宣告了他这一发现:加拿大东海岸布雷顿角岛多芬海岬山上隐没在荒林间的石头地基,不是出自法国人、英国人、葡萄牙人之手,那在欧洲人到达美洲之前就听闻过其名的市镇出自中国人之手!

多次被医生宣判了"死刑",在病痛和药物折磨下,一度放弃治疗的他自知来日无多,却一次次独自前往那荒无人烟的山坡与他坚信的中国先民对话。"从某种意义上说，这一带比其他任何地方都更使我产生家的感觉……四下里只能听到雨水从树叶上滴下来的声音，听起来虽是冷凄凄的，却又起着轻柔的安抚作用。中国人当年在这里时，会有多少人也像我这样，孤独地在这条雨中的路上驻足呢？他们其实跟我差不多，一个个踽踽独行……"

他并非考古学家，也非历史学家，不幸染上了艾滋病，被迫放弃了心爱的建筑学专业，在家等待死神将他带走。他万万没想到，命中注定一般，故乡荒无人迹的山坡上的石头废墟成了他的救赎：凭着建筑师的敏感，他相信，那在哥伦布到达美洲之前就已经在地图上出现的小岛和上面的七个小镇，不是一个简单的渔村、山寨，而是有几百上千中国人繁衍生息的固定居所。绘制于1490年的地图上之所以有这座岛，唯一的解释是阿拉伯人从航海能力最强大的中国人手中得到的地形信息间接到了欧洲人手里。

1993年，保罗被诊断出HIV阳性，如果不接受药物治疗，活不过六个月。药物让他起死回生，甚至短暂地回到了心仪的建筑行业。六七年后，药物让他再次形销骨立衰弱至死亡边缘。2002年，他被告知最多活五年，他开始拒绝药物——如此古老宏伟的石头建筑到头来都会被大自然销毁，人类短促如闪电的生命又何足留恋？

是冥冥中得到了中国先民在天之灵的护佑吗？随时准备迎接死神的他竟然奇迹般地恢复了活力。

当然，保罗自认为血液里不服输的基因是使他战胜病魔的一大武器。他有讲法语的爷爷、讲苏格兰语的姥姥，他既是民风顽强的阿卡地亚后裔，也继承了母亲苏格兰家族的强悍不屈。"每当药物带来的副作用让我痛不欲生时，我都让自己设想几百年前我的祖先所经历的种种悲苦境遇：亲人离散、房舍被焚、生计无着。"

我欣赏这位有着开阔胸襟和坚强意志的保罗先生，还因为他的细腻情感——"盛夏中的一天，我走在前去这个小湖的路上……我得不停地看罗盘针，才没有迷失方向……在我驻足的湖边有几块石头，看上去几乎是完美的球形，相对形成了踏足石的布局……环绕着这些石块的土地看上去是经过平整的，带有农田的痕迹，只是地块很小。我在这里看到了心和手留下的印记。"他分明是一位诗人。

他至今单身一人，却有一个令人羡慕的温馨、团结的大家庭，来自父母和兄弟姐妹的爱让他从未孤单。就像他书的扉页上那一行不大却非常醒目的字：献给我的全家。夏亚松家族可谓美洲的老住户。1671年的当地人口花名册上就有他先祖居永·夏亚松和12个孩子的大名。后来，为了躲避英国人的迫害，一家人逃到如今加拿大东海岸的布雷顿角岛，与其他人家一起组成十四老户，他们成了如今被叫作谢蒂坎普的最早移民。当年在英国与法国为争夺新殖民地而爆发的战争中，他们一家受尽折磨，九死一生，侥幸繁衍存活至今，团结互助是烙在他们基因里的品格。家里每一位成员，包括十几岁的侄女，都是他的中国人比哥伦布先到美洲理论的参与者，他们既充当假想的质疑者，也是随时随地的探讨者。随着考察研究的深入，他们都成了他的不折不扣的支持者。他的弟弟不仅专程飞去华盛顿倾听他的演讲，为他打气加油，还印了一批T恤，被画了斜杠的哥伦布名字下面，是一个大大的同时加了问号与惊叹号的中国名字：郑和。

保罗自小就对历史感兴趣，在孩提时代，他就被岛上的历史所吸引。童年的美好回忆之一就是还未到上学年龄的他每天和退休的爷爷一起，流连于1763年被英国人毁坏的法式建筑废墟和草丛墓地间。他甚至和许多当地孩子一样相信神仙的存在——岛上的神仙洞里居住着土著部落米克茂人，到了夜间他们会突然冲出来与残害他们的英国人决战。他想象着几百年前英国、法国士兵列队经过的场景，想象海盗乘船航行的画面。"我记得和祖父在森林里漫步时，我在似乎被遗忘的墓地里发现了我们祖先的古老墓碑。我的家人有时会在海岸边的草地上野餐，那里仍然散落着18世纪宏伟建筑的石头废墟，这些建筑是法国人把布雷顿角当作他们在美洲的主要堡垒时建造的。我常常在早上看到渔民在码头上卸下一天的渔获物。自16世纪初以来，每年夏天都会去欧洲的渔船。岛上充满了这样的故事，所以在我生命的早期，我就意识到了岛上多层次的、神秘的过去。"

保罗离开故乡的小岛去上大学,先去哈利法克斯和新斯科舍的技术大学攻读本科学位,然后去耶鲁大学攻读建筑学研究生学位。在接下来的几十年里,他在加拿大、美国和欧洲旅行、生活、工作和教学。"建筑学一直是我的初恋。"

艾滋病毒像一只魔手,悄然改变了保罗的人生,让他不得不放弃在美国一所大学教建筑学的职业,回到他童年时期无意间培养出的探究历史真相的窄路上。

2

我是在国内偶然读到保罗的书的,当时我已经决定以哥伦布前人类跨海航行为主题写这部书。前往美国采访前,我在网上搜集资料时,在一些纯属胡编乱造的出版物中,无意中竟读到三联书店出版的《最早发现北美洲的中国移民》,该书英文版出版于2006年,原名为:《七镇岛——中国人发现美洲后的定居点》。我留意到中文版在2009年出版后还于2018年再版,可见受到了读者足够的关注。

读罢他新奇又缜密的论述,我抱着一试的心理上他的网站找到了他的邮箱，冒昧地写了一封邮件给他，表示我想采访他。没想到，几天之后我接到了他的回复，他非常友善地说欢迎我提任何问题。

保罗是在艾滋病毒向他发起反击后的2001年从多伦多回到故乡的。当时药物已经对他的病情不起作用。他决定与父母多待一段时间。那天，他只是独自驾车前往儿时去看过不止一次的灯塔，沿着海岸他看到了孩提时期从未踏足的多芬海岬。

出于好奇，他去当地图书馆查阅了这个岛的历史，许多内容他在少年时期就已经烂熟于心——在他的心目中，这些最早由法国人记录下来的历史不单是学者们的清谈，而是与他息息相关的真实生活。"都是讲述与我的家族有关的故事"。

他忽然对那山岩壁立的多芬海岬产生了兴趣，他问同样关注历史的母亲是否有相关的书。于是，那本让他走上考证之路的书命中注定一般放在了他面前。《隐没的遗产：布雷顿角岛圣安斯地区的故事》出版于1975年，作者是詹姆斯·兰姆，正是他，让对历史有着深厚兴趣的建筑师受到了诱惑——书中提到在多芬海岬的山坡上，有一处让人万分费解的道路和石墙。"在长满树木的山峦间，从一条小溪的溪岸，沿着一条古老的道路层层升起，一直到达森林的边缘……最费解的地方，是一道又长又直的尺寸超过常规不少的石墙。当初在这种居高临下的坡脊上修造它，是不是出于防御需要？若果如此，两端就会各有一座岗楼。如果说它是用来充当农场的围墙，又显得太大、太长、太讲究了……真正的答案有可能就藏在草下几寸深的土中。这个古老的谜团真是令人心痒难耐。当然，是谜就终有解开的一天。"

保罗把书带回自己多伦多的家一口气读完，不满足于母亲对法国人留下那废墟的猜测，保罗告诉母亲："我想破解这个谜。"

第二年夏天，为纪念父母金婚，保罗再次回到故乡。"当时的诊断结果是，我最多还剩下五年的时间……死亡已不再令我恐惧。而这个八月，可能将是我在自己的出生地度过的最后一段健康的时日。我将注意力转向多芬海岬，开始计划一次攀登。"

家人对他的身体状况心知肚明，却没有阻拦他。

正是那个夏天，他第一次看到、摸到了那些见棱见角、显然是人工打凿出来的石块，并用他建筑家的眼睛望到了那宽约三米有着边石的道路。"这里曾经修过一条正式的、像模像样的道路，而且翻山越岭，一直修到了山顶上。要修这样一条路，需要动用几百上千劳动力干上很多年。"

保罗疲惫又兴奋，他写道："我终于发现了这个谜的第一条线索，但没想到解开它花费了我两年的痴迷求证。"

接下来的两年，是保罗一边与病魔奋战，一边埋首书本和地图的两年。一开始，他只想弄清楚那段遗址究竟是出自谁之手。

　　他知道在哥伦布发现美洲前半个世纪，西班牙、葡萄牙、英国已经听闻、并打算寻找这个大西洋对岸"有人烟的岛"。最早的记载来自西班牙历史学家巴托洛梅·卡萨斯的记述：1430年，一艘葡萄牙航船在大西洋中偏离了航线，来到了西海岸很远处的一个有人烟的岛屿上。水手担心遭到长期羁留，没敢逗留，驶回了葡萄牙。据说哥伦布对这段水手们的经历是了解的，听说上岸后船上的杂役装了一些沙子压舱，结果回国后发现其中有三成是金沙。

　　在威廉·巴布科克1922年所著的《传说中的大西洋岛屿》一书中，提到1447年一艘葡萄牙船在穿过直布罗陀海峡时遭遇风暴，最后漂到了一座有着七个市镇的岛上。水手也带回一些沙子，回国后也筛出了可观的金沙。

　　此后葡萄牙、英国都派人寻找这传闻中有着现代文明的岛屿。"岛上的人十分聪明。我们这里的各种手艺，他们都有……他们盖起了很大的建筑，有图书馆，有自己的文字和语言。"对该岛真正有史料记载的是英国人约翰·卡伯特于1497年的发现之旅，然而在"眼见为实"并代表英国宣布了自己的发现之后，这个开始被称作布雷顿角的岛失去了神秘色彩。人们仍然相信这个岛屿"过去已被发现"，可究竟是谁发现的便不了了之。后来发现了诸如银耳环之类的现代文明的证据，也被新来的探险者毫不犹豫地认为是先于他们登陆的一批人留下的。

到了十六世纪末，在岛屿东面和北面长达150公里的海岸线上，英、法、葡、西四国都建立了夏季前往捕鱼的渔场。也正是从那时起，欧洲人开始与岛上原住民米克茂人有了最初的沟通。

"我开始以为这片废墟是法国人1629年建立的定居点。但史料记载，法国人的定居点在岛的另一侧，远离多芬海岬。"

保罗翻遍史料也没有找到关于这段石基路的记载。反倒是读到了一些暴力事件的详细记载，包括法国军官晚餐时对同伴近距离朝胸部连开三枪的凶杀案，印第安部落将一名传教士杀死并肢解抛入被点燃的简陋教堂的惨剧。

经过大量地图、文献考证，保罗失望地发现"他的"那条路没出现在任何地方，更不要说修建者是谁。他开始相信那不是法国人所为，否则那么浩大的工程，不可能不会被史料记载。

"尽管我很高兴偶然发现并触摸了那些石头。我查证的一切都只是它不存在的证据。"有些沮丧的保罗并未就此罢手，他开始把目光转向岛上的原住民米克茂人。他怀疑废墟也许是米克茂人修建的教堂。

欧洲人十六世纪初到达岛上，此后一百年，米克茂人由35000人急剧下降到3500人。金属、布匹是欧洲人用以换取当地毛皮和鱼的重要商品。同时，烈酒也被欧洲人带到了这里。除了和欧洲到访者之间不可避免的冲突，米克茂人人数锐减的另一个重要原因是酒精的输入——十七世纪深入该地区的天主教传教士几次在报告中提到,欧洲人带来的烈酒让许多原住民失去了原先的平静和家庭凝聚力,个人自暴自弃、部落间反目成仇让原始的和谐不复存在。

米克茂人没有形成大型定居点,他们是游牧民族,从不造大房子,也不会修路。他们居住的"房屋"立木杆为柱,外面覆以桦树皮为帐,随季节而搬迁。显然那些石墙、石路不是出自他们之手。

保罗第一次看到"鞑靼地"与布雷顿角岛的关系源自法国探险家让·阿尔丰斯的著作《让·阿尔丰斯探险记》。1559年问世的这本书提到,在布雷顿角岛西海岸,向内陆走四百里格(1里格≈3.898公里),为鞑靼地——中国人居住的地方。作为游历世界的探险家,阿尔丰斯曾到过亚洲,包括中国、日本。

但阿尔丰斯这小小一笔记载并未引起任何人的注意。到了1864年,一位职业测绘师对该岛做了测绘,和法国人之前的几次测绘一样,将最北端的多芬海岬一带视为没有道路、没有居民、没有农田、没有建筑的"不宜花费气力的"空旷荒野。保罗读的史料越多,心中越不平。"我很清楚,我在那里见到过一条道路。"

3

米克茂人虽然不可能在那条山坡上筑路修城,保罗却从他们身上意外发现了另一些到访者的身影。

法国传教士克里斯蒂安·勒科莱科神父曾在米克茂人中生活了12年,他于1691年出版的《加斯佩半岛上的新关系》一书中写道:"他们不仅能读会写,有自己的文字。在他们居住的地方,会不时来一些既有学识又乐于助人的人物……他们有高度组织的政府,有长幼有序的家庭。"由于时代的磨蚀,那些文字渐渐遗失了。另一位法国修士也对米克茂人的外貌有具体描述:"他们的平均体格要比我们纤巧些,但长相俊秀、体格匀称。如果我们能将自己25岁时的体态一直保持下来,就会是他们的样子……他们热爱公正,厌恶暴力和抢劫。这在一支既没有立法也没有官吏的人群中委实罕见。"

这群显然不同于美洲其他原住民的岛民,除了有文字,还掌握了天文与航海知识,"独具匠心地在树皮上画出地图来,大河小溪无不准确到位。"他们甚至会人工养鱼,熟悉放血技术、草药和偏方。

这一特殊现象令保罗越发感觉惊奇甚至荒唐,"欧洲人自己到访新大陆的经历，他们都一一记入了历史。莫非在此之前，另有一些人自西面前来，但并没能进入欧洲人所记录的史册吗？"

他越发感觉与众不同的米克茂人是个突破点。"我不得不考虑一种新的可能性，就是某些人曾经来到米克茂人中间。而这些人来自技术更为先进、文化也更高明的社会，不但拥有航海、测绘、医药等方面的知识，甚至还掌握人工养殖技术。"

作为建筑师，保罗决定让物证说话。他很容易地弄到了多芬海岬的航空摄影图，包括不同地域、不同季节、不同年份以及不同分辨率的。通过用photoshop对照片一一扫描，他惊喜地看到了一个轮廓清晰的花生形状的封闭几何形体，看起来像一道大墙，最宽的地方，在六至七米之间，长大约一公里，宽是长的一半。"它的位置在坡顶的西北方向。坡顶并不很陡，北面较远处有一条小河……要建造封闭起这样大一块面积的建筑，而且是造在又得爬坡又得涉水的地方，需要大量的人力和时间。"保罗知道被法国人详细描述过的路易堡也不过如此大小，建了四十年才完成，如果这是法国人所建，他们不可能只字不提。当然，从建筑的规模和精细程度看，那也不会是米克茂人所为。

2004年，保罗的父母、兄弟前往多伦多探望他。他的病情让他们担心。他把那次亲人聚会当成了自己的新发现发布会。"你的那条路。"这是弟弟对他花了两年时间一直在钻研的那荒野石径的称谓。保罗等饭桌收拾干净,认真地宣布,那条路与法国人不相干,"不但如此,它与苏格兰人、英格兰人、葡萄牙人,还有米克茂人都没有关系……它是中国人修起来的。"

大家尽管都想鼓励他,可又不能违心说话,弟弟说:"这个设想可真有点儿邪门儿。"父亲皱起了眉头说:"中国人?可真是闻所未闻!"

保罗对此早有心理准备,他平静地说:"这是因为,咱们的观念受到自身文化的局限太多了。人们习惯接受所谓历史学家的说法,对确凿的历史事实往往视而不见。事实是,在大多数欧洲人仍徘徊在黑暗年代,大谈耶路撒冷为大地中心,以为远离这个中心就是世界的尽头,继续行走或航行会掉入深渊时,中国人已经是出色的地图绘制者并相信地球是圆形的了。除了天文、地理观测,他们还有相当强大的造船和航海能力,他们十五世纪初建造的船只,欧洲人要在四百年后才造得出来。"

保罗告诉家人,有确凿的历史依据证明,中国明代的郑和船队早就到过南非。虽然可能没有明确记载,但他们在当时世界海洋上是通行无阻的,完全可以在到达大西洋后毫不费力地顺墨西哥暖流北上,到达加拿大东海岸。

和许多史前跨海研究者一样,保罗也没放过从古地图中寻找反证,比如1424年的皮齐伽诺海图、1410年的德维尔加地图和1502年的坎蒂诺地图,上面对应着的欧洲人去过的地方都相当粗糙模糊,而1507年的瓦尔德泽米勒地图,1513年的雷斯地图则对欧洲人没有去过的地方刻画得相当精细。"总得先有人航行到这些海岸,看到那里的情况后画下来,然后再由某种途径传到欧洲。包括人人皆知的哥伦布地图,在他到达所谓新大陆之前的1490年,他手上的地图就绘有布雷顿角岛——如果他是第一个发现新大陆的人,那是谁给他提供了加拿大东海岸这岛屿的信息和图形呢?"

"你的意思是说,有人给哥伦布送了信儿,而送信的是中国人。"保罗的弟弟和所有人一样既惊讶又好奇,"那中国人来这里还驻扎下来的目的是什么呢?"

保罗提醒他说作为吸着煤烟长大的人,别忘了先人的职业——埋藏极浅很容易开采的丰富煤炭,让大小煤矿成为岛上的一大就业渠道。"岛上的地下煤层延伸到海岸,并在东部形成露头,成为北美最大的露天煤层。欧洲人最早的报告中没有提到煤,可能是因为他们并不知道煤为何物。直到十六世纪,煤炭成了欧洲的新燃料。是马可·波罗首次告诉欧洲人说中国人早在十三世纪就烧一种黑石头了……"

自梳理出这样一个思路后,保罗不顾病体可忧,多次独自上山去看那条"他的路"。望着那些四四方方大小一致的石块,他明白了为什么这块废墟没引起别人的关注——心里想不出,眼光就模糊。也就是说想象力限制了人的视力。

更多的探查让他越发相信,多芬海岬的废墟就是当年的一处中国人定居点。他尚存的一个疑问是——中国人的离开显然是自己选择的,而不是被环境逼走的,而欧洲人比他们来得晚,却为何屡试屡败,无法应对自然环境的挑战?

经过思考与大量阅读,他似乎找到了答案,中国人和欧洲人有一个简单然而根本的不同点,就是中国人是抱着和平的目的前来的。至今还生活在岛上的米克茂人多少还保留着对中国人的记忆。如果他们传说中的那位神话一般的人物克鲁斯凯波——那位从南边的大海前来又在欧洲人到来之前离开的大智大慧之师尊,正是中国人的话(可能是中国驻扎者中的首领,也可能是对全体居民的指代),就证明了中国人的友善、智慧令米克茂人景仰。

保罗留意到,许多世纪以来,学者、研究人员都盛赞米克茂人的手工技艺包括服饰编织是北美原住民中的佼佼者,其中许多都与中国传统手工艺极为相似,尤其是转花形、八角星形织布图案都是中国人常用的图案。

No pain, no gain.这是西方人一句典型的励志语,没有痛,就没有获,类似于中国人说的一分耕耘一分收获。保罗这个没有任何考古背景的病退大学教授,这位毕业于哈佛大学建筑学专业的严谨学者,凭着他对建筑的敏感,花了两年时间考证一堆没人留意过的石头,用排除法认定是中国人在欧洲人发现新大陆之前所为。可是除了他的家人,谁会相信他呢？甚至，他没有一个发出声音的渠道——出版商认为没人会看一眼这堆书稿，出版实在没有必要。历史学家倒是读了书稿，却压根儿就没想去实地走走看看，直接让他自己"证明自己是对的"。

皇天不负有心人。他找到刚刚出版了《1421年，中国人发现美洲》的英国人加文·孟席斯的网站，并不抱任何希望地写了邮件给加文。没想到，对方不仅很快回复，还坚信他的考证有道理，"他一眼便看出了布雷顿角岛上来过中国人的说法在逻辑上的可能性。作为一名航海家，他懂得洋流的重要性——一旦人类掌握了洋流，就掌握了这片土地。"

加文还专程前往多伦多与他会面，只纠正他一点：当年中国人到加拿大东海岸的布雷顿角岛，不是为了煤，而是黄金！"我在伦敦偶尔看到一篇介绍布雷顿角岛的旅游文章，上面提到一处早就废弃了的金矿。"

尽管保罗对"很有表演禀赋"的加文·孟席斯并不完全认同，知道他"说话有些不着分寸，往往将自己送到论敌的枪口上"，其书和理论自面世起就大受口诛笔伐，孤立无援的保罗仍是受到了鼓舞。他翻阅了十九世纪中期的政府文献，文献记载证明岛上不仅产黄金，还出现过淘金热。这让他又想起读到的多处文献记载，十五世纪曾有葡萄牙人歪打误撞到岛上，离开时带回欧洲一些沙子，里面发现许多金沙。

2005年5月,为纪念郑和下西洋六百周年,美国国会图书馆邀请了一批专门研究哥伦布前中国人到美洲的专家,各抒己见。正是在加文的力荐下,保罗有了第一次对世界发声的机会。

除了担心自己的观点不被人接受,保罗更担心那片废墟因为被更多人知晓而遭遇劫难。他给该岛所属的新斯科舍省博物馆寄去了自己的手稿,为的是得到这些国家机构对该遗址的足够重视。结果他失望地收到了这样的客套回复:本省有上百处类似的地点,每年都会收到不少此类"认为"……顺致敬意。

尽管如此,他仍和加文·孟席斯商量好,在会上开诚布公地发布一切,但不透露具体地点——保罗宁愿冒着被别人认定是骗子的风险,也不愿让那片尚未有身份归属的废墟被毁掉。

到了5月初,保罗已经缜密地将书稿压缩成了十四分钟的演讲稿,"开头部分我都能背下来,还将文稿像诗文那样逐句分行。我的出发点是确信那里存在着一个废墟,尽可能设想它们不是中国人留下的,然后一一驳倒,从而不得不接受仅存的结果。但有一个阴影是挥之不去的——我发表了自己的考证结果之后,人们也许仍不相信我。对此,我是无能为力的。"

保罗设想到了最坏的打算:如果反响很糟糕,或者在听众的诘问中不能自圆其说,"我本人丢脸自不待言,加文·孟席斯也会陪我遭殃,中国人曾乘船来到北美的可信度还会大大降低。"

家人仍是保罗永不缺席的啦啦队。会议当天,四弟特意飞到华盛顿特区在观众席上为哥哥助威。

"不知道如果他们没有走,这里现在会是什么样子。"兄弟二人会前在国会山上俯瞰不远处的林肯纪念堂,四弟忽然道。

"谁没有走?"

"中国人啊!"

"在会上你可别提问我这个问题哟!"

兄弟俩大笑起来。

保罗的发言很顺利,尽管会场上有一些"脑子小而嗓门大的人",他们对任何设想中国人远途航海的可能性都不肯接受,甚至有人还放风说要搞一场示威游行,弄得国会图书馆还加强了警卫。可到最后,在各位发言者以地图、植物、文字和逻辑等为论据的推理下,除了为数不多的几位坚称加文·孟席斯是吹牛大王或异端分子,许多反对者都不得不承认,中国人当年的远洋航行,"毕竟不是完全不可能"。

保罗的演讲在热烈的掌声中结束。他欣慰自己既没被人当成骗子,也没人说他是异端邪说。许多人包括几位耶鲁大学教授站起来排着队与他握手。加文·孟席斯兴奋地跑上前说他太棒了。四弟悄声说他把在场的人都给震了。

后来，保罗收到了许多来自四面八方的反馈，最令他欣喜的是美国史密森学会的著名考古学家贝蒂·麦格（Betty Meggers）的评论："你为所有人立下了榜样！"

● 对话保罗·夏亚松——

比郑和更早的中国人定居在岛上

淡：你的著作《七镇岛》是否也在美国、加拿大和中国以外的国家出版？你知道读者对这本书的反应吗？在中国，自2009年出版和2018年再版以来，它似乎在中国取得了成功。对于没有读过这本书的人，你如何做个简单的介绍？

夏：我的第一本书《七镇岛——中国人发现美洲后的定居点》于2006年出版。在这本书中，我描述了在加拿大东海岸布雷顿角岛的一次荒野徒步旅行中，我如何发现了一个似乎是古代定居点的石头遗迹。我出生在布雷顿角岛，我的祖先在1650年就在这里定居，所以我从小就对当地历史感兴趣。然而，在我之前的所有研究中，我从未见过任何关于这个特定荒野地区或这些奇怪的石头构造的参考资料。

遗址位于布雷顿角岛东海岸一座森林覆盖的山顶附近。这本书详细描述了废墟上的石头平台和建筑轮廓，似乎是一个小镇的清理过的矩形场地，有各种大小的外墙、道路。在回顾了遗址的各种元素之后，本书考证了布雷顿角岛的历史以了解这些未知的遗迹可能是什么。

在15世纪末开始的欧洲大发现时代之前,欧洲人认为北大西洋有一个神秘的、有人居住的岛屿。他们称之为七城(镇)之岛。1497年为英国人航行的约翰·卡博特是首批访问北美的欧洲探险家之一,据他记录,他终于找到了由七座城镇组成的岛屿。从他给出的方向来看,我们知道他找到的是布雷顿角岛。卡博特声称该岛由七座城镇组成,这表明欧洲人知道这里有或曾经有过重要的定居点。

该地区的土著米克茂人声称,在欧洲人于15世纪末来到布雷顿角岛之前,他们曾被大型船只访问过。米克茂口述历史中将这些船只描述为浮岛。此外,在早期的照片中,传统米克茂人的许多服装、头饰和视觉图案似乎都受到了中国一些少数民族传统服装和图案的影响。在欧洲人到来之前,米克茂人可能也在用自己的文字阅读和写作,似乎使用了一些简单的汉字。

我们知道古代中国水手可能早就航行到过北美东海岸。中国的船只和航海技术远远领先于西方,风和洋流会把这些中国船只带过大西洋到达美洲。罗马帝国时期的记录称,在非洲东海岸曾看到过中国船只。如果中国船只沿着东海岸航行,绕过南端到达非洲西海岸,它们将被强大的洋流带着向西穿过大西洋,强大的墨西哥湾流将推动船只沿着北美东海岸直接驶向布雷顿角岛。在布雷顿角岛海岸,当墨西哥湾流遇到一股寒冷的北方洋流时,它的速度会减慢。布雷顿角岛位于世界航运的重要地带，数百年来一直被证明是一个天然和安全的港口。

总而言之：石头遗址的建筑表明，该遗址可能是由中国人建造的；土著人声称，在欧洲人之前，他们曾被大型船只和外国人造访；米克茂早期的服装和图案受到了中国人的影响；这个岛在古代被称为七镇岛，它的历史表明，我所描述的这个地方可能是这七座古代城镇之一；我们知道，中国船只可以在自然洋流的推动下航行到这里。

虽然我在书中提出，这个遗址可能是十五世纪初郑和时期的定居者留下的，但我现在认为这个遗址应该要古老得多。郑和可能乘坐米克茂人描述的大型船只访问过该岛，但居住在这里的文明群落，以及欧洲人抵达之前已经离开该岛的那个文明群落，很可能在郑和访问之前几百年就已经在这里定居。

这是迄今为止我对本书唯一重要的修订。随着我们了解的更多，可能会有更多的修改。第一版中也有一些小的修改，包括一些日期和细节，但我在以后的版本中做了修改，这些修改已经包含在中文版中。

2011年，我的研究成果被制作成了一部一小时的纪录片《神秘的废墟：布雷顿角》，并在加拿大电视台播出。我的第二本书《在废墟中：布雷顿角岛的第二个前哥伦布华人定居点》于2016年出版。我在书中描述了岛上另一处的第二组废墟的情况，包括一条古运河。这些遗迹和这条古老的运河出现在早期欧洲地图上,并在该地区的早期欧洲记录中提到。我目前正在写第三本书,这本书将继续我对中国早期航行和古代访问美洲的可能性的研究。

我通过1421小组与其他研究人员进行了交流。2005年,我在华盛顿国会图书馆举行的研讨会上发表演讲——"1405—1433年郑和航行的意义"。关于这段非凡的历史,我关注了很多有趣的事情,我结识了许多研究中国人早期航行和可能定居的研究人员。我经常做公开演讲,继续回答其他作家和研究人员的问题,我希望将来能发表更多的文章。

淡: 后来的书也会出中文版吗?我联系到了《七镇岛》的中文译者暴先生,他也对你非常佩服。

夏:《七镇岛》是在加拿大、美国和中国出版的。在加拿大,这本书卖得非常好,在畅销书排行榜上有好几个星期了。我还不确定第二本书是否会在中国翻译出版。

淡: 你是一位热爱历史的建筑师。你母亲在家里看到一本书,这本书给了你新的人生方向。生病、离职、旅游、看书、发现……似乎是一系列事件汇集在一起。你认为这是命运还是巧合?

夏: 我们每个人可能都在塑造自己的命运,但我们永远不会知道哪些是自己的参与,哪些是命运的引导。相信命运意味着相信在人类之外存在另一种神秘力量,但我们不知道是否真的有这样一个超强的设计之手,而它似乎又映射了我们生活中的每一个元素。

这个问题不可能回答，这也许是好事。当面临一项艰巨的任务时，明智的做法是不要考虑命运与巧合。一个人只需走他认为最好的那条路。面临每一个重要的人生步骤时，我们都会问自己这是对的还是错的，我们会在生活中继续前进，边走边想，我们都为我们的未来承担一些责任。

淡：你认为要人们接受你的理论的主要难点是什么？大多数人想知道人类历史的真相，但似乎很难改变其固有或既定的想法。我们是否只能希望未来的人会有不同的态度？

夏：变化是件极其复杂的事。开始和结束是最困难的时期，因此对西方历史进行修正并得到广泛接受与理解将是一个巨大的挑战。

这些新的历史见解和理论面临的主要障碍之一，是西方对中国的历史知之甚少。总的来说，西方很难理解中国非凡历史的具体细节，包括地点、时间和方式。

就我的考证来说，改变观念的第一步，必须在布雷顿角的遗址上开始科学考古。我们需要明确的答案。如果这些遗址确实与中国有关，那么下一个任务将是教育西方读者，让他们能够理解和欣赏这些定居点在中国历史和西方历史上的地位。西方对中国历史了解得越多就越能理解和接受这段新的世界历史。

从这段考古和科学研究开始，我们可以为后代留下清晰的道路，讲述更准确的世界历史。

他们用留给我们的石头上的图案说话

淡：你考证的执着和对人类历史的真诚给我留下了深刻印象，你甚至愿意写下你感染艾滋病毒和治疗的感受。2010年，我在北京采访了一位HIV阳性的年轻人。他12岁时因输血感染。他没有放弃，成为一名帮助他人的志愿者，比尔·克林顿访华时还与他会面。你如今怎么看待不幸的感染者？

夏：看到这种病毒杀死了这么多人，我们这些被遗弃的人以及那些如此密切地目睹了这种可怕与悲伤的人，似乎得到了更大的力量来更真实、更勇敢地生活。也许其他人在我们身上看到的力量只是一种幸存者的庆幸，用以纪念所有在实现自己目标之前死去的人的方式。

淡：历史表明，阿卡迪亚人是一个坚韧而幸运的群体，他们在法国和英国之间的战争中幸存下来。作为第13代阿卡迪亚人，你认为你从这个独特的文化背景中继承了哪些特质？

夏：我的家庭是我的基金会。几个世纪前，我的阿卡迪亚祖先横渡大洋，在一片遥远、荒芜、未知的土地上建造新家，他们和他们的孩子前途未卜。当我遇到磨难时，我会想起在我之前的那些人，他们幸存下来并繁荣昌盛。我站在他们的阴影中，寻找继续下去的勇气。正是我勇敢的祖先的力量帮助我找到了自己的力量，也就是说，家庭的力量让这一传自祖先的基因得到了加强。

淡：我喜欢你用拼图向你侄子解释你的发现。就历史发现而言，证据和想象力都起着重要作用。有时，我们找不到确凿的证据，但这并不意味着什么事情也没有发生。常识加上间接证据和分析也可以得出结论。你相信吗？

夏：综合各种强有力的证据，经过充分分析和理解，可以得出初步结论。想象力、洞察力和远见都是发现的关键，但事实必须得到独立验证。这些结论必须用最现代的方法进行充分的检查和检验。这是布雷顿角这些遗址下一步面临的问题。

淡：看到你对那片废墟如同精神家园般的归属感，我不禁想，如果真有转世，你可能是600年前那些定居在岛屿上的中国人之一。你认为生命是我们几乎无法理解的谜吗？

夏：是的，生命是一个非凡的谜，转世离我们的理解很远。然而，我们仍然可以听到这些来自过去的定居者的声音，他们用留给我们的石头上的图案说话。正如我第二本书的书名*Written in the Ruins*，他们给我们的信息可能"写在废墟上"。

艾滋病让我简朴地生活，善良而公正地做人

淡：你的医生多次警告你随时会死于这个疾病，但你似

乎非常冷静地面对生命的终点。这么多年生活在死亡的阴影中，你对生与死形成了新的态度吗？

夏：我相信我非常幸运，因为我离死亡如此之近。我得到了一个伟大的礼物——洞察力。离死亡如此之近，使一个人能够更好地珍视生命中必不可少的东西，简朴地生活，善良而公正地做人，欣赏我们周围美丽和非凡的神秘。

淡：你如何看待其他前哥伦布时代中国人到达美洲的研究和写作者？

夏：其他人在这一领域的工作很重要，但我觉得自己的知识还不够渊博，无法对任何一项研究进行深刻而有用的回顾。现在重要的是展望未来。我们必须使所有新的研究易于传递给下一代，以便继续推进这个发现的过程。

淡：你对加文·孟席斯和他的想法有什么看法？我认为他在你的研究中发挥了重要作用，比如你在国会图书馆的首次公开演讲。

夏：加文·孟席斯是这一领域的先驱。作为一名海员，他对郑和的远洋航行有着独特的见解。他追随这种兴趣，历史也从中受益。正是他的第一本书，让许多人开始思考和谈论中国在世界早期探索中的作用。

我们所有人都受到了那些不能或不想看到世界历史正在改变的人的强烈批评甚至仇恨。我们刚开始揭露真相。加文·孟席斯是促成这一变化的最早声音之一。他的错误在所难免，这是发现过程的一部分，是他试图打捞的历史记忆。

他作为最早的再现这个历史课题的现代作家之一，其重要性可能会随着时间的推移而增长。

淡：现在是新冠大流行期间，你的日常生活是什么样的？

夏：在过去的18个月里，我已经完成了一本新书的手稿定稿，这本书再次涉及中国历史。我现在正在为第四本书做研究。

我每天也会到周围的森林里散步。在这些艰难的时刻，在我们周围的混乱中，大自然已经成为宁静、和平与欢乐的源泉。

对保罗的采访结束后不久，我前往芝加哥采访史蒂夫·杰特，我禁不住将保罗的研究向他求证。"我听说过那个地方，似乎那只是一片自然废墟。"我不由得在心底泛起一丝失望。我写信给保罗，他却很淡定，就像他给加拿大政府写信建议对废墟进行考古探测遭到拒绝时一样淡定。"我这里一切都很好。多伦多的树叶开始变色，公园里充满了秋天的色彩。我也听到过关于这个地方只是一个自然废墟的评论。例如，在为该项目拍摄的纪录片(《神秘的废墟：布雷顿角》)中，当地考古学家声称该遗址上什么都没有，一文不值。然而，纪录片制作人随后采访了一位来自中国一所大学的历史学教授，他在研究了该遗址的照片后，相信有明显的人类定居迹象。我知道有很多相反的观点。"至于对持不同意见与观点的人，保罗早就不再去辩驳。"没有一个具体的证据可以持续地反驳批评者,所以我很少尝试与之抗争。人们总是愿意相信眼见为实,我发现早期的地图显示了岛南端的圣彼得大教堂前的一条欧洲运河,这让一些批评者难以反驳。不过现在,我只是建议大家保持耐心。人类的新发现通常需要时间被了解、理解和接受。"

在亚马逊网站上,我找到了他的第二本书《在废墟中》。读者的评论也是褒贬不一,其中一位的留言让我为保罗欣慰。"他没有要求读者同意他的理论,鼓励读者综合证据,得出自己的结论。读罢此书,我毫不怀疑,一支中国船队在欧洲人踏上北美土地之前就来到了布雷顿角并在岛上定居下来……这对任何人来说都是一本精彩的读物,它勇敢、坦诚地打开了一扇令人回望历史的窗户。"

李兆良：

明代人绝对到过美洲

坤舆萬國全圖確證是明代中國人環球測繪先於歐洲人大航海到美洲六十年以上，由此引起一系列質疑西學東漸的思潮，証明歐洲科學起源於中國而不是希臘羅馬，是二十一世紀最重要的歷史翻案。還原世界史，伸張國際公義，將影響對整個人類文明起源與發展的反思，意義深遠。

甲辰夏日李兆良

　　坤舆万国全图确证是明代中国人环球测绘先于欧洲人大航海到美洲六十年以上。由此引起一系列质疑西学东渐的思潮。证明欧洲科学崛起源于中国而不是希腊、罗马，是二十一世纪最重要的历史翻案。还原世界史，伸张国际公义，将影响对整个人类文明起源与发展的反思，意义深远。

　　——李兆良（普渡大学生物化学博士，历史学家，美国郑和学会荣誉会长）

1

他毫不含糊的结论不仅令西方人吃惊,中国人自己听闻也会本能般心虚地反问一句:真的吗?

2017年7月4日,在华盛顿特区国际地图学双年会论文发布现场,他站在台上心平气和地宣读了让在场每一个人都不能心平气和的发现——明代郑和等人领导的大航海不仅曾经环游地球,还测绘出了第一张当时最精确的世界地图——《坤舆万国全图》,那是中国人自己测绘的世界地图,和利玛窦没有太多关系。

没错,他说1430年前中国已经绘制出了美国地图,当时哥伦布还没有出生。

"会场满座,墙边、门外面还有人站着听,我宣读20分钟,只能包括非常浓缩的一些数据。一小时后,纽约总图书馆的地图部专家在脸书上发文,认为那是他听过最精彩的报告,他的赞誉立刻被纽约博物馆委员会转发。西方有头脑,有正义心的学者还是有的。"

这位气质儒雅、英文流畅的华裔学者就是年已八旬的李兆良先生。他坚信美洲大陆不是"或许"是中国人发现的,而是必然的。只是中国人不叫它美洲。美洲是欧洲人给取的名字。古代中国人称女娲断巨鳌四足撑起来的大地,原住民称其为"龟山",就是来自中国古代传说。

没有到过某地就无法绘制精确的地图,这是小学生都懂的道理。他认为《坤舆万国全图》总结了中国古代天文地理知识,不可能是从西方来的,只有有严重偏见,别有用心的人才看不清楚。西方不再坚持利玛窦绘制,默认《坤舆万国全图》是明代中国人测绘的,即明代中国首先环球航行,测绘世界地图,引起了世界文明大交流,开启了国际商贸,泉州就是海上丝绸之路的起点、海上陶瓷之路的起点,为什么不敢承认,还等什么呢?讲好中国故事,不只对中国有好处,对世界有好处,实事求是的科学精神,放之四海皆准。

我找到李先生纯粹是偶然又必然。虽然人海茫茫,可伟大的互联网将地球上的信息一网打尽,况且,才思敏捷、著述颇丰的李先生相当活跃,不仅有内容新鲜、观点鲜明的博客,做过大学教授的他还有一众弟子不时转发他的研究。

我被他的一个视频演讲吸引,顺藤摸瓜找到了他的博客。读得起劲儿,正苦于没有他的联系方式,忽然发现文章下面的评论区,在一位网友留言下面是他的回复,直接写明了自己的微信名。我迫不及待地发了一个好友请求，居然很快得到了他的确认。他的名片格言是：知言养气，不忧无惧，尽心量力，谦和敬诚。知道我的来意后，他还把我拉进了一个有着近一百五十人的聊天群：科学治史交流群。

自此，住在爱荷华州的李教授似乎离我不再遥远。除了通过微信直接信息交流，我几乎每天都看到他在群里发声。有时贴出他自己的文章，有时转发一个新鲜的观点，而且内容之宽泛令我每每感叹，不敢相信这是一位年已八旬的学者——他的精力太充沛了！

身为学者，他治学严谨，却一点也不板着面孔。他乐于展现自己的"三观"，褒贬由心、不怒不躁。

他习书法。用正楷录屈原的《九歌之少司命》《渔父》《离骚》，与傅抱石的女儿合作《绘画菜根谭》，并为其刻印章。河南发大洪水，他抄《心经》祝福。看到所谓"江湖字体"进入字库，他直言："丢脸的不是写字的，是批准这些字进字库的人。"

他弄丹青。杨振宁100岁寿辰，他为其作画像，赞其是真正的科学家，因为其"有人文情怀"。他念小学的时候就喜欢丰子恺的字和画，称赞它们："很简单透彻，有时比鲁迅更尖锐。"他惊叹汉画砖之美："我看到的不止是审美，是惊人的想象力、创造力。古代的力学技术令人瞠目结舌。"

他评时政。看到关于被称为"国之重器"的青铜器的报道，仅目前登记在册的就有1403451件（组），针对有人说青铜器是西方传入中国的,他调侃"为什么他们自己不多留一点文物证据,万里迢迢背来中国?"

美国克瑞顿大学开除了一位靠抄袭和投机混学位的中国学生,他直言自己也碰到过不止一个这样的学生:精致的利己主义者、投机分子,不能当学者,不能当记者、编辑,不能做任何教育人的职业。这种人似懂非懂,自作聪明,其创造性是卖弄口舌,只能做一进一出的买卖,还要防着他踏着天平。

他为三宝太监叫屈。针对饶毅著文《国家警惕太监化,乃是强国之必需》,他著文:"把太监贬低了。明代的太监如郑和、王景弘等,都是独当一面,有魄力,乘风破浪、开拓新境界的勇者。现在有些影视圈年轻人不男不女,有些学者只会唯唯诺诺跟风,不能用太监来形容,妖奴比较恰当。"

诗人西川讲《母语与思维》,认为语言问题即是思维问题。李先生联想到中国传统文化的危机,"今天很多学者只说西学东渐,是因为他们已经缺乏阅读中国古籍的能力和兴趣。简体字本来是为消灭文盲,却制造了另一种文盲——文言文盲、繁体字盲。不会读,不敢读,文化自然断层,看不懂就等于没有。简单说,谈天文,懂中国星宿的人很少,知道西洋十二星座的,比比皆是。中华文化危机重重。"

他是怀旧之人。半个世纪前赴美求学,开成衣店的父亲亲手为他赶制的晨衣、浴袍,他都悉心保留着,写了相关的文字，拍了照片，满心希望自己的后人珍存先人的手痕。那篇名为《父亲给我缝的三件半》的文章被科学网选登了，他遗憾，"可是科学治史，更正世界史那么重要的文章，一篇都没有选用！"他重情重义，却更重视学术的传播与弘扬。

他至今保留着1956年小学毕业时两位老师的手写留言：

——唯有和人们密切相连的艺术，才是有生命的艺术。最伟大的总是那些心为全人类跳动的艺术家。

——脑子像机器，应用时才会知道它的巧妙。不用了就会生锈。

他庆幸自己"真的照着做了65年"。前者影响了他对文学、美术、历史、音乐的兴趣。后者影响他走上科学之路。电报发明人莫尔斯本是画家，他说："科学与艺术不冲突。科学中有艺术，艺术中有科学。审美有科学规则。科学本身是一种美。"

鲁迅诞辰140周年时，他找出48年前，朋友送他的书法结婚礼物：横眉冷对千夫指，俯首甘为孺子牛。

当然，他关注最多的是退休后开始的历史考证。

15年前，他从科研转入科学史完全出于偶然，"我要弄清楚一件有趣文物的来历。却把600年历史翻了个底朝天，发觉课堂知识都是因循错误。自己动手从源头上挖，去分析，才得到真相。"那件文物，被他写在《宣德金牌启示录》一书中。

"我对中华文化的热爱,不是因为生为华人,是因为这样的文化才能持久,才符合天道,是人类的希望。生为华人是福气、运气。那些羡慕其他文化的,因为根本不了解自己的文化,待了解、比较不同文化之后,终究会回头的。"

"想了解世界,越需要了解自己的文明,了解自己的国家,尤其是作为华人对中国的了解应该比外国人深刻,然后扩大视野去了解西方世界,而不是只了解西方世界,从外国的眼光来看中国。不了解自己的文化就无从比较,不比较,作出的结论是带偏见的,特别是对自己的文化带负面的偏见,会作出错误的结论与决策。"

他对当今学术不端的现象痛心疾首——在过去25年中,我国出版的文科学术著作数量惊人,堪称世界大国。单是中国文学史,我国到目前为止已出版1600余部,并且还在以每年十余部的速度递增。近50年来刊出的宋史研究论著总数多达1.5万部,而其中绝大部分刊出在这25年中。但是与这种数量剧增相伴的,却并非质量的提高。"学术成为名利场,排外圈子,权利互惠机制,将自毁长城。"

究其关注历史的初衷,他说无非是追求真相。"真相是对历史最基本的要求,没有真相就没有教训,误解历史是误导人心。至今,很多人还是生活在谎言中,却以为自己掌握了人类最高的真理。骗人的历史是最强大的武器,灭人之史,夺人之国,毁人之心,尽在伪史。重合人心,复兴国家，必须正史。"

除了自己做研究、考证，身在美国东部爱荷华州的他像一个全天候的雷达，时刻接收着来自全球的信息。

他的观点有时未免激进，导致不少贴子和文章被删除。比如他说自己平生看过两件宝：宣德金牌，一块不起眼的老铜片，有人捡了不要；《坤舆万国全图》，一份只能看，不能摸的古地图。这两样，让他把600年历史错案翻了天。

他付出了近二十年心力的研究仍在接受着质疑甚至嘲讽。"有网友说我更正世界史是动了人家的奶酪。换一种思维，我在提供给大家一种新的、更好吃的奶酪，取代他们现在腐烂、发臭的奶酪。只有放弃腐臭，才能接受鲜美。反之，腐臭不止留在口里，身后还继续散发，人见人恶。"

2

李教授是有狷介之气的。对不认同的人和观点，他直言"不想置评"。虽然，别人对他的微词他亦心知肚明。

2021年秋天，我问他是否愿意接受我当面采访，我当时已经决定从洛杉矶飞到芝加哥去采访另外几位考古学家，距离他在爱荷华的家不过一小时飞行时间。他婉拒了，说美国疫情严重，大家还是小心为妙，建议用微信、邮件或视频采访。大概是他看到了我的认真，他主动提供了他大学同学、另一位华裔教授的联系方式。

于是，我们的采访便通过邮件进行。

淡：我知道你在香港出生、成长，你的个人成长经历是怎么样的？

李：我出生在乱世，日军轰炸香港的年代其实已经过去，但我的襁褓时代很多时候是躲在防空洞里避难，不能作声，从小训练在最苦最穷的时候也不哭不闹。过年时，四五岁的我把压岁钱分给了路上乞讨的小朋友，被亲戚骂了一顿。世间不平的事给我留下深刻的印象。

自小我的记忆力比较好，1945年"二战"结束，我不到两岁，第一次回家乡东莞清溪，几年后我凭记忆就把祖屋的平面图画了出来。后来我们家搬迁过的地址都记得。

我的祖辈与孙中山先生有很密切的来往，曾直接帮助孙先生革命，我小时候听闻一些他们的亲身经历。尤其是我姨婆曾多次跟我讲起孙中山住在旧金山她家里的往事。

我喜欢看书读报，四五岁时读岳飞、文天祥、梁红玉等的小人书，小学五年级把《三国演义》《水浒传》《西游记》，每部看了三四遍。我也读《十万个为什么》，趣味物理学、天文学、古生物学等，就是不太爱看教科书。通常暑假我就把下年度的教科书读完了，开学后只读课外书，满足兴趣。

我兴趣很多。自学了口琴、秦琴、小提琴、二胡。带着小本子到处写生，画街景。写书法。读翻译小说、古典诗词、历史书等。中学三年级与一些朋友搞了场音乐欣赏会。1962年，组织了香港第一个学生民族乐队，负责教学、演奏、指挥、编谱，周末时间全花在音乐上，大学四年没停过。一直到离开香港到美国念书，乐队从原来七个人发展成了一个七十人的乐团。在美国也经常在华人圈里演出。最后一次演出是2004年。我最喜欢的是刘天华与阿炳的作品，尤其是阿炳的《二泉映月》。指挥家小泽征尔第一次听就哭了，他说此曲是要跪着听的。掌握了基本功以后，我的最大愿望是学《二泉映月》。1965年，大学一年级，我在新亚书院的晚会上第一次演奏了《二泉映月》，同场演出的还有琵琶大师吕培原先生，他八九十岁了，还在授艺、演出。

1969年，我到美国，走上了科技研究的道路，工作之余，保持每星期腾点时间练习音乐的习惯。在美国，我和一些国内来的朋友办了小乐队，也多次演出了《二泉映月》。我一直梦想有一天拜访阿炳的故乡无锡。2002年，乐团四十周年纪念的那一年，我终于圆梦，探望了香港的乐友，也到无锡看望了从未见过的"老师"阿炳的铜像。

我记得开始学书法是小学一年级的事情。同学们拿着毛笔老皱眉，我却甘之如饴。那时我还不懂什么是好书法，在墙上写大幅药品广告的书匠也吸引我看半天。看电影字幕、演员表让我羡慕不已。现在想起来当然可笑，实际上那的确是我对书法的兴趣萌芽。家里阁楼上藏了一些老扇面、书牍，老一辈只是当古董收藏。偷偷翻阅它们是我每天的功课，现在回想起来，我还清楚记得各种书体，后来也成了我的范本。

真正启发我认真学书法的是一位中学中文老师。他用薄薄的连史纸摹了一段道德经送给我。后来家里又莫名其妙地出现了一本题为"王右军道德经"的旧帖，成为我一生书法的导师。后来知道那很可能是赵孟頫的手笔，但还没有赵的媚软态。可能是老师暗地里送的。1959年买了邓散木著的"书法学习必读"和其他一些碑帖，也成了我的书法老师。我将每本都包了书皮，再临写题笺，贴在封面上。现在这些书还在书架上。其中"大唐三藏圣教序"的题笺临本，大概是十七岁时写的。现在回头看，还可以。中学时，我最得意的是为一家店写了大字招牌。

我念英文中学，但大学就读于新成立的香港中文大学新亚书院。新亚书院保持了创校的中国人文精神。每星期要用毛笔写作文，当堂交卷。我上大学全靠自己挣钱。

我后来在美国的哥伦布市、纽约市、肯萨斯市举办过书法个展。我是美国动画片 *Avatar*（《阿凡达》）的全部翻译与书法作者。该片是美国首次采用真正书法的动画片，获得多项国际奖。我的两本著作的书名也是自己题签的。

淡：你到美国的初衷是研究中药，缘于什么？

李：屠呦呦带领的3000人研究队伍，发现了青蒿素治疟疾，得了诺贝尔奖，不只是为中国科技成就添了重重一笔，也为中医药出了一口气。我自小对中医药有兴趣,能看到这成果,真是热泪盈眶。

我小时瘦弱,只吃不长,看了好几位医生也不管用。1958年左右,我大概上中学二三年级,自己找中药方,偷偷地买使君子熬汤,治好了蛔虫,身体好起来了,从此对中医药产生兴趣。我家附近不到半公里有四家书店,我每天下课在那里流连,看免费书,香港人叫"打书钉"。刚好,国内对中医药比较重视,开始出很多书,都是困难时期出版的,纸张很粗糙。记得我盯上的第一本是《药材学》,厚厚的深绿色书皮精装,很贵,只能每天经过书店垂涎。后来自己写稿子,教私人补习功课,赚了点钱,就全买书了,大半是中药书,其他是音乐书。

我一位叔叔认得中药店的人,帮我免费讨了些中药。我自己编目,一个个用信封标好、藏好。后来进香港中文大学新亚书院,上二年级修植物生理课时,鲍运生老师知道我的标本,动员了全班同学,把我大概七八十种中药标本用玻璃瓶子装好,贴上标签收藏。那是1966年,据我所知是香港中文大学最早的中药标本库。

我到美国进修,本来的目的就是要研究中药的有效成分,博士论文是关于生物合成药物的。我在香港藏的中药书籍,全部寄到了美国,它们一直跟着我,今年已经46年。

我在普渡大学上了一个学期的生物系,就转到药学院天然产物与药物化学系。我开始想做的题目是关于冬虫夏草的。当时完全不晓得在美国搞科研要申请基金等学术规矩。Heinz Floss教授是专门研究麦角菌的化学与生物合成的，也刚好与冬虫夏草的研究连上，结果就投他门下。我分离、提纯和定性第一个合成麦角生物碱的酶，这是世界上次生代谢物成功合成的第一个提纯的酶，从培养菌丝、提纯、蛋白质鉴定，到酶动力学，全部过程做完，还是很有意义的。中药的天然植物药源，始终不能满足大量需求，有机合成对生成立体化学结构的Enantiomer有局限，生物合成是一个不错的解决方法。我后来到耶鲁大学化学系，在A. Ian Scott的实验室工作，攻克了长春花碱的第一个生物合成的酶，是另一个例子。这两位教授，在天然产物化学方面是很有名气的。Heinz G. Floss是两位诺贝尔奖获得者Robert Robinson（1947年获奖）、Richard Kuhn（1938年获奖）的隔代门生。A. Ian Scott是另一位诺奖获得者Derek Barton（1969年获奖）的门下。所以，我有幸师从诺贝尔化学奖得主的第二、三代门生，也沾了点他们的学术习气。

我现在已经基本脱离化学，全部搞历史研究，采用的思路、方法，其实与科研没有两样，主要是不能带任何成见，不能受过去文献的羁绊，要多方实证，敢于突破前人没有涉猎的领域，我觉得一点没有浪费当年的功夫。

3

淡：2006年，你得到了在美洲出土的"宣德金牌"，开启了你的历史探究之路，十几年过去了，你还坚信那枚"金牌"是可靠物证吗？

李：2002年，英国人孟席斯发布了惊人的论说，他的著作《1421年，中国人发现美洲》认为明代的中国人"发现"了世界。我对这个新观点开始注意，但是没有太深入。2006年"宣德金牌"的出现是个重大的转折点，我开始把全部精力、时间转向世界历史和中西交通史研究。美国东部出现了不少文物与明代有关，这是美国官方的记录和考古结果。但是他们的演绎往往是轻轻带过，甚至是错误的，一来是不熟悉中国历史文化，二来带有先入为主的观念。过去十年来一直有新发现补充，不是一两件文物，是整个美洲原住民的文化特征，如旗帜、制陶、马文化、汉语命名的地名、以中国农耕制度开垦的稻田等非物质文化遗存。这么大一群人的风俗习惯，是不能造假的，也不能轻易删除。其他旁证已经证实"金牌"的真实性，毫无疑义。我在《宣德金牌启示录》一书中详细谈了。

淡：你深入考察过郑和下西洋的历史，认为郑和船队不仅到达非洲,也曾到了美洲。你认为西方排斥你的1430年前中国人绘制了最精准的世界地图《坤舆万国全图》,主要基于民族国家利益,这种政治化的历史偏见,你认为一直会延续并影响历史真相的还原吗?有什么渠道让更多普通人了解并接受真相?

李:真相总会大白的,没有任何人能阻挡。现在已经有很多人开始质疑过去200年来欧洲人写的世界史、交通史、航海史。《坤舆万国全图》是最有力的证据,因为通过今天的测量数据比较,"坤图"比利玛窦去世后200年的欧洲绘地图还精确。西方不能提出比《坤舆万国全图》更准确的欧洲绘世界地图,所以《坤舆万国全图》不可能抄自西方地图,只能是明代中国人测绘的。当时有人力、财力、意愿,能测绘的,只有郑和大航海的队伍。地图上的地名与历史记载(欧洲史、日本史、中国史、非洲史、印度史、伊斯兰史)全部符合郑和时代,不是利玛窦时代,相差近200年。尤其通过查阅日本史,很清楚是1412年后不久的作品。说利玛窦—李之藻著作,等于在今天的世界地图上标注"嘉庆登位"那么可笑。

淡:世界历史地理考证专家史蒂夫·杰特(Stephen Jett)坚信不只是中国人,其他非欧洲族裔的人也曾在哥伦布前到达美洲。他说几千上万年前,人类都是"亲戚",他认为人类洲际跨海交流一直存在。你同意吗?

李:人类种族的基因差异只有0.1%,本来就是亲戚。跨海活动要有一定成熟的技术基础,因地理、历史环境的改变而发生,开始的动机是好奇心,环境变化所逼,一般是断续的。后来路线清晰就比较主动、频繁。最早的迁移活动局限于对定居地的影响,真正推动世界文明大交流的是明代郑和等领导的环球航行。

淡:除了深信郑和船队走遍世界、丈量世界,你如何看待腓尼基人、波利尼西亚人早在哥伦布前的跨洋可能性?作为美洲郑和研究会会长,你认为这一研究存在的意义和问题何在?

李:腓尼基人、波利尼西亚人有局部航海的可能,腓尼基人基本局限于地中海,没有出大西洋,因为他们的船基本用人力划桨,风帆不足以应付海洋的大风浪。波利尼西亚人本来就在海岛生活,被动漂流幸存,或者主动出海都有可能,他们的船更小,更简单,有观星定向的能力,但不具备测绘世界的科技能力,且进程很慢,没有文献传世,是局部性的。两者对世界文明大交流的影响不大。

淡:你如何看待《山海经》中的地理描述?子虚乌有的神话?爱德华·维宁(Edward Vining)、默茨(Mertz)、亨顿·哈利斯(Hendon Harris)、夏洛·利兹(charlotte Rees)都相信其海外东经部分指美洲。甚至声称《天下图》中记载大量《山海经》中的地名。"3000年前殷人航渡美洲",可能吗?

李:《山海经》的年代、作者、内容都很难确定真实性。要还原没有测量基础的地理描述有困难,随便都能找到类似的地理环境，没有实际意义。我只评价真凭实据——有科学数据的历史地理资料，不做任何猜测。《山海经》的猜想留待后人有更多资料再说。

有一点我再三声明，殷商时代的中国人到西半球有可能。不过，千万不要再胡乱附会"殷地安人"望音生义（有人猜测是殷地来的人）。"印第安人"是西方人糊涂，以为到了亚洲印度，作出错误的命名，根本不是当地人的自称。元朝时，欧洲人从陆路、海路自西往东到中国，经过印度。哥伦布从海路向西航行也以为先到印度。欧洲早期的地图把印度绘在中国东方，足证他们没有地球的概念。

我在博客上已经谈过很多次。欧洲人没到以前，西半球的原住民有500个以上的族群，每个族群有自己的称谓。附会"殷地安人"只会成为笑柄，引起学界攻击，把其他认真的证据都一笔抹杀，万万不可传谣。更正600年错误的世界史，不容许有一点不踏实的伪证。

淡：1761年，法国汉学家吉涅斯通过对中国古籍的研究，第一次提出中国人早于哥伦布1000年到达美洲的观点，依据的是我国古籍《文献通考》关于慧深和尚到达扶桑国的记载。你怎么看？

李：慧深这个人曾长途旅行没有异议，是否到达了美洲需要看更多证据。2016年，科罗拉多大学考古学家在埃斯彭贝格角挖掘六栋Thule人（因纽特人先祖）房屋时收集到数千件文物，有六件金属物品，包括两个带金属眼的骨鱼饵、一根铜针和一块铜片碎片，令研究人员感兴趣的是两个金属制成的物体：一个可能被用作哨子的圆柱形珠子，以及一个与皮革碎片相连的搭扣。经普渡大学北极和亚北极冶金专家研究，发现这些金属制品是铜、锡和铅的合金。这个搭扣与公元400年中国使用的搭扣相似，似乎也是用模具制作的。

除了这个在阿拉斯加一带的与慧深年代相若的物证发现，还没有更多其他旁证。法国的美洲地图也曾经在加拿大不列颠哥伦比亚（British Columbia）与阿拉斯加之间标注"Fousang colonia de Cinesi""Fousang des Chinois"这类与扶桑有关的地名，但当时各地图互相抄袭，不是确证。北美洲有不少中华文化遗存，确实年代难考，目前只能存疑。

淡：排除法确实是逻辑推理的一个重要途径。但是否也容易有疏漏？毕竟排除的对象有无数可能性，会否挂一漏万、不够全面？比如《坤舆万国全图》（*Great Universal Geographic Map*），一直被认为是明朝万历三十年（1602年），太仆寺少卿李之藻绘制，也一直被认为是国内现存最早的、第一幅出现美洲的世界地图。现被南京博物院所收的藏本，为明万历三十六年宫廷中的彩色摹绘本。

"欧洲母本"不存，其他欧洲地图漏洞百出，结合中国历史上高超的天文地理科技水平、地名的详尽、地图的精准以及郑和出洋史实，断定其为中国人所绘很有说服力，但是否也有其他的可能？比如日本人、东南亚人、腓尼基人共同的地理知识拼接？

李：科学理论是允许更新的。《坤舆万国全图》表明欧洲人在利玛窦死后200年才知道美洲的西北部。地图是1602年献给万历皇帝的,但是地图里面记载的是170年前永乐时代郑和大航海时测绘的地理。目前的证据不支持欧洲人首先到达西半球,也不支持欧洲人首先测绘美洲或世界地图。

明代中国人肯定没有到过世界每一个角落。欧洲大陆内部地区主要靠当地人提供信息。欧洲沿岸的地理是明代人实地测绘的,与今天的地理数据能对得上。《坤舆万国全图》对欧洲的地理还有不解的地方。《坤舆万国全图》把本初子午线定在西非洲最西点,今天的塞内加尔(Senegal),的确是欧亚非大陆板块最西端。要做到这一点,必须与欧洲最西端相比较,没有到过欧洲西海岸是不可能做到的。当时的欧洲还不能准确测量地理,度量衡不统一,没有用星辰定位的记录,《坤舆万国全图》的欧洲地理地名是过时的,相当于罗马时代,但是罗马时代的欧洲地图完全没有比例,也没有准确经纬度,所谓2世纪托勒密的世界地图是后人假托。欧洲18世纪后期才有技术确定经度。日本人、东南亚人、腓尼基人都没有远洋航海的历史纪录,甚至文字本身的存在和解读也是问题,不能算是证据。中国的测绘从汉代开始就严格准确,历代地图有传承。

最早到西半球的亚洲人,是一万年前陆续迁徙过来的,有西伯利亚的各部落种族,有些与汉族融合成为中华民族的一部分,有些还是部落,原来在亚洲的部落有些不存在了,他们继续在西半球定居,不能静态地定义。早期西半球的原住民保留了很多今天中华民族特有的文化特征,有些已经弃用,有些淡忘了。研究西半球原住民文化与中华文化的异同对认识人类历史有帮助。

注意,我一直用"西半球",不用"美洲"这个词,因为"美洲"是欧洲人发明的词,所以欧洲人说"哥伦布发现美洲",不能说他们错,但是严重误导了大家对这西半球大陆历史的认知。欧洲人没来以前,亚洲移民在西半球大陆已经有五千万到一亿人,包括明代的移民。这部分在我的书《宣德金牌启示录》中有详细讨论。

淡:我知道你不是一个狭隘的爱国主义者,探究、还原历史真相却似乎是你的使命。你说有人文情怀的科学家才是真正的科学家。人文情怀在你眼里是什么样的定义?

李:无论是科学还是人文艺术,追求的都是真善美。首先是真,不知真,就无所谓善,不善之美,只是丑的假面具。能永远骗一些人,能一时骗所有人,不能永远骗所有人。人文情怀是永远站在真的立场说话。就像我在《坤舆万国全图解密——明代测绘世界》一书的前言说的:

追寻真相是一种煎熬,

真相本身可能是更大的煎熬。

真正寻求真相的人不会因为苦而放弃。

人人都想真理在他的一方,

但不是每个人都想站在真理的一方。

有真相才有真理。

谨以此书献给追寻真相、热爱真理、不怕苦,甚至愿意牺牲自己利益的人们。

我曾在博客里写过:"有八分证据,不能只说七分。隐藏的一分可能是最关键的一分。"

有人称《坤舆万国全图》是中西合作的产物,不能说他错,但是,他没有告诉你,利玛窦只是念几个西洋命名的地名,着李之藻翻译,其他世界地理知识是明代历时28年,牺牲数以万计的人换来的。这一分就是关键。

有人听到西方赞中国的"四大发明"很高兴,但是想不到没提到的才是重要的。

另外,中国的十进制是世界数学、科学数据的基本,从会计到航天,没有例外。中国的十进制才是科学的本源。

淡:我在你的博客上读到过那篇科学与历史的对话,我看到其点击量超过二十万。你的观点我推介给过几位考古学家,他们深以为然。我引录在此,和读者共享。

科学治史的大前提:

——过去由于文献信息缺失,中外文化不同,首次交往的误会,还有中国宫廷内政,中外利益冲突,中外交通史有许多谬误和不解的地方。研究这段历史需要清空所有以前读过的历史,从头认识地图、文物与中外文化遗存的关系。

——人的视觉、听觉、理解力都有限制。人写的文献可以带偏见、立场。不受利益左右的证据,没有偏见,是最可靠的，如动植物、地貌、地形，这些千万年不变的物理证据。测绘地图不能超越时间、空间的极限。历史不能违反科学定律。生物能力、物理条件，是否可能，是真是假，不是谁说了算，是科学数据说了算。

——人写的文献没有留存，不等于事情没有发生。这是历史为什么要有考古支持，从文献到文献的历史考证是不完整甚至是完全错误的。

——实事求是，不假设，以数据说话。不假设地图学来自西方，不假设明代没有技术，不假设郑和只有大航海之前的技术和信息。不能以今天的测绘数据比较古地图的地名和地理测绘数据。哪个版本最接近现代数据哪个就是原作真本。

——先有真假，才有是非对错。错误的文献、假设、证据互相引用，循环内证，不能推翻错误。解释有千千万，真相只有一个。一百万张错误的地图，不能凑成一张正确的地图。一万万张伪币，还是一文不值。美国斯坦福大学有800张把加利福尼亚绘成岛的地图，一直到1750年代，都是错的。

——局部服从全部。不只看花草，要看树木，更要看森林。要全盘、宏观地理解《坤舆万国全图》的内容，局部服从全部。注意各部分关联，不能把地理、地名与历史割裂，断章取义。

——在已有的地图上添加、更改地名容易。实地测绘的难度是千万倍，要有人力、技术、补给、资金，更重要的是雄心、决心与恒心。口译一个地名需要不到半分钟，测绘万里以外未知的地方的地理图要几十万人和多年时间，不是连东西南北都搞不清楚的乌合之众可以做到的。

淡：研究中国人在哥伦布前到达美洲的人不少，许多人都出了专著。从查尔斯·利兰（Charles Leland）、默茨（Mertz）到加文·孟席斯（Gavin Menzies），你怎么看待这些人的考证和结论？尤其是加文·孟席斯更是个很有争议的人，你如何看待那些争议？

李：我很敬佩研究这段历史的那些人的努力和度量，但是，他们的很多方法与结论，主观猜想的成分比较重，没有中华历史文化背景，很难准确判断。有些谬误引来各方面的攻击，对更正世界史不止没有帮助，有时还造成障碍。

2003年3月15日，孟席斯在英国皇家地理学会发布消息：郑和是世界地理大发现第一人。同年出版了《1421年，中国人发现世界》，此书后来又以《1421年，中国人发现美洲》的书名出版，轰动世界。他首先质疑西方是利用郑和的信息航行到西半球的。尽管他的研究有许多争议，有些需要补充和更正的地方，但是根据后来我做的地图学研究，他的结论是成立的——开启世界地理大发现的是明代中国人郑和与他的团队，这段真相必须记入世界史。我们要向科学负责，向人类发展史负责。2008年我去英国拜访了孟席斯，他刚刚从国外发布新书回来，还在休息倒时差，知道我来，他马上爬起来接待我，并带我参观他的工作室，并赠送我四本刚出版的《1434：中国宏伟舰队航行至意大利点燃了文艺复兴》（*1434: The Year a Magnificent Chinese Fleet Sailed to Italy and Ignited the Renaissance*）。

孟席斯先生是一位仗义之人，尽管他不懂中文，对中国历史的了解很有限，提出的例证有不少牵强的地方。作为英国人，为了替中国历史翻案，为了国际公义，备受非议，他坚守理念，奋斗到最后一刻。

淡：你的书已经有一部在国内出版，读者和业界反应如何？达到你出版的预期了吗？

李：2012年联经出版的《坤舆万国全图解密——明代测绘世界》已经脱销，2013年联经出版的《宣德金牌启示录——明代开拓美洲》还有不多存货。2017年，《坤舆万国全图解密——明代中国与世界》简体字版由上海交通大学出版社出版，翌年我在深圳演讲就有听众递给我一本盗版书请我签名，有点啼笑皆非。

因为我的书，中国大陆出现了许多有关《坤舆万国全图》的产品，地图、壁纸、浴巾、枕头套和被套都有。网上讨论的人很多。有人做成视频，播放量在二十万以上。我的微博每篇读者都有一万以上，十万的也不少。以十四亿人算，还是少了点。

以科学方法研究历史，我称之为"科学治史""科学正史"。现在已经有不少群体在这一基础上从事深入、广泛的研究，深挖中西交通史的真相。点燃了火花，其他更正世界史的课题也展开了。原来仅限于地图、地理的研究,已经扩展到天文、历法、算学、农政、水利、机械等方面。15世纪中期欧洲开始的文艺复兴,与中华文明西传有不可分割的关系。《崇祯历书》改名《西洋新法历书》,里面的星图全部是中国古代的星宿名字,没有西方星座,内容根本不是翻译自西方天文学,署名传教士是假托。算学方面中国比欧洲早100—200年。

淡:明代郑和下西洋对西方的影响极大,除了地图绘制,还激发了他们向世界探索的欲望。你认为具体的影响是什么?

李:郑和下西洋后,中国海上贸易之路戛然而止。史书谓郑和船只、文献被毁,不能尽信。

据我估计,郑和的船没有全部被毁,是藏起来了,在舟山群岛一带,被一帮人用作朝廷禁止的对外贸易。六横岛是重要基地,在长江口,接近南京,藏有六部的文献副本。倭寇不只是日本人,也有华人、荷兰人。明代倭寇的船队庞大,超过官府的规模,可以从日本航行到马六甲甚至更远。海禁时期,倭寇不可能有那么多资源自己造这么大这么多的船而逃过官府耳目。所谓官府怕倭寇三分,其实是互相勾结牟利,官员把郑和航行的部分资料泄漏给西方——这是最卖钱的货。郑和二十万人的船队花28年积累的世界地理信息,省却欧洲人冒死探险,比任何货物都贵重。

明代中国的世界地理信息刺激了欧洲人西进。欧洲的世界地图含有200年后才"发现"的地理信息,没有任何航海记录,从天而降,就是这样来的。

官员出售世界地图这一军机秘密是死罪,不会记录这段历史,只能靠后人推理还原。

西方先有地图再"发现"违背逻辑。

西方地图抄袭了错误。因为《坤舆万国全图》太大,不能整份携带出内府,只能局部带出,或凭记忆还原,又因经不同人手传抄,整合出了不少错。我们把中西方历史、地图进行对比,就知道这一脉络。

我在《测绘科学》发表文章谈过这部分历史。现在把年表列出,以便公众思考:

1405—1433 郑和下西洋,测绘《坤舆万国全图》母本(于公元1430年前完成)明代中国海禁,零星信息传到欧洲。

1482 托勒密错误的180经度"世界地图",这是假托1世纪托勒密的作品。

1492 哥伦布出航。

1507 瓦西穆勒(Waldseemueller)世界地图,出现欧洲人还不知道的沧溟宗和巴拿马海峡。

1513 巴博阿(Balboa)首次通过巴拿马海峡看到沧溟宗。此后,倭寇积累实力,大肆活动,估计这是中国地图信息大量外流时期。

1569 墨卡托版世界地图问世。

1570 奥特里乌斯版世界地图世问。

1590 普兰修斯版世界地图的中国部分有错误。

1594 普兰修斯版世界地图修正中国地理,但普氏从来没到过中国。

1595 墨卡托北极圈图,抄袭错误,把加利福尼亚置于北极圈。《坤舆万国全图》这部分是正确的。

淡:我目前了解到的关于中国人早在哥伦布前到达美洲的研究者中,西方人为主,为何中国人从事这个领域的研究不热呢?

李:更正世界史在中国没有预期的热度,有很多因素:

1. 中国学术界长期受"西学东渐"学说的影响,从洋务运动开始,五四运动等各种运动延续了160年,对中国固有文化保护不足;

2. 中国的师承制度不鼓励学生"离经叛道";

3. 受"不为天下先"的思想的影响;

4. 科学实证在历史学方面的应用不足;

5. 部分学者受宗教信仰影响;

6. 国内读者读不到外国的一些网站,无法接触和阅读西方原文献;

7. 外文、外语基础不足,依赖翻译著作,译文不免错漏歪曲;

8. 国内近代史的反复等种种因素造成了一股保守力量,

对范式转移（paradigm shift）的学说普遍存有戒心，不轻易接受革命性的理论。

这些都是创新的障碍。

欧洲人缺乏对中华文明的系统认知，没有利益动力去更正世界史。有能力辨识中国历史古籍，更正世界史的，只有华人。

"科学治史"是一场排山倒海的文化运动，其成果不只是激励华人，提升华人自尊、自信，普及科学理念，对世界认识中国，促进世界和平也是一项重大课题。

与李教授的访谈让我对这一主题耳目一新：原来考证历史可以用到那么多科学——从手段到逻辑。他对中国文化与历史的深厚情感，他在古汉语、天文、历法、数学等领域的融会贯通，都让我对他这段关于明代历史的考证颇感亲切。

老人年过八旬，却比许多年轻人都忙碌、充实。和他相识之初，他把我拉进他做群主的科学治史交流群，不时有人在上面发布关于中西方历史切面的最新考证与观点。我看到他有时贴一个刚写在博客上的文章，比如，"哥伦布时代的欧洲人没有地球是360度的概念，1300年以前的所谓绘制了第一张世界地图的托勒密更不可能有技术知道地球是360度。"有时就别人的观点做几句点评，给几点建议。有时他是维护这个群落秩序的铁面学监，有人借群发广告,他及时发声,"此人是谁拉进来的?建议立即劝退。"有人发与"科学治史"主题无关的话题,他当即提醒,"不是本群的主题,请不要发。"

他的新著《郑和环球测绘与科学治史》由国际郑和研究院出版,该书是《坤舆万国全图解密》与《宣德金牌启示录》出版后十年来的研究成果,总结并更正了600年世界史、航海史、明史等许多观点,总结了一万多年来华夏文明的起源和发展,并提出新解读,特别是科学技术方面的中西关系。"中国古代史考古研究在进行中,肯定将来会有大量史实出现。我以科学角度研究历史,不详尽、不足之处,希望方家补充指教,欢迎善意讨论。"

那场瘟疫已经过去,我真希望,未来的某一天,我有机会走进这位严谨、博学老人的书斋,看他满怀感情执笔写下那句"俯首甘为孺子牛"。

孟席斯：

1421年，中国人发现世界

> By continuing to explore this great world collaboratively, we can make the new discoveries that help all of us better understand and appreciate our colourful, shared global history and heritage.
>
> *Ian H.*

By continuing to explore this great world collaboratively, we can make the new discoveries that help all of us better understand and appreciate our colorful, shared global history and heritage.

—— Ian Hudson

通力探索这个伟大的世界,我们能拥有帮助我们更好理解和欣赏这个多彩共享世界的新发现。

——伊恩·哈德逊(1421中国人发现美洲基金会负责人,加文·孟席斯合作者)

1

孟席斯这位英国前海军军官是我唯一没有直接采访的"受访者",已经故去的他并没从人们的视线中消失,他坦言自己是一个"不知羞耻的历史普及者"。他写的书是想让"街上的人"读的,而非只是研究者或历史学家。我采访到的每一位研究者无一不提到他这位无法回避的先驱人物。他的"中国人发现美洲"网站和团队仍活跃在世界的一个角落,继续传播着他那令人瞠目的观点。与我邮件往来的伊恩·哈德逊,就是他的门徒兼继任者。

早在二十年前,加文·孟席斯就一点也不含糊地向世界亮明自己的观点:

达·伽马并不是第一个绕过好望角到达印度的人。哥伦布并没有发现美洲。麦哲伦也并不是第一个环绕地球的人。澳大利亚早在库克船长到达之前三个世纪、南极洲早在欧洲人尝试占领之前四个世纪就已经被人发现了……欧洲人到达这些地方的路上,手里已经有他人绘制的航海图和地图，这些图上的信息仅能得自富于开拓精神和航海能力的中国人！

他花了十四年之久、走访了一百二十多个国家的九百多个博物馆，出版了让他一举成名的《1421年，中国人发现世界》。

对这些令人瞠目的"发现"，孟席斯说他自己也是"既惊骇又不安"，他知道自己亮出的这个颠覆性的考证会让他被许多人视为自以为是、狂妄自大之徒，至今维基百科都毫不迟疑地用否定性的语气描绘他——"声称中国人在哥伦布前就发现了美洲，历史学家们否定他的观点，并认定他是伪历史学家。"

除了用这本书阐明观点，他还四处奔走演讲，从美国国会图书馆到郑和纪念馆和中国高校。他还不遗余力地为许多其他相信中国人早在哥伦布之前登陆美洲的研究者助威、呐喊，尽管大家的论据不同、观点各异，许多研究者在感激他的帮助的同时，也认为他的考证风格过于天马行空、不够审慎，以至于落下许多遭人攻击的口实。

这本书在世界六十多个国家出版、发行逾百万册，名利双收的同时，他也毫无悬念地成为许多历史学家、考古学家声讨的"信口雌黄的骗子"，还有葡萄牙人给他寄恐吓信扬言要除掉这试图"颠倒历史真相"的暴发户。

可有一点不能否认，正是在孟席斯富有蛊惑与推动力的倡导宣传下，越来越多的学者开始对哥伦布前美洲与其他洲的交流做出新的思考。也有越来越多的普通民众，一边回忆着历史教科书上的白纸黑字，一边琢磨真相是否另有一套，至少，不应该因为没有所谓的物证而被埋没与轻易否定。就像那句著名的西方智语所说：The absence of evidence is not evidence of absence——证据的缺席，并不意味着存在的缺席。或者说，没有证据，不等于没有存在。

我在介入这本书的采写前，就已经听闻过孟席斯的名字，还把他列入我的采访名单，可没想到，他竟然于我刚着手采访提纲时去世了。

好在他2002年出版的图书已经出了中译版。读罢引言，我暗自高兴遇到了一位讲故事的好手。"10年前，我无意间从一幅古代地图中获得了一个令人难以置信的发现，尽管它没有带我去发现埋藏着的宝藏，但它暗示了我们所知的几个世纪以来代代相传的世界历史知识不得不做出根本的修正。"这张收藏于明尼苏达大学图书馆的旧地图签着威尼斯制图学家祖阿尼·匹兹加诺的名字，绘制时间注明是1424年。它之所以吸引了孟席斯的目光并引领他走上了考证中国人发现世界之路，是因为除了其对欧洲海岸线的精准描绘，居然还标出了西大西洋上的四个岛屿。他知道欧洲人对那一带的探访是在七十年后的事。1953年，15岁就受家传当上了英国皇家海军的孟席斯，多年在潜水艇上航行，积累了足够的海上知识。"当时的英国还是世界强国，拥有强大的舰队和大量的基地。17岁那年，在欧洲探险家们的激励下,我环行了世界。1968—1970年间,我指挥着皇家海军鲲鲸号,从中国到澳大利亚,经过太平洋到达美洲。"

不管别人如何贬损他的考证,我相信具有丰富海上航行经验的孟席斯对航海图有着天生的敏感和理解力,他承认要是没有在皇家海军掌握天文导航术的经历,他不可能完成这本书的研究和写作。"一个航海的外行,不管他在其他领域多么有成就,当他在看一幅地图或是海图的时候,只能看到许多轮廓线,既像是熟悉的陆地轮廓,又不完全吻合。而一位有经验的航海家,在看同样的地图时,可以推理出许多线索:第一次绘制此图的制图学家航行到了哪儿,是以什么方向航行的,航速快慢、距离陆地的远近,他掌握经纬度的知识有多少,甚至是白天还是夜晚都可以看出来。"

正是那张标明日期为1424年的地图,让他着了魔:他考证出图上画的那几个西大西洋深处的岛就是今天加勒比群岛中的波多黎各岛、瓜德罗普岛。为了进一步佐证这一可能性,他求教了葡萄牙中世纪研究专家、驻英国的一位葡萄牙外交官。对方判定那图上标注的岛名之一意为"火山在此喷发"。而今天的瓜德罗普岛上就有三座火山。那么1424年这火山喷发过吗?他兴奋地前往美国华盛顿史密森学会去求证,得知这几座火山曾在1400—1440年间喷发过两次,但在此之前的几百年和此后的250年都处于休眠状态。而且，在同一时期的加勒比海地区没有其他的火山喷发过。

这一巧合式的发现可以说开启了孟席斯的揭秘之旅，因为逻辑是存在的：早于哥伦布到达美洲前68年，已经有人到达了加勒比海地区，并将之绘到了地图上。

虽然地图是意大利人绘制的，但当时威尼斯正处于混乱，打算放弃海上争夺而发展陆地力量。欧洲航海能力最强的是葡萄牙人。如果真是葡萄牙人发现的，应该可以找到同时期他们前往该地的活动档案记录，或者其他图上亦应有标注。在一位教授的介绍下，孟席斯前往里斯本的国家档案馆寻找证据。令他惊讶的是，那些岛屿在那个时代似乎完全不为人知，直到1428年，该图落入葡萄牙航海指挥家亨利手中，他于1431年给船长手谕，命他前去寻找这些岛屿。

无独有偶，孟席斯说他钻研得越深，越感觉不可思议：在航海大发现之前，南美洲的巴塔哥尼亚和安第斯山脉已经在地图上出现了，南极、北极、格陵兰岛，太平洋和大西洋的海岸线也都被人描绘出来了，有些地方还相当精准。他相信，一定是有什么人早就测绘过世界了。而那些人，一定是中国人。

"我发现的大量证据表明，由郑和、周满、洪保、周闻和杨庆率领的中国船队在永乐十九年至二十一年间，也就是第六次史诗般的航行中，到达过世界上每一块大陆。他们穿行过62个列岛，共17000个岛屿，绘制了几万里的海岸线图……中国的船队穿过印度洋来到东非，绕过好望角到达佛得角群岛，通过了加勒比海，到北美和北极。他们绕过合恩角，到达南极、澳大利亚、新西兰。他们沿着北美和南美的太平洋海岸，从加利福尼亚来到秘鲁建立了永久居住地，在澳大利亚、整个印度洋地区和东非也有定居者。"

2

孟席斯所说的证据都包括什么呢？首先他认为幸存下来的一些史料中所绘古地图和星图，包括茅坤图、武备志和朝鲜绘制的混一疆理图，展示了西方人未发现的许多勘察地点，包括对印度洋、非洲、大西洋的亚述尔群岛、北极星、南十字星的记录。

尽管孟席斯的书中描绘了许多幅关于郑和船队南征北战的海上航行线路图，但不得不说，那些"自说自话"的线路并不令人折服，反倒引人生疑：既然众所周知，明朝销毁了所有郑和下西洋的文件和记录，这些如此具体的线路来源何在？比如他写："现在回到周满航线的研究上来。离开秘鲁之后，他的舰队首先被近赤道洋流带到最北边的厄瓜多尔。在那里，洋流转向西，带着舰队穿过太平洋……永乐十九年九月（公元1421年10月），当洪保和周满的舰队由加勒比海的出口向西南，朝南美洲海岸航行时，他们已经偏离了周闻率领的旗舰，而后者正沿着赤道洋流的北支向西北航行。我已经知道这个舰队后来想必抵达了与北京同一纬度的亚述尔群岛。因为早在欧洲人发现之前，亚述尔群岛已经出现在《疆理图》上了……"

美国佐治亚周界学院（Georgia Perimeter College）的一位历史学教授弗尼什博士专门给学生讲到孟席斯的理论。毫不客气地批评他依仗自己的职业不断提醒读者，他自己的海军经历使他对航海有旱鸭子们不具备的神秘理解，比如，"如果我能够自信地陈述一支中国舰队所走的路线，那是因为……我自己对他们所面临的风、洋流和海况的了解告诉了我路线，就像有书面记录一样。"

这位教授告诉学生们，孟席斯这位旨在改写500年公认历史的作者应该"少依赖主观主张，多依赖确凿证据——这就是孟席斯最终未能说服大众的地方"。他还指出，孟席斯并不懂中文，因此没有引用原始资料——即使人们承认这些记录都被销毁了。

这位美国教授最后的落脚点想必还是让孟席斯欣慰：15世纪以来统治世界的最有可能的候选人肯定是中国，（毕竟）其巨大的远洋航行得到了一个成熟、繁荣和强大的国家的支持。而其后的闭关锁国的孤立政策，与现代美国政府对全球化发展和来自中国的日益激烈的竞争的担忧相似。"中国历史的经验表明,我们应该拥抱竞争、全球化和探索。"

孟席斯的第二部分证据显然也容易被人抓住把柄:被第一批欧洲探险家发现的中国人或亚洲人。他提到哥伦布在加勒比海和格陵兰岛、斯蒂芬·包尔斯在北美的加州、蒙克拉罗修士在非洲、库克在新西兰等地都发现了类似中国人的亚洲面孔。问题是,许多美洲印第安人和澳洲毛利人长得也都像亚洲人或中国人,如何区别他们?

书中他不厌其详地列举中国船队所到国家:在非洲有某祖父的论述和某人日记,说中国人在他们之前已经居住在当地了,至少永乐年间带回国的长颈鹿已经有图为证。在北美,印第安人描述给欧洲人听,说在他们到来之前,已经有像房子那么大的船放着炮驶向河流上游。在墨西哥,纳蜡伊搭部落的人就声称亚洲的船只访问了他们。在南美,一位名叫阿里亚斯的神父告诉西班牙国王:"浅皮肤的人穿过太平洋来了。在新西兰,库克船长到来之前,有两艘大船已经来过,浅皮肤的人不仅定居了,还养育了孩子。在澳大利亚看到过穿着奇怪长袍的人。"

"1494年夏天,哥伦布第二次到达美洲时船只停泊在古巴海岸。当船员们下船砍木材装淡水时,一位弓箭手去树林里寻找猎物,但他很快惊慌地跑回来,说他遇到了三十多个印第安人和三个穿着长袍的肤色偏白的人。其中一位肤白者还走上前跟他说话,他吓得跑开了。哥伦布理所当然地认为那浅肤色的是中国人,也相信他到了亚洲海岸。"

孟席斯的另一个证据或者说猜测来源于威尼斯探险家韦拉扎诺。他曾在1524年带着船队从弗吉尼亚向北航行到新苏格兰东端的海岸,他在那里待了十五天,对当地人的描述:古铜色的皮肤,有些人接近白色,其他是黄色的,长相标致,头发又长又黑……女人温顺美貌,富有教养,懂得用各种服饰打扮自己。孟席斯相信这些人是当年周满的船队触礁休整时留下的后裔。

这声称祖先"见到过中国人"的传说我也亲自听到过。那是2022年春天,我和史蒂夫等几位探险家去新墨西哥州寻找岩刻,非常偶然地遇到一位土著人后裔,他不仅自称在柏克利大学受过教育,还是第一位担任州卫生委员会领导的印第安裔。听说我们在做一项有关哥伦布前人类到达美洲的采访,他不仅不感觉吃惊,反倒非常平静认真地说:"在我小的时候,我的爷爷不止一次跟我说起过祖上的传说。一些黄皮肤的人来到了新墨西哥,据说他们是跨海从很远的地方乘船来到美洲大陆的。他们有着先进的武器,对人友善。刚开始定居在离我们部落不远的地方,他们显然有着高于印第安人的文明。后来也不知怎么的,我们的人感觉到了威胁,就要把他们赶走,就爆发了冲突。最后他们还是寡不敌众,有些被杀掉了。当然,那是早在哥伦布和西班牙人到来之前很久的事。我们都猜测那应该是中国人。"

虽然耳听的未必为虚,眼见的未必为实,可对于那些从意识里就排斥哥伦布前中国人到达过美洲的人来说,这些"hearsay(道听途说)"似乎只是笑柄。对于愿意相信这种可能性的人来说,毕竟是没有物证或文字记录的传闻,也不敢太当真。

孟席斯的另一个物证是植物,即他所说的中国与异域之间的物种往来,包括从中国传到澳洲的荷花、纸草,传到北美的稻、罂粟、玫瑰,传到太平洋群岛上的桑树。从南美传到中国的玉米。不会飞的亚洲鸡传到了南美。

欧洲人在新大陆还发现了已经被开采过的矿,包括澳大利亚的金矿、石墨,北美的煤矿,墨西哥的铜、金矿……这些矿不可能是土著人所采,而是冶炼技术早就非常发达的中国人所采。在澳大利亚、美国加州、厄瓜多尔都发现了古代船锚。

说到古代船锚,我还真去看了那个在二十世纪七十年代引起了西方考古界瞩目的石锚,目前有一块陈列在洛杉矶南端 Point Vincente Interpretive Center(文森特角讲解中心)。这个文化中心位于一个名为 Palos Verdis(帕罗瓦蒂斯)的太平洋半岛,向公众展示当地的自然与文化历史,也是著名的太平洋灰鲸观测点。那是一个矮墩墩的圆柱状石头,中间有上下贯通的空心孔。坚硬的石墩里外都被海水侵蚀出许多大小不一的孔洞。墙上的说明写得毫不含糊:

这个1975年在半岛附近的海域被发现的石锚，从大小和类型看，都证明在两千年前中国人已经到达了加州海岸。之前我已经查到过关于这石锚的信息。当地两位潜水爱好者无意间在距半岛不远的海域发现了三十块有打磨痕迹的石头，每块重100—1000磅，形状或如圆盘，或如柱状，全都在中间打孔。世界各地的考古学家飞到这一半岛进行实地考察。加州大学圣地亚哥分校的两位考古学家莫里亚蒂（Moriarty）和皮尔逊（Pierson）明确公布：在他们把样品送进美国和中国的实验室化验后发现，这是原产于中国南海附近的一种长石砂岩，不可能是北美的矿石。他们认为，毫无疑问，中国人早在哥伦布绘制大西洋航海图之前就有能力横渡太平洋，尤其是在日本洋流的推动下。"中国人不仅发明了平衡舵——比欧洲早了近1000年，还先有了水密舱和指南针的使用。"在皮尔逊看来，这艘船——一艘大约100英尺长的商船，甚至可能是一艘勘探船——在一场风暴中失去了桅杆或舵，不幸靠近了南加州海岸最凶险的地区之一。一些船员可能活了下来，但与哥伦布不同的是，他们没有办法回家讲述他们的故事。

当然，他们的这一理论立即引发了反对者的质疑甚至打击。

"如果我们在地中海、南中国海或印度洋发现了同样一批文物，毫无疑问，人们就会说，这是一艘非常古老的沉船。"皮尔逊在接受采访时说，"当你在新世界（美洲大陆)发现时,争议就来了。"

为何中国人航行到美洲的证据那么少?皮尔逊和莫里亚蒂早有自己的判断:早期的调查者不愿意报告"侵入性"的证据,担心学术上被"爱国者(多数是欧洲或白人中心论者)"嘲笑。

这看起来对孟席斯相当有利的证据,在我读完他的书后,却没发现他加以引用。他似乎更喜欢旁征博引,从他自己听到或看到的角度出发进行论证。我想起史蒂夫曾给我看过一块掌心大的扁平鹅卵石,上面有一行竖写的黑色汉字:北照院仏道和顺居士。这块石头是他住在洛杉矶海边的朋友散步时发现的。我请教国内的专家,说这是僧人云游化缘时带的"名帖"。为了断代,史蒂夫曾请他的邻居、加州理工大学地质学家乔治用仪器测定。"仪器不能测定石头的年代,只能以上面的墨迹为线索。乔治说那墨可能是几百年前的旧墨,但这字并不能代表那墨的时代,很有可能是后人用旧墨书写上的。"这显然不能当作物证的东西却出现在了孟席斯的著作中。"我拍了照片寄给他请教。不久看到他的一篇作品中用它作为中国先民在美洲的证据。"说到十几年前的那一幕,史蒂夫仍摇头。

除了地图、物种,孟席斯认为从中国的刘家港到马六甲、斯里兰卡、印度的古里、非洲的马塔迪,到南美洲的圣卡特利那、新西兰的鲁阿普克海滩、北美的萨克拉门托都发现了记录中国航行雕刻的石头。细读他的书,我发现那些年代久远的石头字迹不清,他请文字学家仔细研究,证明那上面并不是中文,有些甚至根本不是文字。

3

我采访过的所有哥伦布前中国人到美洲的研究者都知道加文·孟席斯,住在弗吉尼亚的夏洛就是其中之一。当我问乐于助人的夏洛对孟席斯的看法时,她的评论非常客观:"如果没有孟席斯的畅销书《1421年,中国人发现世界》,中国人早期来到美洲的话题(此前各国人争论了至少200年)可能仍然不会像今天这样受到关注。"

在她发给我的邮件中,有一封是孟席斯去世后,她写给1421这个组织的负责人、与孟席斯合著《谁发现了美洲》的伊恩·哈德逊的悼言,称孟席斯为"慷慨而鼓舞人心"的人,回忆起他为她所做的一切,包括孟席斯受邀在2005年5月到国会图书馆郑和研讨会上发言,他坚持让女随父业、相信中国人早在两千多年前就到达美洲的夏洛也成为演讲者之一。"在国会图书馆的演讲,不仅鼓励了我继续从事被别人笑为天方夜谭的研究,还引领我真正开始了写作,而且正是在那几年里,我在世界各地进行了许多演讲。"孟席斯鼓励她写一本书,说他坚信,"只有少于十万分之一的人会认为你父亲是错的"。

两人接下来的交往亦让夏洛怀念,夏洛还曾受孟席斯夫妇邀请到他们位于伦敦的家里喝茶。2010年,孟席斯邀请夏洛出席英国皇家地理学会会议并发言。后来孟席斯还派伊恩到她位于弗吉尼亚州的家来看望她和先生大卫。

"我们有密集的电子邮件交流,但我们并不总是在每件事上都达成一致。"

让夏洛感激的是,当有人口出狂言对她进行攻击时,孟席斯是第一个站出来维护她的尊严的人。"那是一封发给集体的电子邮件,我提议在讨论历史时应排除种族和宗教偏见。有个人不仅威胁我,还进行了卑鄙的指名道姓的谩骂,一向冷静、绅士的孟席斯立即强烈谴责了他。"

我的另一位受访者保罗对孟席斯的判断也非常客观,他也是由孟席斯介绍到美国国会图书馆进行演讲的研究者之一。"孟席斯是这一领域的先驱。作为一名海员,他对郑和的远洋航行有着独特的见解。他追随自己的兴趣,历史也从中受益。"

与伊恩联系上后,他邀请我参加了一次"中国人发现美洲"的线上研讨会,其中的一位嘉宾是明清历史研究专家毛佩琦,他的观点也许很有代表性:"研究是开放的,研究领域、方法和范围是无止境的。我们的队伍是开放的,不是哪个国家的独有行业。李兆良教授和孟席斯先生就是其中的突出者。我并非认可他们所有的研究成果,我欢迎更多有不同背景的人加入历史研究的团队中,激活我们的研究。即便一些论据和观点并不可靠,但会激活灵感和认识,这样才能保持研究常青,保持不断进取的态势。"

毛佩琦认为一本书出来了,业界没有回响、没有反应是不正常的,应让作者和作品感觉到大家的关注。

《1421年,中国人发现世界》中文版于2005年出版,发布会上毛佩琦再次发声:"传统的哥伦布发现新大陆的说法,本身就是西方为中心的观点。对于当时的美洲和印第安人来说,并不因为欧洲人的'发现'才有意义。孟席斯先生以一个西方历史研究者身份公允地看待中西方文明的成果。"

● 对话伊恩·哈德逊——

淡:《1421年,中国人发现世界》于2005年在中国出版。到目前为止,它在全球出版和销售了多少种语言和版本?既然是关于中国历史,中国市场是否表现出了更大的兴趣?

伊:孟席斯的书至今已经出版了79个版本,29种语言。他很自豪这本书是为"街上的人"写的。后来的《1421年,中国人发现美洲》也有多种版本,已成了"1421年总部"图书馆访客的亮点之一。

正如他所说,他是一个"不知羞耻的历史普及者"。他希望有朝一日将书的电影版权出售,通过荧屏让全球的观众了解郑和与他的伟大航行。

2005年,孟席斯和团队协助新加坡旅游局在滨海大道举办了一场1421平方米的展览。该展览目前正在马六甲郑和文化博物馆进行翻新和安置,希望在未来几年将其进行"地理克隆",并在全球范围内展出。

他生前喜欢和年轻人交流,包括和美国、加拿大、英国、澳大利亚、丹麦和爱尔兰等国的一些学校,作为通识课程的一部分,与学生在线讨论他的发现和研究。

孟席斯与云南大学历史学系建立了长期的关系,因为郑和来自云南省。为感谢他向西方世界传播郑和的伟大功绩,他曾受聘为云南大学客座教授。

2016年,收集了数百份研究论文以及加文·孟席斯的72个版本的书籍抵达云南大学图书馆,这些书籍现在存放在"1421画廊"中,供学生研究和学习。

淡:有一些历史学家和探险家一直在研究哥伦布之前的海洋探索。他们中的一些人同意孟席斯的观点,即中国人在哥伦布之前很久就已经航行到了美洲大陆,但他们不同意孟席斯的详细理由。他们认为孟席斯使用的许多"证据"并不可靠。我相信在他去世之前,他听到了很多批评,他的解释和论点是什么?

伊:《1421年,中国人发现世界》的出版在传统历史学家中引发了轩然大波,因为他们将哥伦布视为新世界的发现者。一群批评家建立了一个网站"1421Exposed",他们想揭穿孟席斯的理论，维基百科页面管理员拒绝任何人做出与他们认为孟席斯是"伪历史学家"的观点相反的改变。这人将孟席斯当成了一场恶意诽谤运动的目标，通过口头人身攻击和有组织的破坏会谈和相关活动来诋毁1421有关的一切。

《1421年，中国人发现世界》一出版，学术界群情激愤。"反应相当自然。"孟席斯说，"如果某个大学教授试图给我讲潜艇，我会说'这个疯子是谁？'我可以理解他们。如果你写过认同哥伦布发现新大陆的文字，突然被告知哥伦布出发前曾有一张地图，你会认为'这太奇怪了'。"

正如伊丽莎白·格莱斯（Elizabeth Grice）2008年8月1日在《每日电讯报》上对孟席斯所做的评论，"历史学家对他的打击越严重，人们就越想知道这到底是怎么回事。"2006年，澳大利亚广播公司（Australian Broadcasting Corporation）播放了一部名为《垃圾历史》（*Junk History*）的电视纪录片，该纪录片提前发出警告，促使孟席斯提醒其网站的13000名订阅者，"这是一次瓜分。"孟席斯说，"他们把我和当时的出版商Transworld撕成了碎片。我们向我们网站的朋友道歉，并说如果你想取消订阅，我们会理解的。结果只有一个人取消了订阅。那天晚上，我们有了大量的新订户。这本书在澳大利亚的销量翻了三倍，成为该国销量最大的历史书。可见，人们想自己拿主意。"

孟席斯与他的团队成立了1421基金会。这是一个非营利性研究机构，旨在为他的工作创造文化遗产，激发来自世界各地的学者和研究人员的支持，以期重新书写探索中的历史，激励子孙后代更好地理解和欣赏我们共同的历史和遗产。

他对历史研究的未来感到兴奋，他看到这一点随着互联网的进步而变得明显。随着大众传媒时代的到来，每个人都可以体验到发现的刺激和兴奋，无论他们住在哪里，他们的收入多少或他们的社会地位如何。

尽管孟席斯对待历史的态度遭到了一些恶意的人身攻击，但他的作品之所以如此独特，是因为他拥有广泛的网络传播技术，从而开辟了科学和历史研究的各种新途径。

2002年11月23日，Geoffrey Moorhouse在《卫报》上评论了《1421年，中国人发现世界》，"……在我看来，孟席斯的独特天赋在于令人信服地将不同专家〔包括伟大的汉学家李约瑟（Joseph Needham）〕早已知道但在他之前没有人有智慧组合起来的许多零碎信息联系起来……那些不能容忍任何'偷猎者'进入'他们'的领地的人——可能会对他的发现吹毛求疵，以期诋毁他的书。在开始之前，他们应该牢记一个无可争辩的事实：没有人在指挥核潜艇时不擅长各种形式的精确性，其中包括阅读海图、潮汐表和其他文件……"

我很小就认识加文·孟席斯。他和太太玛塞拉与我父母一起工作了很多年，他们的女儿与我和兄弟们的年龄大致相同。童年时，我们在一起度过了很多快乐的时光，比如全家去看哑剧、篝火晚会等。一段难忘的记忆是，孟席斯和玛塞拉带我们去伦敦唐人街吃午饭,那时我八岁了,这是我第一次接触到神奇的中式点心。我记得当时我对加文很敬畏,因为他似乎很清楚自己在做什么——从菜单上熟练地点餐。所以,有人可能会说,我最初对中国文化的兴趣是25年前加文·孟席斯无意中引发的。

我于2002年从布里斯托尔大学毕业后开始与加文合作。这是我毕业后的第一份工作,从那以后,我再也没有回头。这是一次多样化、鼓舞人心和引人入胜的旅程,是我十多年前做梦也没想到会开始的个人探索之旅。多年来,我在各个领域都积累了丰富的经验——研究、翻译、编辑、写作、演讲、展览策划、电视纪录片制作,我永远感谢加文·孟席斯给了我提升和丰富技能的自由。多年来,我们覆盖了很多领域,看到了技术的飞跃,这使我们的研究工作变得更加容易,同时也提高和扩展了我们的发现在世界各地传播的速度和广度。很荣幸和加文·孟席斯分享这段旅程,我非常想念他。

用他女儿瓦妮莎的话说,"我认为,我父亲对生活态度的总结是,他坚信,只要你下定决心,你就可以实现任何目标,而且从来没有一条标准的道路可以让你达到目标。他是一位英国先驱,(对传统)有着强烈的不敬,是一位非常聪明的绅士,他很执着,有时很固执,但这与难以置信的善良和无畏相平衡,他做的每件事都有一种'公平'的感觉。"

淡:你们两人合著的这本书将中国人来到美国的时间推得更早(冰河时代),认为奥尔梅克和玛雅文化受到了中国文化的影响。除了华盛顿国会图书馆提到的地图外，还有哪些主要证据？

伊：在他的最后一本书中，孟席斯与我合作撰写了《谁发现了美国？》，对团队自《1421年，中国人发现世界》出版以来的10年中收集的大量研究和证据进行了编目，并描述了数千年来人类通过多次海上航行（主要来自亚洲）到美洲居住的证据。

我们似乎可以肯定，人类至少在4万年前通过海上到达美洲。毫无疑问，这一日期将不断向前推，可能是公元前10万年，当时第一批人从地中海航行到克里特岛……

科学技术的不断进步对考古绝对是一极大的利好。2017年，考古界发现了北美有人类居住的新证据——圣地亚哥人类学家宣布，一处乳齿象化石碳测定结果显示，人类至少在十一万五千年至十三万年前就从亚洲到了美洲，而不是以前我们相信的一万五至两万年。而这个考古点早在二十年前就发现了这些动物化石。这项发表在科学杂志《自然》上的研究称，在该地点发现的一只年轻雄性乳齿象的四肢骨骼碎片显示出螺旋状骨折，表明它们在新鲜时就已经骨折。科学家们在现场发现了看起来像是锤头和石砧的东西，这表明古代人类有使用石器提取动物骨髓的手工技能和知识，并可能使用其骨骼制造工具。

我们的证据中很大一部分是考古学和遗传学。关于早期人类迁徙到新大陆的模式，目前尚有大量相互矛盾的研究，原始人类居住的可靠日期从远在48000年前到公元前11000年。尽管在科学数据收集和分析方面取得了很多进展，但在细节方面仍然存在相当大的不确定性（基本模式被描述得越来越确定）。显而易见的是，美洲的人口流动是一个更为复杂的过程。古人利用风力和水力显然也发挥了更重要的作用。

淡：1421网站是你创建的，目的是建立一个讨论和共享信息的平台。现在它是如何工作的？除了宣传孟席斯和你的理论之外，你是否得到了足够的关注和支持？

伊：该团队的任务是帮助孟席斯收集大量关于古代海洋探索的数据，这些数据来自他的书的狂热爱好者，他们热衷于分享他们对"扩散论"这一有争议主题的知识和研究，包括1492年之前跨越大洋的人类接触。

该网站访问者提供的线索和团队研究扩展信息又结集出版了三本书，所有这些书都描述了古代海洋文明发展及其人类利用海洋的新篇章。

该网站将有助于展示新的证据，并推动进一步讨论郑和及其旅行。有人认为，以欧元为中心的历史观是一个需要重写的童话。我们在美国成立1421基金会，目的是创建一个可持续的路线图，以科学、严谨地检验1421假说。1421年研究、教育和探索基金会（简称"1421基金会"）是一家总部位于美国的非营利组织，是对海洋探索历史进行持续研究的聚焦。为了让这个主题持续受到关注，我们需要来自志同道合者的财力和智力支持。

淡：1421基金会将总部设在美国，除了意识形态上的考虑，还有历史原因吗？

伊：1421基金会的目标是获得来自地球各个角落的学者和研究人员的支持，以期重新书写全球海洋探索的历史，证明人类跨越海洋已有数千年的历史。欧洲的"探索之旅"是这些伟大探索之旅中的最后一次：欧洲的先驱们站在巨人的肩膀上，那些巨人主要是来自亚洲的海洋探险家，他们勇敢地在前面领路。

自2002年《1421年，中国人发现世界》出版以来，最新和最不同的发现是高潜力的历史和考古遗址，这些遗址可能为15世纪甚至更早的中国远渡美洲提供物证。

最具挑战性和吸引力的可能性是在北美发现的沉船，我们期待通过种子基金和捐款赠款来共同探索这些机会。

历史和考古研究项目的设计将吸引这些领域研究人员的支持。在具有适当经验的海洋考古学家的指导下，研究和实地项目将遵循严格的专业标准执行。

自《1421年，中国人发现世界》出版以来，我们与对中国海洋探索时代感兴趣的个人、研究人员和机构进行了数百次接触。许多人发现了新的文物、地图或产生了新的理论。我们希望通过进一步的研究加以证明或反驳。在创建我们的研究项目时，我们将选择最有前途的考古遗址和研究路线，然后与个人和专业人士互动，设计研究模式，以确保有严格的科学纪律和程序。这项工作的结果将提交给专业期刊和学术会议。

郑和的故事代表了一个独特的机会,让人们关注中国人对过去的非侵入性、非破坏性的探索。这个故事也为教育提供了一个特别有力的背景,教育将帮助亚裔美国人、亚裔欧洲人和全世界亚洲人摆脱长期遭受的社会不公正和偏见的困境。

伊恩很年轻,不像晚年的孟席斯自诩为"不知羞耻的历史普及者"显得那么激进,相反,伊恩优雅、谦和,像一位认真对待每一堂课的大学助教。回复我的邮件稍晚几天,他都是一连声的道歉。这谦和的态度与他坚定的信念并不矛盾,他决定沿着自小就仰视的前辈孟席斯开辟的道路走下去。伊恩经常组织或参与各种论坛、讲座,同时像鹰隼一样时刻关注着关于这个主题的最新动态——从考古学家的挖掘现场,到普通人没有根据的主动报料,他都一一记录、追踪。2024年春天,我问他是否有什么新的进展,他说目前已经全职投入1421中国人发现美洲的调研,刚重新开启了1421.com网站。

伊恩目前最兴奋的关注点是那尊小小的青铜佛像,"去年刚刚被公之于众,鉴宝专家已经证明它是真品,并且出自中国的明代。"这令英国人和美国人都着迷的antique road show也是我最喜欢看的一档文物鉴宝节目,通过伊恩发来的链接，我看到了那长着大胡子的幸运者——2018年，他和朋友在西澳大利亚海滩用金属探测器碰运气，没想到居然找到了沙丘中巴掌大小的baby buddha（童佛像），他们花了数年判定它的真伪。有人指控他们是两个为募集资金策划了一场骗局的电影人。直到2024年6月，他们专程赶到英国请文物专家进行鉴宝。现在这个小佛像已经被证明是真实的。澳大利亚新闻网认为，这一发现很可能改变澳大利亚的历史。

伊恩已经和佛像拥有者建立了联系，"有人或机构出资买下，或许将对中国人早在郑和时期到过澳洲的研究提供一些资金支持。"

他还发给我一份"最有可信度的考证清单"，包括有争议的遗址和古船残骸、石锚、出土文物等。自2002年以来，1421基金会已收到超过5万封相关邮件，真假莫辨的信息来自世界各地。比如，2005年，一位姓刘易斯的潜水员在邮件中称他在印度洋最南端的圣保罗小岛上潜水，看到了一个巨大的木制残骸，值得进一步研究。刘易斯用卫星图像定位沉船，发现它位于一个非常难以接近的位置，距离陆地数英里。刘易斯设法从船上的大炮中打捞出一小块金属，用于进一步分析，这些金属被送往伦敦，但在邮递过程中丢失了。比如那引起了几十年关注的加州圣克拉门托沉船。2001年，在该地点进行的岩心样本钻探发现了约公元1410年的船体木材样本，磁力计读数显示船体中有铁，船体中的种子样本包括罂粟籽，以及从船舱中提取到了大米（大米据说是欧洲人带到美洲的）。北京的一家实验室对这些木材进行了分析，认为它们是原产亚洲的油杉。所有的这些被经过大致鉴别的证据和遗址都需要人力和资金，否则不可能得到彻底和科学的分析。

刚当了父亲的伊恩是忙碌的，听说了童佛像的史蒂夫急切地约他通电话，因为他要看孩子而不断改期。"他是那么真诚热情，他相信中国人早就到过美洲，虽然他也坦言孟席斯的一些证据不太可靠。正是因为对还原历史真相抱有极大期待，他忘我地投入到这一与优渥生活不搭界的事业上。这样的年轻人，在当今太少了！"史蒂夫感叹道。

也就是昨天，伊恩的一封邮件翩然而至，"我收到了一本名为《中国古代大峡谷记》的pdf文件，它出版于1913年。作者是亚历山大·麦克阿兰（Alexander McAllan）。根据中国古代神话传说，他推测出美国的大峡谷正是羿射九日的地方，无论地理形状、天文现象与中国的距离都符合扶桑和十日之地的描述……"一想到在这个世界上，有那么多人付出宝贵生命在真诚地做着"成功精英人士"不解或不屑的"白日梦"，我真感觉这个世界是可爱的。

史蒂夫·艾金思：
越来越多的人相信，中国人早到过了

> Without a doubt, people have been crossing the seas for thousands of years. The Chinese and others have been to America long before Columbus!
>
> —— Steve Elkins

毫无疑问,千百年来人类一直在跨海航行。中国人和其他族裔的人们远比哥伦布早到美洲。

——史蒂夫·艾金斯

(探险家,获第44届艾美奖最佳摄像,美国探险家俱乐部南加分会主席)

1

初次前往獾堡（Fort Tejon）这个连史蒂夫都只是听说的旧兵营，已是暮春时节。洛杉矶的春天虽然算不上料峭，但进山仍有寒意。作为美国西海岸最主要的南北交通干线，5号公路上总有数不清的巨型货车轰隆隆地行驶着，和蚂蚁、甲壳虫般的轿车相比，它们更像一条条蠕动着的胖蚕，速度不快，那大如磨盘的车轮和庞然身躯却让人极有压迫感。汽车在这样的巨兽间穿行着，海拔不知不觉间已经达到1500米，牛乳般稠白的雾弥漫在前方和两侧的山峦间，立在其中的树湿漉漉地舒展着枝条，像正在沐浴的仙女。

那一刻，我和史蒂夫都是满心期待的——在那个神秘的美国历史见证地，不仅可以畅聊他的探险历程，还可以远离尘嚣，挂着登山杖与大自然母亲近距离厮守。

我非常清楚，没有探险家史蒂夫，就不可能有这本书的开始和完成。

这位被我称为史蒂夫大叔的人究竟是谁？别说小小的一个章节，随着我对他的了解的日渐增多，我发现即使用一整本书来描写他的个人传奇都丝毫不过分。

从他前半生的经历看，现年73岁的史蒂夫可以说和考古、探险都没明显交集，可他的好奇天性与生命历程为他后来取得的意外成就埋下了伏笔——历时二十年，作为世界上第一个运用空中lidar技术进行考古挖掘的探险家，他率领一帮考古学家发掘出了洪都拉斯原始丛林中那被掩埋了四千年的猴神之城（lost city of monkey God）。2021年他获得了美国探险家俱乐部颁发的荣誉奖章——这始于1962年的表彰曾于1986年颁发给打捞到泰坦尼克沉船的探险家罗伯特·巴拉德（Robert Ballard）。史蒂夫的发现还被《美国国家地理》杂志列入百年来人类历史上一百个最有价值的发现之一。

我和史蒂夫相识是在他成名之后。那本美国畅销书作家道格拉斯·普莱斯顿撰写的《失落的猴神之城》2017年一面世，就高居《纽约时报》图书排行榜长达一年之久，至今已经被翻译成了包括中文在内的二十五种语言出版。而史蒂夫就是这本考古纪实畅销书的主人公。经过一位共同的朋友引介，2019年春天，我们第一次见面是在圣马利诺市的一个餐馆，第一印象是他非常自信、健谈，难以想象他儿时竟是位说话脸红、少言内向的孩子。我眼中的他一半像锱铢必较的商人，一半像挥金如土的冒险家。他秃顶黧黑，牙齿很白，鼻子很大、很威武。他看人的眼神是亲切的，却透着犀利审慎的光，似乎在读你的心。他很爽直地问我是否听说过中国人早在哥伦布前就到达过美洲的说法。"我一直对这个话题感兴趣，不仅一直在收集这方面的点滴研究和考证，在我还没退休时，还曾雇我父亲帮我找寻、联系相关的研究者。作为中国作家，你为什么不写一本有关这个主题的书？到时候我可以帮你联络一些有关的人。"他干脆利索地说，那语气让你不由得不信赖。后来我才知道，史蒂夫超强的游说能力，是他成功的不二法宝，也是我们采访的利器——那些躲在书斋里的"怪人们"不仅开心地敞开心扉，好几位还成了我们的好朋友。

然而此话说过也就罢了。我忙于其他书稿的写作，并没把这事太放在心上。直到新冠疫情笼罩地球的2021年春天，为了同我联系方便，特意下载了微信的史蒂夫和我通了一个很长的电话，说他同道格拉斯聊到这个话题，"道格拉斯认为很有写作价值，他现在是美国作家协会主席，如果你感兴趣，他愿意给你发邀请信过来采访、写作这本书。"

于是在中国没有一例本土新冠感染者的那个夏天，我坐上空荡荡的飞机，来到每天仍有数万人感染的美利坚。

我在北京接种了两针科兴疫苗，原本以为可以不再接种美国疫苗，可四处奔波，自驾、搭火车、乘飞机采访频频，得知越来越多认识的美国朋友染上了病毒，我还是先后又打了两针美国辉瑞疫苗。美国疫苗的强烈副作用让我痛苦不堪,第一针接种下来,第二天一早就头颈烫得似火炭,双脚却冷得像冰;头疼欲裂;恶心得如食物中毒。我一连躺在床上两天不能动弹。都说第二针疫苗副作用会小一些,因为身体已经习惯了病毒。一想到马上要飞芝加哥,为了降低感染风险,我抱着侥幸心理打了第二针,结果痛苦程度丝毫未减。

好在,这期间我和史蒂夫的忘年之谊在升温。从拉斯维加斯到圣地亚哥,从洛杉矶到芝加哥,我们俩像一对莫名其妙的搭档一起采访一群莫名其妙的人。"什么?哥伦布前中国人到过美洲?"史蒂夫喜欢闲聊,即使在机场或公园偶遇陌生人,三言两语搭讪之后,他也会心直口快地跟人家亮出自己的底牌。上路前,我们埋头在网上寻找线索和最新的研究成果,从数不清的新闻中甄选对我们的主题有意义的片段。我的邮箱几乎成了他的专属阵地,每天都收到少则二三多则十来封邮件,对这样的邮件轰炸以至有时我都心生嫌弃——实在是消化不过来!其实我又心知肚明并感叹自己何其幸运,似乎冥冥之中有美洲先民在牵引,让我得以与这位美国朋友相识相伴,走过人生中一段独特的岁月。

"什么时候采访你?"这是我不止一次问过的话。

"只要我还活着,你总有大把机会。"他每次都笑着说。好在我们相距不远,近一小时的车程就可见面。而且我们都喜欢户外运动,于是,当非常偶然地发现了这废弃了近二百年的旧兵营时,我们迫不及待来了一场说走就走的远足。

看到那标着Fort Tejon(獾堡)的路牌,我们小心地驶离高速,绕半个圈从一架小桥上到达公路的另一侧,那隐蔽在一片高大挺拔的橡树林后面的,便是很不起眼的獾堡入口。其实这近在家门口的公路和对面的私人牧场,都曾是当年兵营的一部分,如今连上周边的山坡、缩水了一半的公园仍有近七百英亩。路边只能停十来辆车的水泥空地是停车场,仍有一个自动购票机,生了锈立在一隅,却仍有刷卡收银功能。和美国的所有国家公园一样,这小小的州属公园也是按车不按人收费,5美元一辆车。史蒂夫麻利地刷了卡,一脸兴奋,好像猎犬来到一个新的猎场。

说是大门,并没门,只是个入口,比许多美国私人农场还窄小。没有守门人,没有游客。也许因为地处荒野,不用担心人们扎堆聚集,这个挂着一块加州州立公园牌子的所在,并没有禁止入内的警告。

我们继续往前走,眼前则是一片旷野,准确说,是三面环山的一大块平整洼地。空阔平坦的土地呈黄褐色,覆盖着一层松软的已枯萎成棕色的草甸,脚踩上去,能感到草茎叶酥脆折断的响声。除了零星散落的几间房屋,目光所及就是那地图上标名为San Emigdio的山峦,并不低矮,却线条柔和圆润,像一堆手工揉捏出的面包被谁随意摆放在天地之间。不同于秃头的山顶,山体之间的褶皱或低洼处被灰绿色的植被完全覆盖,多是灌木,这儿一丛,那儿一块,像是面包出炉太久而生了绿色霉斑。

史蒂夫的双肩包里就有一袋刚出炉的sour dough(酸酵)面包,来自他家附近新开的那家面包店,"The best bread in LA(洛杉矶最好的面包)!"面包是我们一美一中两人不多的饮食同好,外面烤得焦黄,里面暄软弹牙的酸面包,用手撕一块放进嘴里嚼,麦香十足,百吃不厌,如果能趁热抹上一块黄油,那就是幸福了。

我喜欢史蒂夫的一个很重要的原因是社会阅历丰富的他熟知获得功利的门径,和经营一家公关公司的太太积累了足够的财富过上了富人的生活,可他又可以完全放下功利一头扎进赔钱都听不到响动的事上,比如这个哥伦布前中国人到美洲的研究。我已经听到过许多人不解的声音:"哥伦布前有没有人来过美洲,who cares(谁在乎)?值得花那么多时间和精力去采证吗?"每次听到这样的声音,史蒂夫都声如洪钟地来一句:"我在乎!这是关于人类历史的真相。我们最起码要对自己的历史负责。可悲哀的是,许多所谓的历史事件都不过是政治家们的宣传统治道具。所以,有人不愿意揭开伪装让真相露出来。我就偏不让他们得逞!"

戏称自己是考古学家的志愿者,自大学时代就兼修过地理学的史蒂夫坚信中国人早在哥伦布之前几百上千年就到达过美洲。所以,对史蒂夫的采访可谓我这本书最轻松自在的采访,那青山绿水似乎也对我们的话题做出回应。苍山静默,古树无语,却仿佛在微笑着为我们鼓劲,它们似乎胸有成竹地在说:"找下去吧,你们会找到答案。"

2

一个人成年后选择的道路往往与年少时的生活环境有关。

史蒂夫出生在美国伊利诺伊州的芝加哥,因为父母在他很小的时候离异,他总称自己是带着受过创伤的心灵长大的。"听说父亲要抛弃母亲和我们兄弟俩,我总把自己关在厕所里悄悄地哭。我不像哥哥会在母亲面前歇斯底里地吵闹,或者出去找女孩子发泄苦闷。我只是无声地跟自己较劲。直到有一天我母亲决定带我去看心理医生——她发现我把好几条毛巾都咬成了碎布条……"童年的家庭破裂让史蒂夫内向、害羞。而作为犹太人,他也尝到了世态炎凉。"我读中学时的暑假,想找个小店打工,店主很蔑视地对我说:'你不属于我们这个街区,滚回你的犹太区!'"而当他的好朋友阿宽来家里找他玩时,他的邻居则皱起眉头对他说:"你怎么和中国孩子来往?!"

同类让他恐惧、困惑,大学时他选择地球科学为专业，辅修考古学。学校附近是荒野老林，但凡有闲，他就钻进去漫无目的地走，有时一走就是一天。"我学校外面曾有一大片玉米地。有一天我在雨后的玉米地里走着，留意到一块看起来很奇怪的石头伸出地面。我捡起它，惊讶地发现它实际上是一个由燧石制成的漂亮的3英寸长的矛尖。我兴奋地开始在玉米地里寻找，发现了几十件古代陶器和石器的碎片。"那是让他着迷的地方，没有人类的猜忌和隔膜，他看到的是残破的陶罐、打凿过的石块、人的胫骨、彩色珠子、箭头……那些没人说得上出处的东西吸引着他。史蒂夫把那些发现带到学校去请教教授，这也拉开了他对古代历史好奇的序幕。

他选修了地质学课，开始花很多时间探索更偏远的地区，总是希望能偶然发现一些古代人类居住的证据。和伙伴同行，他永远是那最后一个想往回走的人，得到一个外号——"翻过下一道岭子史蒂夫"，因为他总在别人想回去的时候说"看看下一道岭有什么"。

有一天，他在一个通往密西西比河的小峡谷里偶然发现了一个大岩洞。它隐藏在茂密的森林中，看起来就像考古学教科书中提到的古代岩石洞穴。"当我在那岩洞挠来抠去时，我发现一些破碎的陶器残片和墙上焚火留下的烟痕。我更加痴迷地想了解这个地方，甚至从我的常规学习中抽出时间，在教授的指导下做一个特殊的测试挖掘。" 在接下来的几个月里，那个岩洞成了年轻的史蒂夫的家，有时他会独自在那里露营，想象很久以前住在那里的人们的生活场景。"这是一次我永远不会忘记的经历。尽管我并没有以考古学为职业，但那些经历埋下了我对考古感兴趣的种子。"

一本书的出现，也勾起了他对人类跨洋活动的兴趣。他清晰地记得那是1971年，在人类学课上被要求读的一本书是《那些跨海者——哥伦布时代前的洲际接触问题》(*man cross the sea——Problems of Pre-Columbus Contact*)。"这本书是各种学术研究人员关于哥伦布之前跨洋旅行到美洲的可能性的论文集。这在当时是相当有争议的，但肯定引发了我的兴趣，并一直在脑海中沉思至今。我第一次对哥伦布之前的美洲海洋探险感兴趣。"我们坐在那株有三百年树龄的古橡树下歇息。史蒂夫边揪下一块面包嚼着，边饶有兴致地回忆当年，一脸的幸福。人老了都爱细说当年，是因为当年的记忆就像一群憋闷久了的小猪，迫不及待往栅栏外拱。

美国本着六十五岁以上老年人和一线工作人员优先的原则，在疫苗尚有限的前提下，让一部分身体脆弱和易感染人群先接种疫苗。史蒂夫刚接种了第二针，他说除了胳膊有点酸痛，没有任何不适的反应。

我们在那只有岗哨大小的展览室看到了关于獾堡的介绍。它修建于十九世纪中期，不是为了战争，而是为了化解年轻的加州混杂而居的印第安人、墨西哥人和白人之间的矛盾。

除了上百英亩的荒野与山岭，在那片相对平坦的营房旧址上，仍然耸立着几间土坯房。十几株沧桑橡树如风烛残年的老者，或没了树冠，或被雷电劈去了左膀或右臂，甚至有的被连根拔起横卧在大地上，因风吹日晒成了化石。独有一株老树并不孤单，因为下面长眠着一位被棕熊咬死的名叫里贝克的男子。其后人立的黑色石碑代替了他死时被朋友刻在橡树上的墓志铭：

IN MEMORY OF （以此纪念）

PETER LEBECK （彼得·里贝克）

KILLED BY A X BEAR （被一头灰熊杀死）

OCTR 17/1837 （1837年10月17日）

"这个不幸的人！其实这人何尝不是一个早期探险家？我听说他是法国人，住在加拿大，猎兽皮为生，远道而来，没想到送了性命。"看我对着那墓碑拍了许多照片，史蒂夫不无同情地说。

1850年，美国人的平均寿命是40.1岁，也就是说，多数生命离开这个世界的时候远比现在的我要年轻。想到此，我叹息无语。

"人类一直没断了对世界的探索。我们对世界的认知也是一个不断被推翻的过程。记得在学校时，教授告诉我们，人类在美洲生活了大约六七千年。而后来这个数字不断被推翻,越来越多的证据显示人类在美洲的历史可追溯到两万三千年前,一些学者甚至推测美洲人类历史可能长达十万年之久。一想到我们共同的过去还有许多有待发现,我真是感到兴奋。历史是活的,而不是死的。"史蒂夫大学毕业后先去了一所学校工作,却不是给学生上课,而是独自住在一个上百英亩的农场,每隔一段时间学校就组织学生前来"学农"。

他喜欢这份和孩子与自然打交道的工作,可天长日久,终于有些厌烦,便回到城市,在一家电话公司当销售。这对性格内向、不善言辞的他来说是"毁灭性"的。"我往往敲开人家的门,还没开始推销产品,就先紧张出一身汗。"好在他们的产品确实有优势,他居然顺利地签了几单。

"你常笑我爱说话,感谢上帝,都是那时候练出来的。"史蒂夫现在的公众形象完全是个职业演说家,不仅被邀请到美国一些有名的俱乐部、游船、大学去演讲,还受邀上过一期TED。他到我住地来,看到马路对面五六岁的小孩子,会俯身慈祥地打招呼,"你好吗年轻人?"在森林里看到守林人,他会站在那儿半小时一动不动,就当季的旱情大聊火灾对红杉树种子繁殖的益处。

做了几年磨砺性格的推销员,他又成了一家化工产品公司的中层管理人员,每天朝九晚五西装革履出入高档写字楼。"我太受不了那种环境了,郁闷得一心想辞职。忽然发现我喜欢摄像，于是就干起了电视摄像师，一干就是二十来年。"因出生入死跟拍了许多暴力凶险的纪实事件，他获得了艾美奖最佳电视摄像奖，同时也患上了严重的职业病——肩背肌肉损伤。

1994年，他本来打算跟拍一位探险家朋友的探险经历，没想到他那位朋友忽然瘫痪失语。他这位见证者成了探险者和组织者，先后历时二十年，历尽艰险，用美国为太空领域研发的Lidar技术"找到了"被丛林掩埋了近四千年的洪都拉斯古城。

"没有道格拉斯的冒险采访和精彩写作，这个发现也不过是探秘类杂志的一个小豆腐块文章。这本《失落的猴神之城》的畅销不仅引起了考古领域的关注，也让大众读者对热带丛林中的远古文明有了认识。"史蒂夫本人也成为电视访谈节目青睐的人物。他被吸收为"百年老店"——美国探险家俱乐部成员，很快又成为南加分会主席。

3

"你为什么这么肯定中国人在哥伦布之前就到过美洲大陆？如果他们真的来了，怎么来的，大概什么时候来的？"做过十五年的记者，尤其曾为某报纸主持了数百期名家对话栏目,我对人物采访还是相当有兴趣,这是我的采访清单上为史蒂夫列出的第一个问题。

"其实不可能确切说出中国人第一次来到美洲的时间。随着新的证据最终被发现,时间也将发生变化。中华民族是个智慧的民族,很长一段时间以来,中国一直有横渡大洋的能力。研究人员已经收集了大量证据,证明他们在过去600—2000年间可能多次访问过美洲。我们都知道,数千年前(可能是数万年前),海平面和陆地高度与现在我们看到的有非常大的差别,亚洲人既可以通过当年封冻的白令海峡从陆地来到美洲,也可以沿日本洋流跨海到阿拉斯加一带,再南下到如今的北美洲和南美洲。所以说墨西哥的玛雅文明受到了亚洲的影响,一点也不奇怪。"

"有意思的是,一万年前在现在的中国版图内生活的人是否应该被认为是中国人,我不知道,因为我们不知道中国文化当时存不存在。所以我感兴趣的是过去2000年中更具历史意义的时期,那时我们所知道的中国人已经很成熟了。"

"西方,尤其是美国有些相当有学问的知识分子把哥伦布当成一面胜利的旗帜——视他为把西方战旗插在美洲领土上的主权英雄。面对不同的声音和质疑,他们不愿倾听,而是将之视为洪水猛兽想一棍子打死。你怎么看这一可笑的现象?"说实话,采访了诸多哥伦布前跨海研究者,我不一定赞同每一位的观点,但对他们青灯孤影、备受嘲讽却仍追索真相的勇气由衷佩服。

史蒂夫说他早注意到了。"很容易理解,历史在一些政客和学者眼中,不过是意识形态领域里的宣传手段。有句话说得好,人们只相信自己愿意相信的。一切与人类有关的历史事件,都可能被人扭曲和利用。"

我们起身在风中信步走着,不远处是整个公园最体面的建筑——一个刷成了淡灰蓝色的二层小楼,那是当年军官的官邸。我们还未进去,先看到不远处几道土夯的残垣,那是一个菜园遗址,半截入土褪了色的粗大木桩风化得像水泥,上面锈成铜色的粗硬铁丝围成一圈栅栏。里面,十几只棕红条纹的珍珠鸡咕咕叫着晒太阳,看到有人前来,也纷纷安静下来好奇地打量着,似乎想破解对方的来意。我兴奋地叫道:"安妮的菜园!"

说到这个兵营,一位有血有肉的人物就是那位名为John William Gardiner的上尉军官。这位1817年生于缅因州一个富裕之家的男子是一位职业军人,19岁读军校,参加过美国早期的几乎所有战争,美墨战争后他被派驻在加州旧金山。1853年他前往南加的汽轮遭遇风暴,船上人员多半丧身大海。失去了随从的他有幸存活,身体却被多年的征战与这场海难击垮。1855年,他前往獾堡驻守,同行的有新婚的妻子安妮。他们的故事之所以被我读到,是因为他们二人都有写信的习惯——在那与世隔绝的荒野之中,给远在东部的家人不停地写信是他们生活中最大的慰藉。

当年的旧屋早已不存，如今这楼是1957年在旧石基上重建的。我们拾级而上，站在铁艺栅栏的窗前，望着那早已泛黄的蕾丝窗帘和一张婴儿木床，我似乎嗅到他家那热气腾腾的饭菜香，听到咿呀学语的孩子稚嫩的声音。木头案板旁，放着竹编的篮子，里面尚有几个素色的碗碟，似乎女主人只是下楼去菜园挖两个土豆马上就回来。一切物件都是拙朴甚至粗糙的，可又处处透着那生活在其中的主人的体贴。"厨子对烹饪似乎一无所知，而我自己知道得更少。"这是军官太太安妮的自我调侃，1855—1856年间她曾在此居住过一年。照片上的她端庄典雅，礼貌克制的微笑后面是掩不住的沧桑。当时的她34岁，丈夫38岁。新婚不久她怀孕生子，可婴儿很快夭折。她有一位名叫玛丽的女仆，是一位下级士官的妻子。除了从军营杂货店买到牛肉、羊肉、米、面，她有时从印第安人那儿买些瓜果，手有余钱的时候会请人从洛杉矶代买一些苹果、梨、葡萄等算得上奢侈品的食物。外面那小小的菜园毫无疑问让家人的餐桌多了一些菜蔬。偶尔运气好，外出狩猎的军人们也能猎到一些鹿、羚羊。

"跟那些早生的人相比，活在今天的我们是多么幸运。尤其是我们这一代美国人，不像先辈要靠独立战争建立起自己的国家，也没经历过血腥的南北战争。我们成长、生活在美国最稳定发达的时期，甚至比我儿子这一代人都活得更快活。"史蒂夫迈着不灵活的一条腿，俯身为那简陋的小屋拍照。

上尉写信给父母表达自己对四间宽敞住房的满足，他知道，一箭之外的士兵宿舍，码木头一样睡着六十甚至八十个成人。印刷册页上，黑白照中的上尉相当精瘦，也显得比妻子年轻，犀利的眼神、唇上的髭须都让人感觉他是个体质羸弱却思想进步的有为青年。他崇尚科学，向往文明，即使在这戍边的前哨，也不忘为远在华盛顿刚成立不久的史密森学会（Smithsonian）收集标本——在楼下石砌的地窖里，他有一个个装满酒精的小桶，里面浸泡着蜥蜴、蛇、青蛙、蟾蜍等各类獾堡特色动物。"每次我到地窖取东西，都担心那蛇会忽然从桶里伸出脑袋。"安妮的紧张一点也不足为奇，虽然他们卧室的地板上就有一整张印第安朋友送的狼皮，不同于平铺在地上的身体部分，那狼的立体的头部完全是按标本的方式制作，嘴巴大张，双眼机警地望着你，似乎可以随时从地上跃起来。

上尉同情印第安人，"我听说过的那些白人的暴行，如果是真的，太可怕了。印第安人天性安静和平，如果不受打扰，他们会一直与世无争地生活着。"1855年7月13日的家信中他写道。

他还鼓励几位士兵组建了一个小乐队Tejon minstrel（獾堡吟游者）。小提琴、吉他、五弦琴奏响的音乐和太太安妮不时张罗的下午茶会一起，着实为那空阔的兵营带来了不少温暖与笑声。

这兵营里的女人是比山上的熊还罕见的物种——有三五个,也不过是军人的妻子,除了玛丽受雇于上尉,其他女性便给兵营的医院和不愿自己浆洗衣服的军人做洗衣妇,按人头收取费用,每月2美元。

约翰上尉与安妮后来又生了五个孩子,两个夭折,一个死于二十岁,只有两个活到了二十世纪。他本人于1879年死于缅因州故里,活了62岁。

"如果不幸生活在那个年代,你是想当个猎人还是当个士兵?"我问史蒂夫。

"我宁可当个猎人,即便那个被熊吃掉的人有可能是我。我永远不会拿起枪去杀人,虽然我的父亲是'二战'飞行员。这可能也是为什么我对大自然、对人类历史那么感兴趣,我是个好奇心极强的和平主义者。"

"对洪都拉斯莽林中那被埋没了好几千年古城的发掘,让你成为可以在历史上留下一笔的人。那历时近二十年的探险经历,对你关于中国人在哥伦布前到达美洲的考证有什么影响吗?"说这话时,我们都望着不远处那面极大的美国国旗。国旗在风中猎猎飘扬,那上面只有31颗星星,标志着加州作为第31个州成为美国的一部分。

离约翰和安妮的家不远,是一个设为展厅的建筑。门开着,可以随意参观。当年军人们穿过的制服、马靴,巡逻时戴的头盔、胯下的马鞍,挎在肩上的枪支、水壶,甚至还有男女样式的纯棉质地的睡衣、睡裤、袜子,所有的一切都像被一只魔手触摸过一般凝固在了旧日光阴里。那些曾与这些东西肌肤相亲的生命呢?

4

"1994年,我和另一个也叫史蒂夫的人打算探访他一直有兴趣的那个'失落的城市'。这个史蒂夫其实是个treasure hunter(寻宝人),曾在世界各地寻宝,在菲律宾海域的沉船和海底打捞上许多中国宋朝瓷器。在冒险进入丛林之前,我们决定参观一座名为科潘的玛雅古城遗址。在那里,我很幸运地进入了刚刚开始挖掘的大金字塔的内部。"我们走到山坡脚下,在一片橡树林边的青石上坐下,史蒂夫摘下头上的渔夫帽,侃侃而谈。

"就像在印第安纳·琼斯的电影中,我们穿越了许多隧道和竖井。在一条隧道里,有一个巨大的浅浮雕雕塑,在我看来,它是格扎尔卡特(Quetzalcoatl,玛雅肖像中有羽毛的蛇)。沿着一条竖井下到另一条隧道时,我们进入了一个像房间的内室,里面有一个巨大的人头浮雕。有人说它很可能是一座国王的雕像,但在我看来,它有着明确的亚洲风格,让我想起了佛陀。回想起1971年读到的那些书,我立即相信玛雅文明和亚洲文明是相通的。"

"大约一年后,我在华盛顿参加了一个展览,与乔治·斯图亚特进行了交谈,他是《国家地理》的首席考古学家,也是玛雅研究的领导者。我向他提到了我在科潘看到金字塔内的浮雕头像的经历,说它让我想起了佛陀,让我看到了玛雅文明与中国文化的关联。令我惊讶的是,他同意我的看法,说这需要对古代玛雅人和中国人之间可能存在的联系进行更多的研究。无论如何,他相信欧洲人到达新大陆之前,亚洲与美洲文明一定有过越洋接触。不用说,我很高兴一位权威的考古学家同意我的看法。在哥伦布之前亚洲和美洲之间跨洋接触的概念从此在我脑海中挥之不去。"

如果说起对哥伦布前跨海活动研究的执着,我相信史蒂夫当属第一人。不同于史蒂夫·杰特、爱丽斯·柯霍这样终其一生孜孜不倦的教授——这些研究本身就是他们的职业方向;不同于约翰·罗斯坎普对岩画的潜心考证——那独树一帜的理论至少让他在这个研究领域得到关注;也不同于夏洛·哈利斯·利兹——从小在中国长大,耳濡目染之际,夏洛从父亲手上继承了罕见的古董地图……他什么也没有,有的只是一颗好奇心和想探究真相的勇气。他不仅花去大量时间和精力,还投入许多金钱,甚至雇了自己退休的父亲为他搜集证据、联系相关研究者。我在史蒂夫借给我的那本《几近褪色的记忆》中,曾看到两页打印出来的工整文字。时间显示1993年1月18日。主题那栏写着

Chinese discovery（中国人的发现）。下面列着需要搜集的图书、刊物、照片。如果是图书，需要记录下作者、出版时间、出版人、页数、主要观点……上面圈圈点点是他那已经故去了的父亲的手迹。"我父亲做得很好，因为他非常细致。他甚至偶然找到了一位来自北京的媒体工作者，并请他搜集到一些关于这个主题的中文文本，将它们翻译成英文给我。我父亲受我的影响，对这个话题也越发着迷，也是很偶然的，他读到一位15世纪西班牙航海家的日记，说在加利福尼亚湾看到了中国风格的船只，以及附近海岸上看起来像中国人的人……随着时间的推移，我收集到越来越多的信息，我听到看到的一切都证明，哥伦布绝对不是第一个来到美洲的人，腓尼基人、波利尼西亚人、马来西亚人都可能穿越大洋来到美洲，而中国人，那具有悠久的天文、地理和航海能力的智慧之邦，毫无疑问早就到过美洲。我很幸运遇到你这个中国人，一起来走访那些关于这个话题的研究者。"

说得兴起，史蒂夫眨巴着双眼皮的大眼睛冲我笑了，他掏出手机让我看他正在读的一本书《中国远航》(*China Voyage*)，作者是一位名为蒂姆·赛维林（Tim Severin）的美国人，"这本书描述了1993年4月，蒂姆·塞维林如何乘坐竹筏从越南启航，踏上6000英里的航程，前往美国。他听说过那个古老的传说：公元前218年，秦始皇派遣术士徐福向东跨海寻找种植长寿药物的土地。虽然徐福失踪了,但蒂姆相信用竹筏都能穿越太平洋到达美洲,这将有助于解释哥伦布发现美洲前的高级文明与亚洲古代文明之间惊人的相似之处——说明亚洲人或者准确说中国人早就到过美洲。"

我立起身,沿着坡地走着活动筋骨,看到一个不起眼的木牌上写着"炊灶间",地上赫然有堆坍塌的厚实条形青砖,旁边有一圈围成圆形,从直径和形状判断像是一个井口。

史蒂夫也赶过来,他仔细打量着那仍看得出痕迹的烤炉和灶基,并没像我一样时而东拍西拍,时而立着发呆,而是弯腰用一根随手捡来的木棍在土里认真地翻找着什么,俨然一个职业的考古工作者。一会儿,他手里捧着一堆瓷片过来让我看,那些白的、蓝的、绿的碎瓷片显然是来自军人们用过的饭碗盘碟,多数是天青色,有的带几道朴素花纹。

当时的骑兵上路巡逻时,除了佩刀和枪支,就是干粮袋里那几个unleavened bread(死面儿面包)。那面包就是在这如今只残存着几块砖头的烤炉里出炉的。之所以不放酵母,就是为了让面包不松软,瓷实,不占地方,更解饿。

听我慨叹先人们生活之艰辛,史蒂夫说这也是他常为自己的安逸生活感到不安的原因之一,"比我们早出生的人类,经历了许多困苦和灾害,他们也都是活生生的人,来了又走了,尽了他们当尽之力。现在的人类和历史上的先祖相比，物质上发达得多。我们是不是该在吃饱喝足之余做点什么？这也是为什么我要做这个研究，不完全是基于好奇。真是为了满足好奇心，我可以和另一个史蒂夫一样当一个寻宝者，那多刺激，还有可能发财。可是我愿意为发现人类历史的真相做点什么，就像去洪都拉斯的丛林里探寻那传说中的古城。我太太开始都认为我疯了——四处联络考古学家，搭钱花时间租设备，还冒着被毒贩子们袭击丧命的风险。可现在回头看，那一切付出是多么值得！"

我和史蒂夫不时会聊到死亡这个话题，他说自己对这个世界付出的越多，越不惧怕死亡，"即便我这个人从世界上消失了，留下的cultural legacy（文化遗产）却可以传下去……我希望这次对哥伦布前人类跨洋活动的采访能有突破——你知道随着地球变暖，自冰河时期以来，海平面已经升高了许多，这让许多沿水而居的先人遗址都被淹没在水下。好在这些年水下考古无论是装备还是技术都更先进了，也有越来越多的物证被发现，比如大西洋的北海沿岸水下200英尺、加州海岸80—400英尺水下，都发现了几千年前的定居点。其实理论上，许多人都相信哥伦布前人类到达过美洲，只是人们固执地愿意眼见为实，看到物证后才说yes。我想如果我们有生之年的努力哪怕只能引起人类对这个历史真相的关注，就没有白费。"

这个世界上确实有不少人不想白活，比如2020年那个徒手靠两只桨穿越了大西洋的21岁女孩捷斯敏·哈利斯

（Jasmine Harrison）；花了七十天三小时四十八分，跨越3300英里，从加那利群岛出发到达加勒比海域的安提瓜。厄顿·厄如克（Erden Eruc）2021年从加州出发，徒手划船完成了独自横渡太平洋的壮举，他是第一个赤道以北徒手跨越亚美两洲大陆的人。"他离开美洲大陆后，先后停泊在夏威夷和关岛，然后到达菲律宾。这说明什么？几千年前的古人同样可以做到。太平洋看似浩渺，可途中有许多岛屿可让人停靠歇脚，即便用最简单的小船也能完成跨洋活动。"史蒂夫和厄顿都是美国探险家俱乐部的成员，二人曾在海上视频通话。

5

后来，我和史蒂夫又分别在夏、秋、冬不同季节去过獾堡。和那些网红打卡景点的浮光掠影不同，这个荒凉的所在似乎是我前世就熟稔的家，每次不管带着什么样的心情奔来，我的心立即踏实地有了安放之处。

普鲁斯特说，他愿意相信那个古老的部落传说——人死之后的灵魂会被拘禁在某些看起来低端的生命上面，或是一棵树，或是一块石头，或是一头野兽。那被截获的灵魂，有时——并不总是，在若干年后偶遇某个能听懂它呼唤的有缘人，随即魔法解除，灵魂得到释放再次回归人类。我情愿相信真有那不期然的灵魂呼唤，至少可以来解释我对这个栉风沐雨近两个世纪，仍从容执着地在大地上存在的兵营的皈依感。我希望我是那个能听懂灵魂呼唤的人，我希望我能释放那些被囚禁的不甘心的逝者。

站在那儿，举目四望，闻着那清凛的空气，我的心是那么踏实温暖，仿佛一个手脚长满冻疮四处流浪的孩子，终于找到了一直渴望的火炉，找到了那一块给予小小身心温暖的布。是的，一块布，那遮天蔽日的大块云朵厚重得如奶白色的麻布。那密不透风覆盖着山峦的苍翠树叶和野花亦好看得如一块绸布。甚至，那被种植过蔬菜、垒过锅灶的黄沙一般的土地，也如一块让人的脸想贴上去的棉布。

最后一次去獾堡是在一个雨后的冬日。除了我们两个参观者，就是山脚下那片橡树林里的野鹿一家——六七只身形矫健的大鹿小鹿敏捷地在树间跳跃着，看到人，也不躲避或惊慌，反倒立定不动，抬头望过来，像一尊尊有温度的雕像。

我们聊到生活中那些看似偶然的必然。生命中许多看似当下没有意义的瞬间，在人生的长河中往往阴差阳错被串联起来，便成为一系列让人吃惊的现象。因为没有先例可循，你只能称它为奇迹。

史蒂夫说正当我们开始认真介入这个项目时，他联系上了两位年轻时就崇敬的学者——史蒂夫·杰特和爱丽斯·柯霍,《那些跨海者——哥伦布时代前的洲际接触问题》一书中两个重要章节的作者,该书出版于1971年,正读大学的史蒂夫读到后如闻天音。我有幸也在网上买到一本二手版,采访这二位博学又谦逊的前辈前,读了他们半个世纪前的文章,仍感觉耳目一新。

"幸运的是,他们在50多年后仍在研究和写作!他们一生的学术工作对我有很大的帮助,激励我继续探索更多的细节和答案。我希望除了老一辈,能有更多年轻人加入进来,继续寻找我们共同遗产背后的真实故事。人类环游世界的时间比我们大多数人认为的要早得多。"

我好奇地问:"你读了很多关于这个主题的书,认为谁的理论更合理?"

他仍然首推史蒂夫·杰特,甚至打算自己出资邀请他从弗吉尼亚州到洛杉矶来演讲,为的就是让更多的人听到他的声音。"在过去的几十年里,我读了几乎每一本书、研究报告和我能找到的关于这个主题的前卫理论。我认为没有一种理论被称为'最合理'的,因为大家都从不同的角度不同的证据出发,凡是由科学证据支持的观点都值得给予关注和进一步考证。在我看来,斯蒂夫·杰特博士在他的著作中总结并解释了各种思想的精华。他对细节的关注和科学的严谨是一流的。特别是他的《远洋穿越》一书及其即将出版的最新版本,对当时已知的情况进行了严格的总结。当然，随着新发现和收集到的新证据的出现，这些研究成果还将得到提升和发展。"

对那些冒着生命危险而不断探索的勇士，史蒂夫更是不遗余力地赞颂支持。也是在他的赞助下，2022年春天，英国航海家菲利普·贝尔来到洛杉矶，在宝尔博物馆进行了一场精彩的演讲。菲利普是一位退役的英国皇家海军军官，他很偶然地在马来西亚参观一座古庙，墙上一艘公元800年的古船浮雕让他突发灵感，决定复制一艘漂洋过海。那艘船长19米，宽4.25米，被称为Samudraraksa，意思是"海洋的守护者"。2003年，菲利普率领15名船员的考察队驾船从马来西亚穿越印度洋，并于第二年抵达西非。

这一成功让菲利普决定走得更远一些——他复制了一艘公元前六世纪的腓尼基古船，开始了另一场远征，于2008年8月从叙利亚出发，穿过苏伊士运河，绕过非洲之角，沿着非洲西海岸，穿过直布罗陀海峡，穿过地中海返回叙利亚。这次探险的目的是证明古代腓尼基人和马来西亚人一样，完全有能力跨海远途航行。

腓尼基人可能走得更远吗？2019年，菲利普迈出了更大胆的一步。同样的腓尼基船，同样是临时招募来的志愿者船员，这一次是从古城迦太基（现在的突尼斯）出发。

"我完全相信腓尼基人的船可以比哥伦布早几个世纪到达新大陆。"六个月的海上漂泊后，2020年初他们抵达美国佛罗里达州。

菲利普面容和蔼、温文尔雅。听罢他的演讲,我问他如何看待中国人到达美洲的可能性,他微笑着说当然非常有可能,"中国的科技水平在十五世纪之前一向是世界领先的,可惜后来闭关锁国,让欧洲人赶超了。跨越太平洋的难度也许比腓尼基人跨越大西洋要大,因为太平洋更宽广。"

"可是史蒂夫·杰特不同意这个观点,他一再强调距离不是问题,重要的是洋流和风向。而且北大西洋连接欧洲和美洲的最短距离不过240英里,亚洲和北美洲之间的白令海峡最窄处只有25英里。"史蒂夫打断说:"在我看来很明显,数千年来人们一直在使用船艇穿越海洋,证明海洋并不像以前认为的那样是一道可怕的屏障。而这个世界之所以是现在的样子,正是源于人们的旅行和迁移,源于他们与其他群体的接触,互相交流。这种行为被人类学家称为传播繁衍论,比某些学者坚信的独立发展论相比更符合真相,因为细究起来,世界各地区的文明有许多重叠和交叉的内容。"

6

这里仍然有风，温度也比我所在的小城低8℃，因为提前穿戴得严实，也并不感觉太冷。我们带了登山杖，沿仍显空旷的公园走了一圈。一切都已经是熟悉的，可我仍不时会停下来，从不同角度拍那永远拍不够的橡树和旧房破壁。

"与大自然相比，我们人类真是可笑。努力工作赚钱，按揭个房子，买树种下，雇园丁照料，期待它们茁壮成长，还不尽如人意，不是死了就是不争气地不开花、不结果。但是走出来看看大自然——你不需要做任何事，所有的美都在那里慷慨恣意地展示给你。当年的驻兵其实也是幸运的，不像现代人，朝九晚五做办公室里的机器。"史蒂夫边走边感慨。他已经在一株老橡树下捡到两只带着尖利门牙的袖珍头骨，"这俩可怜的家伙可能是老鼠或鼹鼠，当了苍鹰或秃鹫的美味。"雨水的冲刷让土褐色的原野不时闪着亮光，我低头细看，才知那是一块块瓷或玻璃残片。

"你认为迄今为止，关于哥伦布前人类就到达过美洲的研究，人们发现的最可靠或最有说服力的证据是什么？"我问史蒂夫，也学着他的样子在地上寻找着，似乎那证据就在脚下。

"最可靠的证据似乎是文化符号、生物物种和语言。一些在美洲很常见的石头制成的文物也很引人瞩目,具有强烈的中国主题,如果能找到来自中国古代的船只或定居点的无可辩驳的实物遗迹,那将是一件非常棒的事。最近加州的圣克拉门托就有新的发现,一些古船残骸被怀疑来自中国。当然这听起来有点像大海捞针,因为美洲大地太大了,真有遗物要么已经腐烂,要么处于数千年来被不断上升的海水覆盖的海岸。一些文物或遗骸有可能在内陆被发现,但同样,除非中国人大量来到这里,否则偶然发现此类文物或遗骸的可能性微乎其微。其实你可以做点贡献,你知道吗?"史蒂夫说罢抬起头眼睛望着我,"我听说中国有些保存至今的古代私人藏书楼。虽说明代销毁了几乎全部关于郑和航海的记录,可说不定有些漏网之鱼,那些藏书楼的古书里也许就有白纸黑字的详细记载呢,也许某卷里不仅有航海图,还有他们当年到达美洲的文字记录。要是我懂汉语,就会花上一两年时间去寻找这些可能存在的古籍。"

我说藏书楼应该会对藏书建立档案,即使不是每个文字都被人读到,至少藏书的大概内容还是会有所分类和梳理的,不至于有这么重要的记录而被埋没吧。

"万一有被忽略掉的呢,说不定就是影响世界发现的重要信息呢。"史蒂夫仍不死心,让我想到他从小得到的外号"翻过下一道岭子史蒂夫"。说实话，我真心佩服他执着、认真的精神。

"在你有生之年，你觉得会看到人类改写哥伦布发现新大陆的历史吗？"我眼前忽然一亮，一个灰铜色的东西兀自躺在地上。我弯腰把它捏在手里，那是一枚制服上的金属纽扣，上面有三个大写字母：CSA。史蒂夫惊叫道："天哪，你知道这是什么吗？这是南北战争时南方联邦军人制服上的扣子。在这样一个军事堡垒被你捡到了，太神奇了！"看到我狐疑的眼神，他掏出手机搜索美国内战纪念品的照片，那纽扣果然和我手中这枚一模一样。

我们走到树下的长椅上坐下。"不再需要重写哥伦布发现美洲的历史，因为已经毫无疑问地证明，维京人在近1000年前就定居在这里。那大约比哥伦布早400年！这还不包括生活在美洲成千上万年的土著人——既然土著人能来美洲，哥伦布之外的人怎么就不可能来到？只不过不为人所知罢了。史蒂夫说他不久前去了趟圣地亚哥，去拜访史蒂夫·杰特，他从弗吉尼亚赶来看女儿。"我们俩随机问了十位路人，是否相信哥伦布不是发现新大陆的人，人们的答案让我俩都吃惊，其中八个人都毫不怀疑地说哥伦布肯定不是。至少说明一点，人们越来越开放，越来越理性，不再单纯相信被课本或历史学家灌输的知识。"

回到家，我一页页读着从獾堡那小小游客中心拿回来的宣传册，其中一页写着：如果你发现了一件文物，请把它留在原地。Leave only footprints. Take only memories.——只留下脚印，只带走记忆。

  我打算下次去獾堡，把那颗纽扣带回去。就像史蒂夫说的，"考证历史的真相，其意义就在于让哪儿来的归哪儿去，尽量减少张冠李戴或鸠占鹊巢。"是也。

默里·李：

我有 50% 中国血统，
100% 相信慧深到过美洲

In Search of Gold Mountain

A HISTORY OF THE CHINESE IN SAN DIEGO, CALIFORNIA

By Murray K. Lee

To Bing Li with love! I hope you enjoy my book. Murray Lee

To Bing Li with love. I hope you enjoy my book.

—— Murray Lee

带着爱致意李冰,我希望你喜欢我的书。

——默里·李("二战"军人,博物物创建人)

1

从洛杉矶出发，开车将近两个小时，按导航提示，七拐八绕，我们终于将车停在圣地亚哥一个半山坡上。站在这房屋与树木错落参差的居民区，举目望去，带着雾气的太平洋近在眼前。

在美国，我已经发现，如果你身处一个小区，看到许多参天老树与几乎没有重样色彩与房型的人家，很显然，那是一个有些历史的富裕居民区。九十四岁的默里·李（Murray Lee）的家就位于这样的一个所在。

还没进屋，我先被他家门口那株叫不上名字来的大树吸引了。它主干遒劲四仰八叉地龙一般卧在大铁门外，一副为老者尊的派头，却仍枝繁叶茂，在加州的蓝天下舒展快意地享受着日光浴。

"你们找我父亲做什么？采访？关于哥伦布之前中国人到过美洲的话题，说实话我真不知道我父亲之前写过这类文章。"还没进院，史蒂夫接到一个陌生电话，迟疑地接听了,才知道对方是默里老人的儿子,他说刚才给父亲打电话问候,得知有客人正在来访途中,"请原谅我的多虑,你知道社会上有些骗子专门打空巢老人的主意。我母亲去世后,父亲这几年一直独居。因为热心做社区服务,他的名字和家庭住址许多人都知道。我这就让人给你们开门。"

电话刚挂断,就见一位身形健壮的年轻西班牙裔女子朝大门走来,她微笑着自我介绍说她是默里的健康护理员,名叫提娜,与公司派的另外两个员工轮流上门照顾老人的日常生活。

"你们好!谢谢从洛杉矶远道而来。"正说话间,主角推开屋门,步伐轻快地出场了。

老人长着一张中国人的脸,目光坦诚,风度翩翩。衣着则是地道的美国风格。质地很好的蓝色棉衬衣利索地扎进牛仔裤里,脚上一双白色休闲鞋。瘦削的脸上布满岁月的沟壑,但老人仍显得矍铄挺拔,尤其那高挺的鼻梁和极有涵养的微笑并不会让人想到苍老二字。

"我父亲是纯粹的中国人,我母亲是非常不纯粹的西方人,身上有苏格兰、爱尔兰、德国、英国血统。"显然这是一个从小到大不知回答过多少次的问题,九十四岁的默里说起自己的出处来一点儿也不打锛儿。

边说我们边往屋门口走,我留意到那是个极雅致的住所,就像它的主人,有底气而不轻慢、不浮华,处处显得井然有序,舒适而自然。让我感到新鲜的是,院墙边有一个凹陷的小水洼,也不过一个井口大小,只能没过脚面的深度,嫩绿的水藻间,有细小的鱼儿在欢畅地游动。

看我对园林那么感兴趣,老人笑得更开心了,客气地轻声问我是否先去后院看看。

穿过中西合璧的客厅,便是那极有热带风情的一个不小的后院,几株高大苍劲的丝兰像剑和戟的化石坚守着脚下的土地,顶上的叶片如绿色的巨大花朵向天宇盛放。木头长椅、凉棚、廊道,虽然暴露在室外,却一点儿也没破败或腐朽迹象。葱郁的树木下,几个大陶盆里的多肉茎干长长地垂下,肥嘟嘟的叶片晒成诱人的绯红色。这是一个生活品质极高的家。

"你看远处那家人搭在后院的观景房,形状像不像蒙古包?"老人笑望着我,目光里带着几分顽皮地询问。我发现难怪这位历经战争与岁月风霜的老人让人如此放松——他的笑容除了良好家教赋予的涵养,还有几分年轻人的单纯与腼腆。

1983年自美国东海岸搬到圣地亚哥后,他和太太接受儿子的建议买下了这套时价二十万美元的房子。这显然是一项令人满意的投资,这套房的市值现在至少二百万。"你看看房子侧面,我安装了一个可以伸缩的晾衣架,一点儿也不影响美观。加州的阳光那么好,可几乎家家都浪费电力用烘干机把衣服烘干。"他说得一点儿没错,那位于屋檐下的长长一排衣架晾晒两条大床单毫无问题,收起来几乎不被发觉,即使撑开晾晒上衣物也不碍观瞻,因为那个狭长地带是无人区,一侧就是邻居后院院墙。

出生在美国,年近百岁、以不凡经历受到社会关注的他一点儿也没有一般美国人不由自主的优越感,更不像一个名字与照片都已经被刻在索莱达山国家退伍军人纪念碑上的英雄,反倒像受中国儒家文化熏陶的老一辈人,他总是客气谦虚地微笑着,说话声音也不急不缓,透着对别人的尊重。

进得屋里,他殷勤地给我们介绍墙上、柜上挂着的物件,从照片、油画、雕塑到屏风,"这里许多都是我母亲的旧物,你看这个瓷制的猫头鹰,是她亲手烧制的,还有那两幅油画也是她的作品。她是个自学的艺术家。"

是因为血液里流淌着东西方共同的优秀基因吗?从墙上那幅黑白照片上我看到了十八岁时的他,不由惊叹:这位老爷爷年轻时长得也太帅了!那一刻我不禁想到88岁的好莱坞电影明星周采芹跟我说到木心时的一幕——"你不觉得他长得太好看了吗?"好看,这个简单的词似乎又最确切,她一生中与萧恩·康纳利、丹尼尔·克雷格等无数经典帅男人合作过,看到木心的照片仍无法掩饰由衷的赞美与倾慕。

"有一天我在各房间都找不到他,急得跑到院子里去喊他,才发现他原来正站在梯子上查看房上几块漏了的瓦。九十多岁了,居然还拿自己当年轻人看!他洗澡时也总把浴室的门关得严严实实,说他不需要任何帮助。"三十多岁的提娜是一位南美裔的健康护理员,与另外两个女子一起轮流上门照顾老人的起居。她很健谈,许多关于默里的生活细节都是她主动坦陈给我的。"他是我照顾的人里面岁数最大的,却是最有活力、最头脑灵敏的。"

"那时的我刚高中毕业,美国正式对日本宣战,我立即报名参加了海军商船舰队,负责运送军用物资和给养。虽然不是战舰,可相当危险,因为那是日本人极力想炸沉的首选目标。"照片上的他戴着白色海军帽,面容俊朗略带忧郁,目光冷静坦荡,是因为战火就在前方吗?那坚挺的鼻梁和轻抿着的嘴角都无声地散发出视死如归的豪情。

默里出生在美国东海岸的马里兰州,对那个从广东踏上美国土地的祖父基本没有印象,不仅因为他早逝,还因为那独自把四个孩子拉扯大的孀居奶奶几乎很少提到爷爷那个符号一般的人物。他只知道爷爷生得高大、健壮,外号"大象",跟着广东同乡一起为寻找金山来到了异乡,"他们那一代人可以说没有一个人真的发了淘金财,多数人都沦为修铁路的苦力。可正是他们受的苦难和歧视,让后来的华人为实现美国梦打下了基础。"他从心底深深敬畏着这位从未谋面的爷爷,并于2016年写作并出版了一本彩绘插图版的书《征服了印第安人的"大象"》,根据史料和想象记述那威武强壮的"大象"在修铁路时被印第安人抓走的事实。"他和同伴在前方铺路基,远离后面的修路主力,忽然从密林里杀出一队仇恨铁路入侵的印第安人,所有人都被事先告知,遇到这种情况就往树林或可隐蔽的地方跑,可偏偏我的爷爷离树林最远,打倒了几个印第安人后,最终被一群人抓住捆押回了部落。"幸运的是那印第安酋长刚失去了儿子,看到这位高大健壮的黄皮肤长辫子的小伙子顿生爱意,不仅没杀死他,还在见识到他与族人共同捕猎的英勇事迹后收他为义子。后来印第安人不堪忍受白人的骚扰和敌对,打算北迁到加拿大,默里的爷爷被仁慈的酋长允许投奔自己的同胞。"他给一个开赌场的中国人当保镖,跟着去了东部对华人歧视较缓和的马里兰州,后来娶妻生子,得以有了后来的我父亲和我们这一代。"

"更多的细节,我只能猜想。你知道,中国人有那么悠久的历史,一向是勇敢、智慧、有责任心的形象。"默里只会说不多的中国话,且是普通话,因为身为华裔的父亲遇到并娶了听不懂汉语的母亲,鲜有再讲中国话的机会——当时他是一家酒吧的经理,心仪他的那位金发碧眼的女孩是收银员,两人恩爱至死再也没有分开。

"我在大学选修了汉语。我曾会读会说,却不太会写。"我笑着问他用普通话如何介绍自己。"你好不好? 我叫李国光。"他说完自己先笑了,说由于没有机会说,基本都忘了。他自己的两个儿子更是典型的ABC(出生在美国的中国人),一句汉语都不会。

同样是在那面挂满了照片的墙上，我看到了2016年一幅圣地亚哥华美博物馆颁发给他的奖状——感谢他二十年来对亚裔文化遗产保护所做的贡献。也正是从那中英文双语的奖状上，我看到了他的中国名字：李国光。

我也看到了一张让我感动的小字条，就在电话机旁边，上面是一行工整的字：Bing is coming to interview me（冰正前来采访我）。那是他怕忘了写下的自我提醒。

"你相信中国人早在哥伦布之前就到过美洲？"我问他，感觉我们像祖孙俩在太平洋边的后院闲聊。

"我相信，虽然我没有任何文物证据。我现在收集到的文物多是印第安人的石头箭头，那是我小时候在密歇根外祖父的田庄里发现的——人们犁地，就有这类东西会被翻出来。"为了找到当年他发表的那篇关于慧深到达美洲的文章，我们在他保姆提娜的帮助下，在那小型图书馆一样的书房像特工一样翻找，仍是大海捞针一般一无所获。最后，还是介绍默里给我们的夏洛，给我把她手头那份复印了一份，从弗吉尼亚寄了过来。

2

"采访相信中国人在哥伦布前到达美洲的人,你不应该错过Murray Lee,我和他有过一面之缘。只是他年事已高,不知道是否还愿意接受采访。"刚接受完我的采访,热心的夏洛主动提供给我她认识的几位相信哥伦布前中国人到达美洲的研究者。她手头没有默里的手机或邮箱,建议我通过Linked-in(领英)找找看。领英是美国人找人的一个重要途径,即使像我这样不用脸书的人,也有一个领英账号。我的美国邻居朋友们更是视领英为找工作的一个非常重要的途径。可是,一个耄耋之年的人,活跃在社交平台上的机会几乎是零。好在史蒂夫利用庞大的探险家会员网络,很快找到了他的电话号码,并迫不及待地打过去。"你永远不知道,这么大岁数的人是否还能在第二天早上醒来。"

史蒂夫很兴奋地告诉我电话打通了,"他亲自接的电话,说是在家里玩纸牌呢,听着状态不错。我跟他说明了你要采访的目的,他期待你的电话呢。"

"你要来采访我?欢迎。请告诉我你的名字和来访时间。请记下我家的地址。我等你。"当那个彬彬有礼的声音在我耳边响起来的时候,我不敢相信对方是一位94岁高龄的老人。他耐心、温和,偶尔停顿下来想一想如何回答我的问题,也会及时地说声抱歉,真诚地说"我记不得了,需要查一下"。还没见面,我就似乎看到了一位儒雅、开明的谦谦君子。

在见面之前,我已经在网上读到了几家电台之前对他的采访,最早的已是十年前。

而最近的一期则是2018年,近90岁的他接受一个名为《故乡英雄》栏目的采访。他出生于密歇根州的外祖父的农场,在底特律和华盛顿特区长大,在成为一名出色的制图师和历史学家之前,他曾在"二战"期间在美国商船队服役。

当我们面对面坐在他的家里,所有的话题自然都不外乎细说从前。"在美国大萧条期间,我的父亲想把家安顿在华盛顿特区,因为他作为小生意人本能地感觉在首都应该有更多机会找到工作。可搬到那里去了才发现,那里几乎没有亚裔人!"为了进入著名的华盛顿·李高中,默里需要参加撑竿跳、半英里跑、跳远等一系列体能考试。1941年日本偷袭珍珠港,这一事件彻底改变了美国所有年轻人的命运。

"每个人都知道一毕业就得去服役。而亚裔美国人如果从军,会被安排到一些不那么重要或机密的岗位,尤其是日本裔的人,自从珍珠港被炸,非常受歧视。我周围许多亚裔人都在衣服上别着字条：我是中国人。你知道美国人分不清中国人、日本人，如果认定你是日本人，很有可能出手殴打你。"说到当年旧事，老人记忆犹新，仿佛只是发生在昨天。"我的出生证明上种族那一栏是白人。我的白人母亲生下我时，密歇根州的医院里在种族一栏里没有亚洲这一类别。于是我毫无选择地被归入了白人。"可能由于身上那一半高加索血统让他本人并未受到太多种族歧视，直到后来他成年后遇到心仪的亚裔女人格拉迪斯，"我所在的弗吉尼亚州仍然禁止亚裔与白人通婚，我们只好在与弗吉尼亚州有一河之隔的马里兰州结婚，那里没有这样歧视性的规定。"

默里的父亲曾有过一位中国太太，生有三个儿子。"我有两个同父异母的哥哥在珍珠港事件后成为第一批应征入伍的华裔美国人，分入陆军和空军服役。我的大哥甚至在喜马拉雅山上空飞跃驼峰航线时从一架被击中的C-46飞机上跳伞逃生。为了让机上二十名战友成功跳伞，飞行员极力保持飞机稳定，最后被日军击中壮烈牺牲。幸存者包括哥伦比亚广播公司传奇记者埃里克·塞瓦雷德（Eric Sevareid），在缅甸丛林中遇到了以猎人头颅彰显英勇的纳加部落。经过一个多月惊心动魄的躲藏，这些人幸存下来继续参战。

默里与几位高中同学决定报名加入美国商船队。在纽约羊头湾接受训练后，他被派往弗吉尼亚州的诺福克。

"我知道他们为什么要招募新兵,因为他们没法留住既有的船员,那艘建于1916年的船身油漆完全脱落了,根本就是一个锈疙瘩。"

这位18岁的年轻人以前从未驾驶过一艘船,但很快就展示了他作为舵手的灵巧与机敏。他先后在自由号、胜利号上服役。

"你看到过圣地亚哥那个闻名世界的雕塑吗?一个美国海军与一个陌生的女护士在纽约时代广场拥吻庆祝'二战'结束。那一天是1945年8月14日,V-J Day(Victory over Japan Day,抗日胜利日),我不仅在时代广场,还目睹了那一幕!"他说当时没想到未来有一天这一幕会成为人类历史上一个独特的细节,更没想到自己会生活在圣地亚哥,而离家不远就是那尊真人大小的雕塑。"每当我看到那尊超凡脱俗的雕像,我都会想起当年我是多么害羞,虽然满怀激动和喜悦,可不敢尝试那大胆的举动。"

"二战"的结束对默里和他服役的船来说并不意味着危险的结束。"我出航多次,除了运送物资还负责从欧洲运回参战军人。有一次从古巴运送一批蔗糖到欧洲,船的发动机出现故障,我们在茫茫大西洋上漂了四天。终于等来了营救船,可拖绳断裂。最后我们尝试着燃烧一些糖做动力,幸运的是船再次开始移动。即便没有机械故障,在曾是战场的大西洋上航行时,我们必须万分小心浮雷。"说到亲历的一切危险,老人已经是云淡风轻,像给年轻的后人

- 357 -

讲故事。

作为24万商船船员中的一名，默里也收到了哈里·杜鲁门总统的感谢信，但直到1988年商船船员才有资格享受退伍军人福利，而对于默里，直到2001年，他才收到这迟到的荣誉。

"我没有获得政府给退伍军人可以免费读大学的补助，只能周末和夜间去打工补贴自己的学费和生活费。"正是在乔治·华盛顿大学读书期间他发现了自己的写作才华，也认识了自己相伴半个世纪的伴侣。

3

采访默里那天是2021年9月16日。截至当天，全美感染新冠的总人数已逾5300万，总死亡人数为82万。当天死于新冠的总人数是3418人，其中洛杉矶有27人，圣地亚哥为17人。

"我打了疫苗，我不担心去外面吃饭。"时近中午，我提议请大家去吃中餐，默里和提娜显然早巴不得出去透透气，都爽快地答应了。十几分钟后，我们已经奔向提娜推荐的一家中餐厅。坐在同一辆车里，我们谁都没戴口罩。

我也和许多美国百姓一样，对这吓人的数字早已像温水煮青蛙一般麻木了。

一些美国人甚至有点儿"庆幸"新冠疫情带来的windfall（意外之财），比如一对普通的洛杉矶夫妻，因为疫情没了工作，两人分别可以得到州和联邦失业补助3600美元，两人加起来就是7200美元，还不用纳税，远比之前有工作时手头还宽裕。小公司老板，只要没在疫情一开始就关门大吉，也得到了政府的慷慨救助，有人甚至新晋成了富翁。我认识的拥有一家小型法律事务公司的迈克就是如此，不仅重新装修了房子，还在得克萨斯州买了第二套房。BBC新闻报道说，疫情让地球上许多人沦为穷人，可也让520万美国人成为百万富翁，全球这支队伍增加到了五千六百万人。至于马斯克、扎克伯格等千万富翁，更是比疫情前富了62%！

为了安全，我们选择坐在室外临时搭起的餐区。一位讲着广东普通话的中年妇女端上茶水，上前来招呼我们点菜。默里轻声说他想吃萝卜丝糕。史蒂夫和提娜建议我这个中国人全权负责安排。肠粉、虾饺、炒牛河、蒸排骨……很快一一上桌。"他的胃口极好，你看，他比你都能吃。"提娜边吃边笑着说。

由于我和默里相邻而坐，我得以跟他接着聊。

他和太太在1983年迁至儿子所在的圣地亚哥居住，从此这位出生在一半华裔一半西裔家庭的混血男子，开始为筹建圣地亚哥中国历史博物馆挥洒光热。1996年博物馆建成,他当选为馆长。为记录圣地亚哥华裔历史,他走访了数不清的地方,从旧金山拘禁华人的天使岛,到洛杉矶的中国城,再到圣地亚哥的每一条华人生活过的小巷旧街。他寻找、采访、拍摄、记录中国早期移民的后人,中国先民曾生活、工作、居住过的店铺、农场、旧址,他们百年前残损的照片、用过的遗物……他都视如珍宝。为了引起社会关注,他做过无数次公开演讲,采访过他找得到的每一位华裔家族后人。2011年出版了《寻找金山》(*In the search of the gold mountain*)一书,详细介绍了中国人在圣地亚哥地区的历史和贡献。

"你这么做,究竟是缘于骨子里的那一半中国基因的驱使,还是完全是个人良知的本能?"我不禁问。

"我想都有关系。我如果没有来自中国的先人,可能不会这么感同身受。如果缺乏做人的基本良知和对公正的渴望,可能也没那么大动力。"

那本精装、大开本的书在美国亚马逊网站上售价一百美元。有读者称其为一部中国人在圣地亚哥的编年史,"这也许是对在加州圣地亚哥的华裔美国人经历的最彻底、最全面的描述。默里·李抓住了在圣地亚哥150多年来华人的本质和精神。"

默里考证出最早到达旧金山的中国人是一群打渔为生的人。因为视华人为异端的加州对华人从业和居住地都有相当苛刻的政策,一批不被允许进海捕鱼的渔民南下到达圣地亚哥，发现那里近海可以捕到鲍鱼，于是就留了下来。和美国其他地方的华人一样，在夹缝中生存的他们在圣地亚哥多从事蔬菜种植、洗衣、厨师、仆佣等白人不愿意做的工作。唯一例外的非服务行业是建筑业，允许雇佣华人。圣地亚哥渡槽和南加铁路的建成，如果没有华人的参与几乎是不可能的。

在默里的书房门上，端端正正地挂着一张十四个人的全家福，却并不是他的祖辈。"这是阿坤和他的太太以及十二个子女，在早期圣地亚哥历史上，他是唯一被人记住的华人。他也可以说是为数不多的未受太多凌辱甚至得到了白人社会尊重的一位。"默里显然对这位华裔前辈敬重有加。

中国的广东省地处沿海，自1757年开埠以来，一直是与西方人贸易的前沿，因而在贫弱的清朝末年，许多人迫于生计开始迁移到东南亚和美洲。自1848至1882年间，美洲大约有三十万中国人，其中95%都来自广东。许多扛着铺盖卷、担着竹篮子的农民后生只能赊账得到那张船票——到达美洲找到工作后从工资扣除，通常需要三年才能还清！船上缺吃少喝，每个人容身的空间极小，在海上晃荡半年左右，没有病饿或绝望而死的人最后在旧金山登陆。那破旧的行李卷要被海关人员搜查，以免有人走私鸦片。出口处有同样乡音的先来者大声叫着他们的名字。有一辆汽车，很快被行李挤挤挨挨地塞满，在海上漂了一百多天的皮包骨们跟在汽车后面小跑着，前往那乡人聚居的临时住所。从那里，他们尚羸弱的身体期待着奔赴靠出卖体力而谋生的陌生之地——去挖金矿，或修铁路。

当时许多中国人和前往美洲的欧洲人一样，都做着发财后衣锦还乡的梦。可后来发现，荒蛮的美洲有机会让自己和家人过上更好的日子，加之交通不便，有些人便留了下来。中国人是受到歧视最多的族裔，最根本的一条是不允许与欧洲人通婚。中国移民的男女比例严重失调，20∶1，许多中国男人只能回乡娶妻。

早在1854年，加州就已经禁止华人出庭作证，尤其是涉及与白人的纠纷案件中。默里说理由可笑得让人怀疑美国人早就相信中国人是美洲的原始先人——很多世纪以前印第安人从中国来到美洲，既然印第安人不允许出庭作证对抗白人，那么这个禁令也适用于中国人。

1882年排华法案正式颁布之前的十几年，中国人在美国的处境已经非常艰难，"the Chinese must go"，大量的漫画丑化中国人形象，中国人被认为是非公平竞争者、不被同化者、有暴力倾向者。

纵贯美国东西的大铁路彻底改变了美国的经济和美国人的生活，12000名华工功不可没。虽然在备受歧视与排斥的社会背景下，华人只是作为补充劳力让美国公司在迫不得已的情况下雇佣——白人不愿意干的最脏最累或干不了的最难最危险的活儿，只有华人可以并且愿意干，而且每天还只能得到一美元的报酬（爱尔兰人或其他族裔工人每天的收入至少为二美元）。

华裔人口从1881年的105000人下降到1920年的61000人。每年赴美的人数从1882年的4000人下降到1887年的10人。

默里写道：1878年加州法律明确禁止华人移民和从政。1871年，洛杉矶发生了令人发指的华人大屠杀。只有五千多人口的洛杉矶，五百多名白人动用私刑吊死、枪杀、打死了十八名华人（当时华人总数不足二百人）。在当地警察与军方的保护下，圣地亚哥中国城侥幸躲过了仇华暴徒的纵火，但华人仍然处境艰难，许多商家或店铺不敢雇佣华人，否则就会被抵制。更令人难以相信的是，圣地亚哥的华人成为一项犯罪识别系统的牺牲品——所谓的Bertillon System of Measurement（贝蒂永识别系统）由法国犯罪学家阿方斯·贝蒂永于1879年发明，根据一系列身体测量包括站高、坐高（躯干和头部的长度）、伸出手臂时指尖之间的距离、头的大小、右耳的大小、左脚的大小、手指的长短和前臂的长短，结合眼睛的颜色、疤痕和头发颜色来"判断识别"罪犯。1903年，圣地亚哥《联合论坛报》发布新闻称：为了判别中国人，圣地亚哥移民局开始采用贝蒂永系统。

不久，一位叫Quon Wah（阿坤）的中国人被勒令驱逐回中国。"他永远也想不到，在他的同胞中，他成了第一个这所谓科学系统的牺牲品。"默里感叹。

阿坤全名谭聪坤，1848年出生于广东开平一个农民家庭。好在他幼时举家迁往广州，作为长子的他得以受到较好的教育。在这个中国最早开埠的贸易都市，他不仅学会了识文断字，还有机会在美国教会的学校修习英语。二十岁那年，像多数需要养家糊口的成年男子一样，他也踏上了赴美国谋生之路。幸运的是，他父母凑齐了五十美元的盘缠，他不用像其他人一样为了那船票赊账，然后再花将近三年时间还清。

他的第一站是旧金山。在那里他给白人当厨师、仆人，同时他拼命让自己熟悉这个完全陌生的世界，除了在尚不具规模的中国城跟自己的同胞相熟相助，他还去中国传教所参加教堂的礼拜活动——进一步练习他的英语的同时，也越发了解西方人的文化与这个新世界的游戏规则。三年后，他离开了旧金山，前往南加的圣巴巴拉，那个在1880年只有234人的华人社区，他想必是快乐的，因为不同于旧金山白人对华裔的敌意，他感受到了陌生人对自己的友善，甚至他与教堂的投资建造者、一位白人法官成了好朋友。

阿坤不仅脱去长袍、马褂穿上了西装、皮鞋，还开始了一个让后人记住他的好习惯——写日记。默里得以在《寻找金山》一书中专门用一章节写阿坤，非常受益于这些每天的只言片语。这些文字记在衣袋大小的日记本上，尽管没有太多个人情感与观点要抒发，阿坤把自己每天的活动与后来的生意点滴都记录了下来。

29岁那年,为了证明自己能够独自生存,也为了见识更多美国山水,他接受了一个当厨师的机会,随一个煤矿公司前往阿拉斯加。经过翻江倒海般的一路晕船,1877年7月,他踏上了没有一个熟面孔的荒蛮之地。"我早上三点起床做饭。把煤扔进灶火时,一个煤渣蹦进了我的右眼,让我疼痛难忍。给七十条鲟鱼开膛去鳞,让我的两只手都被刀子割破……晚上非常冷,只有零下十来摄氏度。我的水壶有三个洞,很快就彻底报废没得可用了。"

做饭之余,他写家信、读圣经、记日记。当然,他忘不了远道而来的初衷,给远在广东的父母寄钱。

也正是在阿拉斯加,他主动要求两个美国同事帮他剪掉了那条他总梳得整齐的辫子——他已经坚定了要在这异国土地上扎下根来的决心。"我看起来像这些西方人了。我把几绺头发给了两个同事,他们很高兴地接受了做纪念。"

一年后回到圣巴巴拉的阿坤,不仅手头有了更多钱给家里寄,也因为英语越发精进而受到器重——他被允许在中国传教会教英语,更成为法庭首选的翻译,帮助陷入法律纠纷的华人摆脱困境。阿坤继续在一个白人的农场干活谋生,但他已经不是十年前刚踏上美国的那个阿坤了。他权衡要在圣地亚哥或旧金山两地找到个新的出路。

机会虽然很少,但仍是会降临到有准备的人身上。1880年,已经尝到横贯东西大铁路甜头的美国政府决定修建南加州的铁路——当时从圣地亚哥到旧金山坐汽轮需要三天时间。这条南起纳欣诺市（Nationnal city），北到圣贝纳蒂诺（San Bernardino）的铁路线全长116英里。而中国人吃苦耐劳、聪明能干又不贪求工钱的优势成就了他们更多机会，阿坤毫不犹豫地答应为这条铁路在圣地亚哥招募华工。

当时的圣地亚哥只不过拥有8618人，其中229人为中国人（仅有8名女性）。

2000名华工排除万难地修建好铁路，许多人回到旧金山、洛杉矶去谋生。可1884年一场特别严重的暴雨让60英里铁路被冲毁，许多枕木甚至漂到了海上。又是阿坤，到处招集华工进行修复。当时的排华法案导致中国劳工短缺，他仍四处奔走招工救急。

招工之余，阿坤也利用为劳工提供膳食的机会积累了财富，除了在洛杉矶、圣伯弟纳、圣地亚哥等地广置田产种植菜蔬，他还从其他地方组织食品和生活、劳动用品的采购。

阿坤死于1914年，享年66岁。那年二月，他走过马路去参加宴席——他的第一个孙子出生了，被一辆摩托车撞倒在路上，不治而亡。

以上这些内容有一部分是默里吃饭时跟我聊到的，许多细节则是我得到他的《寻找金山》一书后读到的。"我之所以跟你讲阿坤的故事，就是希望你和我一样相信，再苦再难的环境里，中国人都有办法拼出一条活路。漂洋过海，到另一个未知的世界去探索,像慧深这样的人,绝对不止一个也不止一次。"

"这个有点儿沉呢。"车停在他家门口,默里走下车,拎着打包的那一小纸盒在我面前晃了一晃,微笑着打趣。

4

趁史蒂夫陪老人在后院闲聊,我和提娜坐在那张大方木桌前也聊了一会儿。

半张桌子上是完成了一半的拼图。提娜与另一位健康护理员每天像上班一样准时来家里给老人些陪伴。"他是个善良的老人,所有的邻居都爱他。他非常爱他的太太。好几次跟我说起她,他都掉眼泪,说他想念她。他已经决定,死后要穿着军装躺在棺材里,手中捧着太太的骨灰盒。"提娜说着红了眼圈。"你看到后院那块小小的菜园了吗?现在只剩下荒土,以前一直都种着各种蔬菜,那是他们俩精心侍弄的菜地。太太去世后,他拔掉了上面所有的菜,说他每次一走近就想起她……"

正说话间,夏洛打来电话,问我是否请默里找到了他写扶桑的那篇文章。"没关系,实在找不到我给你寄一份复印件。请问默里老人好,我真的非常喜欢他。"

"夏洛？哪儿的夏洛？对不起，我想我可能不记得了。"老人充满歉意地微笑着，目光沉静地望着我说。

史蒂夫看我们俩像祖孙二人坐在长廊下，悄悄举起手机。老人机敏地感觉到了对准自己的镜头，非常配合地凑近我微笑着。"Give your grandpa a kiss（给你的爷爷一个吻）！"我依言亲了一下他的脸颊，刚正过脸对着镜头，左颊已被老人轻轻啄了一下。阳光洒在我们的脸上、身上，望着默里梳得整齐的白发，我不禁心底叹息：为何没能早点儿认识这位老人？如果我早出生四十年，遇到这位谦谦君子，我想自己也许会爱上他。

回到屋里，他和提娜仍然四处翻找那篇文章。他拉开一个小抽屉，很兴奋地从里面拿出几枚拇指长短的带锐利尖头的黑色薄石片，"你看这是印第安人的箭头！我小时候在外公家的农场捡到的。地被犁过后，里面不时会有这类东西被翻出来！"

我赶紧提及慧深来扶桑的话题，他说他不记得自己当时的论据了，建议我读到夏洛给的复印件后，有哪些地方想了解就给他打电话聊。

天色渐晚，我们还有两个小时的路要赶，只得跟老人道别。

他伏在桌边在送我的书上签名，"我可以写上with my love（和我的爱）吗？"他从左胸衬衣口袋里掏出一直插在那里的圆珠笔，握在手里落笔前抬头看着我问，那微笑仍是谦和略带羞涩的。

"你们这就走吗?"他跟着我们往屋外走,脸上有淡淡的失落。他把我们送出大门,立在那儿,跟坐在车里的史蒂夫拿我打趣,"什么时候你厌倦了她,可以把她送到这儿来。"

在笑声中,我们挥手道别。

"你应该很庆幸见到了他,九十四岁的老人,你根本不知道他还能坚持多久。"史蒂夫边开车边感慨。

我确实感到非常幸运,在这太平洋岸边得以近距离接触一个高贵、谦卑的灵魂。虽然这在我多年的采访生涯中是最失败的一次,因为,我们几乎没涉及实质性的采访主题。

回到家一周后,万幸我收到了夏洛寄自弗吉尼亚的默里旧作《扶桑之地》(*Land of Fusang*),虽然只是薄薄的几页,却让我似乎抓到了救命稻草。

5

这篇《扶桑之地》发表于圣地亚哥中国历史学会1995年冬季刊,距今快三十年时间了。好在,文字是思想最好的记录载体,我得以读到六十岁时默里的记录。

那是1979年,他和太太去墨西哥参加一个工业设计博览会,顺便参观了国家人类学博物馆,"我们立即被丰富多样的展品所吸引,当我看到一组玉雕玉刻的时候,我和太太互相看了一眼,都不由自主地惊叹:这分明是中国的!要知道,在此之前,我们从没听到或读到过公元五世纪僧人慧深东渡到达扶桑的故事。"

对此念念不忘的他,不久和一位地理学同行谈及此事,那人推荐给他一本地理杂志,上面用大量的物证说明中国文化对墨西哥湾文化的影响。

从此,他脑子里开始萦绕着更多的问号:为何中国人到访美洲的可能性没有被广泛提及和关注?哥伦布1492年发现新大陆还是不容置疑的吗?世界已经接受维京人早在公元1000年就到过美洲,为什么中国人就不可能?

默里开始寻找这方面的证据。他知道早在1761年,法国汉学家吉涅斯通过对中国古籍的研究,第一次提出中国人早于哥伦布1000年到达美洲的观点。此论一出,立刻在当时的学术界引起巨大反响。

吉涅斯的依据是中国古籍《文献通考》关于扶桑国的记载,而这段记载最早见于《梁书》,成书较《梁书》晚的《南史》《文献通考》等书,都以《梁书》为底本,基本上予以照录。

《梁书·诸夷传》关于扶桑国的记载如下:

扶桑国者，齐永元元年，其国有沙门慧深来至荆州，说云："扶桑在大汉国东二万余里，地在中国之东，其土多扶桑木，故以为名。"至于扶桑之木，慧深的描述为"叶似桐，而初生如笋，国人食之，实如梨而赤，绩其皮为布以为衣，亦以为绵。作板屋，无城郭。有文字，以扶桑皮为纸"。

默里认为慧深来自阿富汗，在公元450年时这位年轻的僧人到了中国传教。八年后，他与几位追随者一同跨海20000里（6600英里）东渡，极有可能的路线是从日本海出发，沿千岛群岛北上到达堪察加半岛，从那儿到达阿留申群岛，直到阿拉斯加，然后沿北太平洋南下抵达墨西哥的南部阿尔普尔科。

慧深与同伴在美洲滞留四十年，除了传播佛教，他同时教会当地人植物种植、动物饲养和工具制作。

而所谓的扶桑，默里认为毫无疑问应该是墨西哥常见的龙舌兰。

"慧深是如何凭借一叶小舟横跨浩瀚的太平洋到达美洲的呢？从地图上可以清晰地看出，从日本北上再东行、南下的航行路线，虽然是在水上，可一路都有岛岸可停泊，并非完全在漫无边际的洋上无目的漂荡。而且中国人早就掌握了洋流知识、方向辨别、地图等其他民族尚不确知的知识。"默里很坚定地认为即使没有目的在海上漂流，从日本漂到美洲的例子并非鲜见，早在1815年一艘日本小船就曾漂到加州的圣巴巴拉，船上有3人仍活着，14人丧生。他们本来只是从大阪到东京的，在失去了船舵和帆后，在海上漂了17个月。西班牙人始于1565年左右的马尼拉航线其实沿袭的就是这条路线。此后的250年间，有无数的小船从马尼拉到达了中美洲。公元前1200年前的铜扇、铜钱曾在加拿大西海岸的不列颠哥伦比亚省出土。美洲西北部的印第安部落流传着早在哥伦布前就见到过船与人上岸的传说。

为了让更多的人读到关于慧深的扶桑之行更详细的内容，默里推荐19世纪晚期英国人查里·利兰德出版的《扶桑传奇》和美国人爱德华·维宁写的《不光彩的哥伦布》。

"在扶桑，慧深既是一位传教者，也是一位观察者和记录者。在当地人眼里他更是一位智者。他懂得天文、历法和先进的文化，教会当地人农业、编织、陶艺和金属冶炼。墨西哥许多地名都似乎与他的名字有关：Huitzuco, Huepac, Huichol, Huetamo, Huilacatlain……而墨西哥人世代流传的长胡子的白人智者，被一些研究者认为就是慧深。"

2022年1月13日，刚送走了一场淅沥连绵冬雨的洛杉矶颇有几分寒意。在这个阴沉的天里，我窝在家里看《寻找金山》，突然想要打电话给他。美国每天几乎都检查出上百万的新冠病毒感染者，人口密集的洛杉矶更是每五个人中就有一位确诊。为了减轻核酸检测站的压力，邮局给每户寄送四套核酸自我检测试剂。

我暗自祈祷我那跨入95岁的老朋友安好。

好在一切如故。提娜仍在和他玩拼图游戏。他接过电话,已经不记得我九月份的访问了。说他有个旧同事也叫bing,但是个男的。他的声音仍如四个月前一样轻柔、客气。

我问他目前最大的梦想是什么,他笑笑,说是和中国老朋友每周打一次高尔夫。"他们都走了,包括我的兄弟们。我父亲一共有五个儿子,我是仅存的一个了。"

我问他感觉自己更美国还是更中国,他说自己是多重文化的载体,但更美国一些,毕竟出生在美国。"但中国这两个字像一个key word(关键词)存贮在我的大脑皮层里,不对,它其实是在我的心底。"

后记:此书出版在即,我向每位受访者发出邮件或打电话,请他们为自己的专访写几句话。默里的电话始终无人接听,直到某天史蒂夫上谷歌查询,才看到老人早已去世的讣告。我似乎悲哀地看到,我有幸走过的森林中,一棵挺拔的大树体面地倒下了!

不会消逝的声音——
他们曾经疾呼,中国人早就到达美洲

1987年，人类学家、罗格斯大学教授伊凡·范·塞尔蒂马（Ivan Van Sertima）在美国国会发表演讲，反对哥伦布日的庆祝活动，他在演讲的最后表达了对所谓文明社会的谴责："你真的无法想象，有人告诉你说，你被发现了……这是对印第安人的侮辱。"

　　1492年哥伦布发现新大陆。这是我们维持了数百年的历史定论。然而人类又不得不承认，我们对美洲大陆的考察还非常有限。从前，科学家们认为美洲这片土地有人类活动是在一万六千年以前，2022年在新墨西哥州一个屠杀烤炙猛犸象的化石遗址有了新发现，根据猛犸骨头的胶原提取，那是早在三万六至三万八千年前的遗骨。骨头上有明显的磨刻痕迹和动物脂肪火烤迹象，那表明人类当时已经生活在这片土地上。

　　最初登陆美洲的人类究竟是如何来到这片土地上的呢？

　　有不少考古学家推断，无冰走廊直到大约1.4万到1.5万年前才开放，这意味着最早的美洲人可能依靠沿海路线而不是陆地路线。

为了彻底解开这个谜团，研究人员试图科学测定无冰走廊的打开时间。他们调查了从6个地点采集的64个地质样本，跨度为745英里（1200公里），这些地点被认为是无冰走廊存在的地方。

科学家们研究了冰川曾经带离原始家园的巨石，就像河水随着时间推移把鹅卵石冲刷下河床一样。他们分析了这些岩石在地球表面暴露的时间——也就是它们在无冰地面上停留的时间——观察岩石受到来自太空的高能射线轰击时产生的放射性元素的水平。

这项研究的主要作者、俄勒冈州立大学的地质学家和考古学家乔丽·克拉克告诉《生活科学》杂志，新的发现表明，无冰走廊直到大约13800年前才完全开放，冰盖"在覆盖无冰走廊的地区可能有1500到3000英尺（455到910米）高"。

Facts do not cease to exist because they are ignored（事实并不因受到忽视而停止存在）。奥尔德斯·赫胥黎（Aldous Huxley）这句名言用在考古领域再恰当不过了。

真相那么容易被忽略或有意忽略吗？在哥伦布之前，究竟有没有其他族裔的人到过美洲，在百年来的西方学术界似乎是个刻意回避的话题。有些人相信哥伦布绝不是第一个"发现者"，除了一千年前的维京人（已有考古学家在纽芬兰岛上发现了定居物证），中国人、波利尼西亚人、腓尼基人、非洲人都曾到过美洲，只是当时没有广为人知。在高低强弱不同的声音中，有五花八门的理论，诸如公元前一世纪，犹太人在今天的田纳西河谷躲避罗马人迫害。六世纪的某个时候，爱尔兰僧侣圣布伦丹（Saint Brendan）乘坐帆船抵达美洲。大约在公元1000年，列夫·埃里克森（Leif Eriksson）到达了纽芬兰和新斯科舍，随后是12世纪的威尔士王子马多克（Madoc）。在这些相信者中，有些人选择了缄默，一来没有发现所谓的"实证"，二来受意识形态的影响，他们不想挑战这一根深蒂固的说话，以免引起"西方中心论"者的攻击。而仍有一些人，本着揭开真相还历史以客观面目的科学精神，长年从事这方面的考证。包括伊凡·范·塞尔蒂马，他在1976年出版的著作《他们来自哥伦布之前》(They Came Before Columbus)中提到"非洲人远比哥伦布更早来到美洲"，除了埃及第25王朝的探险家们，他同时声称在哥伦布之前到达美洲的另一个文明是马里帝国，也被称为曼丁戈帝国。

We can only love what we know and we can never know completely what we do not love — Aldous Huxley, English novelist.（我们只能爱我们所知的，却永远无法全然了解我们所不爱的。）这句话不仅指出了人类的通病，还显示出考古界的某些偏狭者的软肋。这句话还是出自赫胥黎之口。

无论如何，古老的中国，一个有着悠久历史和发达科技的东方文明，被更多学者认为是美洲大陆的捷足先登者。

● 吉涅斯：中国僧人慧深到过墨西哥

西方人听闻或读到中国人对扶桑的描述，始于二百多年前。其中法国人吉涅斯可谓有记录的第一人。1761年，法国汉学家约瑟夫·德·吉涅斯在巴黎一个颇具权威的报纸上发表了一篇文章《中国人到美洲海岸航行的调查，以及亚洲东端的一些部落》，说他不仅听闻，而且读到了1321年中国史学家马端临的《文献通考》，这皇家权威的典籍非常详细地记述了公元499年中国僧人慧深东渡的故事。

而这位汉学家不仅翻译了关于扶桑的这一章节，还根据所述细节考证、推断出扶桑就是墨西哥。

这一发现在当时引发了激烈的争论。而后世的研究者如亨丽特·默茨、查尔斯·利兰、爱德华·维宁，莫不以吉涅斯的观点为引证，相信慧深东渡所见就是墨西哥或美洲。

吉涅斯1721年10月19日出生在巴黎，1800年3月19日死在巴黎。在当时他是颇有影响力的东方学者、汉学家和突厥学家。他曾在法国皇家图书馆担任东方语言的秘书口译员。于1748年出版的《匈奴人和土耳其人起源的历史记忆》（*Mémoire historique sur l'origine des Huns et des Turcs*）使他于1752年被伦敦皇家学会录取，并于1754年成为法国铭文学会的会员。很快，他出版了五卷本著作《匈奴人、僧侣、突厥人和其他西鞑靼人的通史》（*Historie générale des Hun, des Mongues, des Turchs et des autres Tartares occidentaux, 1756—1758*)。他提出了另一个引人争议的观点：袭击罗马帝国的匈人（Hus）与中国记录中提到的匈奴人是同一个族裔。同时他认为，中国人与埃及人由于古文字上的相近，这两个族裔是有关联的。当然，这一观点不仅引起了争议，还被驳斥成为人们公认的错误。

吉涅斯毕生致力于研究汉语，尤其是与航海有关的汉语。论文《中国人到美洲海岸航行的调查，以及亚洲东端的一些部落》的发表正处在法国学术界对人类起源、迁移、人类早期文明、地球形状等问题的激烈讨论之中。在他有生之年，多数同仁都认为他言之有理。直到1831年，普鲁士汉学家克拉普斯（Klaproth）相当尖刻地驳斥了吉涅斯的理论，提出了自己的理论。默茨在《几近褪色的记忆》（*The Pale Ink*）中将这场争议戏称为普法口水战。她认为克拉普斯根本没有提出建议性的批评和分析，只是将吉涅斯和中国人批得体无完肤，说中国人连走了多远都不会计算，也不辨方向，怎么可能跨海到美洲。"在扶桑看到了葡萄树，足以证明它不可能是美洲的任何一部分。"克拉普斯声明，在哥伦布到来之前，美洲不存在葡萄。而默茨驳斥说："他忽略了一个众所周知的事实，即早期北欧人称这块土地为葡萄园（vinland），就是因为这里有丰富的野生葡萄。"

令默茨遗憾的是，凭借克拉普斯在汉学家中的卓越地位,他在当时还真是坚持住了自己的立场。不过默茨也感叹当时人们确实为视野所限。"在吉涅斯的时代,欧洲学者们是不知道阿拉斯加的存在的。加利福尼亚在人们心目中也是相当模糊的。就连最有名的地图世家绘制的地图上,美洲大陆上旧金山以北仍是一片空白。"

● 查尔斯·利兰:中国佛学传教士发现美洲

1875年,一本名为《扶桑》的书在美国出版。在简单的书名Fusang下面有一行解释性的长长的副标题:or the Discovery of America by Chinese Buddhist Priests in the Fifth Century(或者中国佛教僧侣在五世纪发现美洲)。

这本书尽管出版一百多年来一直没断过再版,可购书者似乎只限于少数对美洲历史感兴趣者,在谷歌上很容易搜到关于作者查尔斯·利兰(Charles Leland)的生平记述,却对这本书完全没有给予关注。

利兰生于1824年8月15日,去世于1903年3月20日,美国幽默作家和民俗学家,出生于宾夕法尼亚州费城。他曾在普林斯顿大学和欧洲接受教育。"利兰从事新闻工作,四处旅行,并对民俗和民间语言学产生了兴趣。他出版了关于美洲和欧洲语言及民间传统的书籍和文章。他从事过各种各样的行业,作为漫画《汉斯·布莱特曼民谣》的作者而获得认可。他写了《阿拉迪亚》,也就是《女巫福音书》,成为半个世纪后新异教徒论的主要来源。"

我在网上购得2019年的版本《扶桑》。从题目就可看出,利兰对五世纪时中国僧人慧深曾到过今天墨西哥进行过相当深入的研究。"我并不想证明慧深千真万确到达的一定是今天的墨西哥,或者在他之前已经有五个亚洲僧人到过。但有一点不能否认,随着越来越多的研究和考证,中国《梁书》记载的慧深自述会被进一步澄清,那些描述绝不是无稽之谈。"

利兰是个相当严谨的学者,首先他师从"中国通"卡尔·弗里德里希·纽曼(Carl Friedrich Neumann)。纽曼曾在中国生活过两年,在广东搜集到一万册古书带回德国,后来是慕尼黑大学东方语言和历史系教授,1851年他曾把慧深关于扶桑的叙述翻译成德文并加以评述。在他的指导下,利兰将其译成英文。在此基础上,慧深的译本比一百年前吉涅斯的阐释更加全面。

关于慧深对他所游历的异国的描述,利兰反对那些不假思索的否定。他认为扶桑这一特殊的植物即龙舌兰。而"没有铁",金、银、铜虽被发现,却并未作为货币使用,这一现象完全符合欧洲人到达美洲之前墨西哥或者说北美一些部落的真相。

关于慧深出游的年代,利兰也做了历史性的推断,他提到史书记载过北魏人宋云的西行印度。宋云是北魏明帝时的僧统,即管理僧侣的官员。他与法力、慧生(惠生)于公元518年冬出发,经陕西、甘肃过青海柴达木盆地,沿昆仑山北麓越帕米尔,从阿富汗到巴基斯坦白沙瓦一带,归程是循原路于522年初返回洛阳,带回大乘佛经一百七十部。宋云等人撰有记述此行的文字,可惜已全部遗散。幸好有宋云同时代的杨衒之所撰的《洛阳伽蓝记》综合收录了宋云等人的记述,因以宋云为主线,后人将这一部分文字称为《宋云行纪》。

"既然宋云可能被派出去从事佛教传播,比他早十九年的慧深为什么不可能被派向东部跨海远行?"利兰用了40页的篇幅重述了慧深的描述,后面补有导师纽曼的点评。与现代一些学者的观点相似,纽曼相信中国人沿着阿留申群岛从北太平洋到达阿拉斯加海岸,"就像小孩子沿小河踩着石块过河一样"。既然途中极少地方看不到岸,他们完全可以沿岸捕鱼歇息,并从岛上获得淡水。

利兰对这一路线的可能性的考证还得到现实实践者的支持和佐证。美国海岸勘察少校巴克莱·加农(Barclay Kennon)与他有大量书信往来和交流。加农少校曾和两个同事历时数年,专门勘察北太平洋两岸的水域和地形,航行四万多英里,所用的不过是非常普通的巡逻船。加农认为中国的僧人从北太平洋跨海完全做得到,即便当时最常见的木船都可以。

加农说他们如果从上海出发,无论是直奔日本海岸还是走韩国海峡,都可以向东北航行到达科鲁森斯特海峡,不远处就是堪察加半岛，再东行就是阿留申群岛，无论怎么走，看不到岸的情形都短得可以忽略。因为选择沿岸走会增加航行距离，"渔民们可以选择二三十英里没有岸的短路，却不担心会在公海有风险。"

加农说他们在阿留申群岛上还发现了少有的人类定居点。在一个名为Adakh的岛上，他看到困顿的一家：一位希腊传教士、他的格鲁吉亚太太和两个女儿。"我们给了他们一些糖、咖啡、茶、药物和罐头水果，他们的高兴就不用多说了。"

当利兰问他是否相信公元五至七世纪中国僧人可能从海上到达美洲时，加农说如果僧人选择这条路走，一定不可能在岛上停留过久，而是一路到达美洲海岸，因为沿途虽然岛屿不断，可上面却没有树木，他唯一可见的是极小的灌木，不过三英尺高。阿留申群岛离阿拉斯加半岛很近，那附近也有一些居住者，看外貌和千页岛的人极相似。

● 爱德华·维宁：不光彩的哥伦布

去世于1920年的爱德华·维宁生前谋生的职业是联合太平洋铁路货运主管，可有着写作天赋的他以探求历史真相为乐。1885年，维宁出版了一本令世人瞠目的书，不用看那厚厚的八百多页的书稿，单看书名就让人对他的主题一目了然：《不光彩的哥伦布》。副标题很长，更令人惊悚: Evidence that Hwui Shan and a party of Buddhist monk from Afghanistan discovered America in the fifth century, A.D（慧深和几位阿富汗和尚在公元五世纪发现了美洲的证据）。

扉页上他还引用了查尔斯·利兰的话作为引证:

If Buddhist priests were really the first men who, within the scope of written history and authentic annals, went from the Old World to the New, it will sooner or later be proved. Nothing can escape history that belongs to it.

（自有人类记载历史和真实编年史以来，如果佛教徒真的曾从旧世界踏入新世界，那迟早会被证明。任何东西都逃不过属于它的历史。）

全书分三十七章，从佛陀的诞生到吉涅斯的理论，慧深陈述的国度特征，从树、文明、语言、女人的地位等，甚至还包含了《山海经》大荒东经等章节的英译本。

和默茨一样，维宁的书也提到吉涅斯的理论最初是如何被法国和德国东方主义者热情接受的，随后又被德国语言学家、历史学家朱利叶斯·克拉普斯（Julius H. Klaproth）嘲笑。1875年，当查尔斯·利兰出版了《扶桑: 中国佛教僧侣在五世纪发现美洲》（*Fusang: the Discovery of America by Chinese Buddhist Prists in the Fifth Century*）时，吉涅斯的理论复活了。

他从《山海经》中读到扶桑人用扶桑树（仙人掌）做布

和纸；他们没有战争，因为他们没有武器；他们有马和鹿拉的车；住在土坯房里；有铜但没有铁；他们的结婚仪式与中国的相似。"以前，这个国家对佛教一无所知，但在公元458年，五位佛教僧人带着他们的佛教书籍和图像来到那个国家，并向人们传授佛教教义，摒弃粗鲁的习俗，从而改造了他们。"

维宁又绝不想给世人自大妄想的印象，他在书的序言中坦言，"毫无疑问，错误是在所难免的。我只希望这些文字能激发起更多人对这个话题的考察兴趣。我相信，在错误部分被勘出后，人们会得出相当多的证据，美洲是在公元五世纪的时间被发现的。"

作为一百多年前的先行者，维宁的这一目的显然已经达到了。后来的许多考证者都以他的这一著作为指导。

除了这本书，他后来还出版了《哈姆雷特之谜》，相信哈姆雷特实际是个女人。

虽然维宁没有读过大学，但在1886年获得了耶鲁大学的荣誉A.M（文学硕士学位），并在1908年获得威廉朱厄尔学院的法学博士学位。

● **默茨：淡墨比记忆更恒久**

1985年8月20日，《芝加哥论坛报》发了一则讣告：

退休的专利律师和三部书的作者亨丽特·默茨于周

六在海德公园社区医院去世。默茨小姐是三本考古学书籍的作者,《淡淡的墨痕》(*The Pale Ink*, 中文版又译为《几近褪色的记忆》)、《黑葡萄酒海》(*the Dark Wine Sea*)和《亚特兰蒂斯》(*Atlantis*),另一本关于密歇根石头的书将在其死后出版。"作为考古学者作者,她将中国人到美洲的时间比哥伦布提前了两千年。"

默茨在中国也并非无人知晓,因为《几近褪色的记忆》不仅在中国出版,还由著名考古学家贾兰坡作序。在该书的美国版扉页上写着:"The pale ink is clearer than the fondest memory(再淡的墨迹也比好记性牢靠,或者,好记性不如烂笔头)。"默茨女士利用两部中国古代文献为美洲大陆的远古文明追根溯源,证明中国人早在两千多年前就已经在北美和中美洲留下足迹。

我想能活出默茨丰富传奇的人生也是幸运——她跨度极大的职业转变本身就充满神秘。第二次世界大战期间,她是美军密电码破译员,战后她成为专利律师、业余考古学者并写作出书。据说她对中国历史的好奇缘于非常偶然的机会:前往墨西哥度假,吃惊地发现墨西哥人与中国人出奇的相似,加上她读到过爱德华·维宁的《不光彩的哥伦布》,听闻过哥伦布前中国人早就到过美洲的传闻,便开始进行这方面的研究。

她知道中国有两个古老的故事,一个是已经穿越了几千年历史的《山海经》,另一个是《梁书》等史籍中记载的僧人慧深公元499年跨海东游的述说。

通过这两部中文古文献，默茨得出下面的证据：

——扶桑不是传说，而是确有其地，就是今天美国的西南地区和墨西哥。扶桑这一植物，是玉米。

——中美洲的玛雅、阿兹特克、萨巴特克的历法都起源于东方。

——墨西哥书写的起源与东方有关。

——秘鲁和墨西哥人出生时的"蒙古胎记"和内双眼皮，源自早年中国人的血缘。

——墨西哥宗教礼仪中的对偶原则，起源于中国的阴阳。

——美洲的编织、陶艺、铁艺和天文、数学知识都源于东方文明。

——而胭脂虫、石箭头则是中国人从美洲得到的新鲜物。慧深正是那个让美洲土著人的生存技能得到突飞猛进的贤者，在美洲神话中他像神一样被敬重。

——在中国史书中被记载的发光的岩石就是美国科罗拉多州的大峡谷。《山海经》中海外部分描述的地理位置就在今天的加拿大、美国和墨西哥。

书中她还陈列了一些照片，对美洲与亚洲文化进行实物对比，包括墨西哥与柬埔寨的建筑穹顶和庙宇形制、玛雅与中国塑像的坐姿、日本与厄瓜多尔的陶器图案等。

关于默茨的假设，约瑟夫·李约瑟写道："任何一个新假说都要靠英雄式的怀疑来结束。"

● 卫聚贤：是中国人发现了美洲

美国人约翰·罗斯坎普也是我的采访对象之一，他影印了中国人卫聚贤所著《中国古代与美洲交通考》给我。他非常珍惜那本他多年前从旧书店花85美元淘到的宝贝，说如今在网上可以卖到上千美元。此言不虚，同是这位卫聚贤写的《中国人发现澳洲》（*Chinese discovery of Australia*），1960年版，在美国的网站上已经卖到688.65美元，还不包括运费。

我在网上看到了这位已经作古的卫老先生的照片——阔脸细眼，颇有几分蒙古人长相。读他的存世不多的文章，字里行间，一个真诚的研究者似乎近在眼前。在1961年，他62岁那年读到《公羊传·僖公十六年》中的"陨石于宋五。是月，六鹢退飞，过宋都"开始研究中美跨洋交流，尽管那个灵感的火花有些微弱——他知道蜂鸟是世界上唯一能够"退飞"的鸟，而蜂鸟只有美洲才有，想到各种中国人东渡到美洲的传闻和收集到的一些两边共有的文化特征，他开始花数十年时间研究这个中国人发现美洲的悬案。

国内的网站上对卫聚贤关注更多的是他的身世、经历。生于甘肃、长于山西的他出身苦，写字舍不得用纸，字迹细小，写信也从来不逾两页，人送外号"卫道法师"，亦自称"两不相称"。好在奇人奇命,这个农村娃终是进了北京读书,1926年在清华大学师从王国维、梁启超、陈寅恪等名家。他写的论文《左传之研究》《晋文公生年考》受到关注。他还与同学成立了"述学社",反对国学研究中"顽固的信古态度"和"浅薄的媚古态度",宣称宁可冒着"离经叛道"的罪名也不敢随随便便地信古;宁可拆下"学贯中西"的招牌也不愿随随便便地媚古。

年轻时的离经叛道精神显然为他后来质疑哥伦布是发现美洲的第一人埋下了伏笔。

1950年,他去了香港,任香港大学东方文化研究院研究员,后任联大书院教授。

他很郑重地提出了自己的质疑:"哥伦布到美洲不是古代而是近代,距今尚不到五百年。并且他把它公开出来,使各洲人勇往美洲。震于'哥伦布发现美洲'威名之下,谁也不敢想在哥伦布以前有其他各洲人到过美洲。尤其是中国学人的传统,以正经正史所不载,前人也未曾说过,也无人敢作此设想——中国人在哥伦布前到过美洲之说。"

从二十世纪六十年代开始,他花了近十年时间,在上千种古书中查证,他撰写出8篇论文,共140万字,分五编来论述古代中国与古代美国的联系:考古与民俗、美洲特产动物植物矿物为中国所知者、美洲地理为中国人所知者、中国人知道美洲及往来美洲者、在哥伦布之前其他各洲人往来美洲者。

他在这部名为《中国古代与美洲交通考》的总序中写道：美洲是孤立在海中的一个洲，但其西北角和亚洲的东北角，只有白令海峡一水之隔。而且这个海峡中有两个小岛，从亚洲东岸可以望见此岛，由此岛上可以望见美洲西岸。亚美两洲沿白令海峡的渔民甚至其附近的游牧人是彼此早有往来的。但其距离北极不远，气候寒冷不宜农业，其地无文化较高的民族居住或把亚美的交通记录下来。其地不属中国管辖，又距离中国太远，中国正史上也不会有这种记录。

1962年，他在联大书院的特刊上公开了此书的构想，1969年有意出版该书的巨轮出版社为了销售将书名改为《中国人发现美洲》。

国内网上，有人著文说卫聚贤曾组织过一次乘木筏横渡太平洋的壮举，几乎成功到达了美国西部海岸。是否属实不可知，但未见其在著述中提及。

可以确知的是，1970年他结识了一位美籍华裔刘敦励教授。刘教授建议他从美洲文物考证上对此理论加以佐证，并帮助他搜寻美洲文物实物和图片。卫聚贤发现美洲的祈雨仪式、石头崇拜以及一些中国石刻铭文都是很好的例证。1970年代，考古人员在加利福尼亚海岸附近发现了打孔石锚，被美国一些考古学者认定来自三千年前的中国船只，他更兴奋地认定他的理论是正确的。

他相信中国人在商朝末期渡海到美国的说法并非

虚妄：

商朝开始于公元前1600年左右，结束于公元前1100年左右，商纣王被周武王领导的周人击败。商人残余的将士和家人走投无路，为了保命只能跨海东渡，当时即使船只简陋，但"他们依靠太平洋北部洋流，从南黄海，经过日本和阿留申群岛，一直流到墨西哥西部海岸。而中美洲的奥尔梅克文明正是发端于商周时期，时间框架非常适合"。

卫聚贤认为，商朝文物在外观上很容易辨认，与周朝有明显区别，最著名的商图案之一是饕餮，美洲也有饕餮纹，陶器上也有云雷纹。奥尔梅克遗址的美洲虎和商朝的老虎塑像姿势完全相同。他还在美洲发现了有中国特色的鬲爵、牺尊。

后来卫聚贤收集到更多出自美国、秘鲁、墨西哥和乌拉圭等国学者的古汉字图片。秘鲁是陶器的主要产地，也有携带汉字的玉器和银器。最值得注意的是1865年在秘鲁北部特鲁约山发掘的一件裸体女神银器：向日葵女神坐在一只乌龟上，身上缠绕着一条蛇，手持牌上刻有"武当山"。在中国湖北省北部的武当山地区，在中国南北朝时期，蛇龟耦合被视为一种称为"玄武"的神灵。他认为"玄武"不是中国发明的，而是从美洲引进的——2500—3700多年前，古代中国人与中美洲的崇拜蛇龟结合的热带部落有过接触。

他也相信慧深关于扶桑国的说法，并且根据《山海经》所记载的内容否定了扶桑是日本的说法，因为日本已经使用铁器，而文中所指扶桑国人用铜不用铁。他认为公元458年，由比丘和尚率领的一支五人僧侣队伍从罽宾国（阿富汗喀布尔）抵达扶桑，并在那里传播佛教。

由于加入了来自美洲的文物证据，他将该书重新细化为十二册：美洲发现的中国文字、美洲发现中国特有花纹、美洲发现中国特有古物、美洲土俗与中国民族相似之处、美洲特有动物与中国人所知者、美洲特有植物与中国人所知者、美洲特有矿物与中国人所知者、太平洋靠近美洲的岛屿为中国人所知者、美洲地理为中国人所知者、中国人知道美洲及往来美洲者（先秦部分）、中国人知道美洲及往来美洲者（汉魏以后部分）、哥伦布以前其他各国往来美洲者。

他特意指出，最后一册有十二万字，是从古书中考证而来，印度人、巴基斯坦人、日本人、伊朗人、非洲人、欧洲人均在哥伦布前到达过美洲。

"如果印刷费有着落，每月出版一册，一年可出完。"显然，老人手头并不宽裕，出书的费用也要劳神。

他期待有机会到美洲好遍访博物馆，找到更多证据补充进书稿。

我并没读完全书，但读到卫老先生列出的中国古代与美洲交通的大事年表，不得不叹服老人的脑洞之大，现采拾几则：

公元前650年，齐桓公因采美洲虎皮到阿拉斯加，为中美交通开始。

公元前484年左右，孔子到美洲，看见向日葵和红木。

公元前338年前不久，大章及竖亥作《山海经》，其中有美洲的地理和物产介绍，并把中美交通路线写出。

公元前300年左右，美洲人送黑珍珠、黑角鸭给燕昭王。同时邹衍到美洲，把美洲叫扬州列为大九州之一。在这同时，庄周知道南北极，又知道东西绕行地球为一周。

公元前219年前后，徐福三次到美洲，第二次是带二十四万人去的。

公元前206年不久，东胡族从白令海峡移居美洲。

公元前20年左右，刘向在长安看到美洲人太乙吸烟草。

公元70年左右，南瓜在中国洛阳种植成功。

公元499年，慧深从美洲回到中国，把美洲情况汇报给政府。

公元953年，契丹组织十人探险队骑马从白令海峡到北美洲。

公元970—975年间，南唐派胡宗旦率兵到墨西哥捕中国道士，因毁灭了墨西哥古都使中美交通中断。

公元1300年，南宋丞相陈宜中率众从南洋移居秘鲁。

公元1313年，番茄在中国普遍种植成功。

公元1368年，玉米、烟草在中国已有种植。

这位曾在南京发掘出新石器时代遗址和六朝古墓的"卫大法师"，已于1989年去世。他的这些看似荒诞的推论好像也随他的离去而无人问津，因不被世人所知连骂声也不再激起。他自言"藏有古物一万八千三百余件"，也不知下落何在。

西方考古学家有句经典名言：Absence of evidence is not evidence of absence. 可译为：证据的缺席，并不意味着存在的缺席。

卫聚贤显然是真的相信中国人到达美洲的理论。如果他从壮年时开始研究，也许在离开尘世之前已经有了更深远的发现。

● 房仲甫：殷人航渡美洲

卫聚贤其实并非当时对中国人跨海东渡到达美洲这一话题唯一的中国研究者。比他晚生二十年的房仲甫则是另一位信仰者。房仲甫在1979年8月19日和1981年12月5日先后在《人民日报》发表了两篇文章《中国人最先到达美洲的新物证》《扬帆美洲三千年——殷人跨越太平洋初探》，提出中国人跨越太平洋到达美洲之说。1983年他在

《世界历史》第三期著文《殷人航渡美洲再探》，进一步结合更多证据系统阐述了这一观点。

　　房仲甫1922年出生于陕西，曾在上海法学院读新闻专业。先后在《东北海员》《北洋海员》《中国海员报》《人民航运报》等媒体工作。当时，中国尚无关于水运历史的专著。令他不解的是，国外出版的《世界通史》说"古代的中国人，不习于航海"。他下决心搜集史料，理清中国水运的来龙去脉。然而二十世纪七十年代美国加州海岸发现的打孔石器改变了他的研究方向。《几近褪色的记忆》一书的出版，使得默茨女士与中国考古学家贾兰坡建立起了联系，也许正是她的介绍，让加州大学圣地亚哥分校的考古教授詹姆斯·莫里亚蒂在为加州石器断代时找到了贾兰坡。"由于一系列的新发现，开始提供了在哥伦布之前中国人横渡太平洋的证据……毫无疑问，这是一个来自亚洲的早期石碇。"莫里亚蒂认为这石碇有二三千年历史，理由是石上有2.5—3毫米的锰矿外衣，而锰矿的覆盖积聚率约为一千年一毫米。就石材看，北美太平洋沿岸从未发现过这类人工石制品。同时，亚洲有用此类石制品作船锚的记载。除了图纸，这位美国教授还寄来五块石锚岩样标本。北京大学地质系安泰庠、孙荣圭教授进行了鉴定，认为该岩样与台湾中、东部的灰岩同属一类。同时美国几所科学机构也鉴定认为，该岩质不存在于北美太平洋沿岸。"如果莫氏所提供的锰积聚率千年一毫米是可靠的话，当然可与殷人东渡联系起来研究,因为计算起来二者的年代极为相近。"

在国家哲学社会科学学术期刊数据库中,我找到了《殷人航渡美洲再探》的原文。房先生的主要证据如下:

鸟、羽蛇和太阳的图腾崇拜,北太平洋两岸几乎一样。骨制倒钩鱼镖等生产工具也相同。七千年前源于我国浙江的石锛在厄瓜多尔也有发现。

1886年在秘鲁北部的山洞里发现了一尊裸体女神铜雕,坐在有蛇缠绕的龟背上,手执的铜牌上铸有"武当山"三个汉字。

近代在墨西哥发现的"大齐田人之墓"的墓碑,可能是战国或秦末从山东半岛乘船逃亡美洲的齐田人的埋骨之地。秘鲁公园里陈列的太岁碑,清晰刻有"太岁"二汉字。

在民俗方面,美洲也有用蛇、兔、虎等十二生肖来纪年。

厄瓜多尔博物院内,陈列着境内出土的王莽时代的钱币。

至于殷人到美洲的途径,房先生推断是走海路,商代青铜的出现让船只更为坚固。甲骨文中既有帆字,有帆当有桅,立桅航海并非不可能。"应用傍岸逐岛的地文导航……当时殷人已经具有星象学知识。出土甲骨卜辞证明,既有准确的日食、月食的记录,又有观测到了新星的记载……由于殷军当时所处山东半岛这一地理位置,走阿留申的可能性最大。因为此路比绕道东北亚陆路而后渡白令海峡方便得多。"

与当今许多美国学者深信不疑的一样,房先生早在半个世纪前就相信"北美西北岸、加拿大不列颠哥伦比亚地区靠近陆地的岛群,是古代亚洲航海者进入美洲的门户"。他引用1977年人民教育出版社出版的《中国古代科学技术大事记》说,1565年,安德列斯·乌尔达奈塔沿着日本向北航行,发现了经阿留申群岛南面高纬度的太平洋流域到美洲的航线,确有常年的顺风和顺流。1974年,维也纳人类学家库诺·诺布仿造了一只广州出土的东汉陶船模型的木帆船,取名"太极号",从香港出发,沿着日本海岸向东北方向漂去。尽管船被虫蛀,仍是漂到了阿拉斯加的沿海岸边。

他的论文结束语是:中国的文物和文字,诸如汉文古碑、墓碑,以及大洋两岸文化铸为一体的神像和大量遗物上的汉字等在美洲大量发现,是难以用近代人带去的说法解释得通的。这只能是白令陆桥中断很久以后,在1492年哥伦布到达美洲之前,中国同美洲在这一漫长历史时期中海上交往的物证。从美洲出土的具有显著殷商文化特征的文物、遗迹和具有古代中国特征的石锚的发现,以及对殷商航海技术的考证和分析,连同近代人对航线的模拟实验和对航线有关的考古发现,说明殷人逃亡者偶趁大风漂泊到美洲的推论是可以成立的。换言之,中国同美洲的海上交往史,将有可能上溯到三千年前。

房仲甫的观点得到了一些国内学者的支持,但反对之声也不断。其中最有条理的反对声来自一位叫张箭的学者,其著文《缺乏历史依据的推断》发表在1992年《拉丁美洲研究》上。